D1735485

ammann

E. Y. Meyer

Das System
des Doktor Maillard

oder

Die Welt der Maschinen

Roman

Ammann Verlag

© 1994 by Ammann Verlag & Co., Zürich
Alle Rechte vorbehalten
Satz: Satzcentrum Jung, GmbH, Lahnau
Druck: Offizin Andersen Nexö, Leipzig
ISBN 3-250-10213-X

2 4 6 5 3 1

Wir wissen, daß das System nicht direkt aus
der Natur abgeleitet ist, wie wir sie auf der Erde oder
im Himmel vorfinden, sondern Züge aufweist,
die an jedem Punkt den Stempel des menschlichen Geistes
tragen, teils rational, teils schwachsinnig,
teils dämonisch.

Lewis Mumford, *Mythos der Maschine*

I

Der Himmel über der Provence erstrahlte in einem intensiven, tiefen Blau, und sein berühmtes Licht hob die satten Farben der Herbstvegetation so stark hervor, daß es aussah, als ob die vielfältigen, sich einmal mehr in der letzten Phase ihres Wachstums befindenden Pflanzen auch von innen her leuchten würden.

Bei Orange, einer Stadt, die einst eine prunkvolle Römerkolonie gewesen war und heute noch einen gut erhaltenen Triumphbogen aus jener Zeit, aber auch eines der schönsten Theater der antiken Welt besitzt, verließ der Doktorand der Psychologie Edgar Ribeau die Autoroute du Soleil und durchquerte die fruchtbare Ebene rund um Carpentras – die auf Frühgemüse spezialisierten, riesigen Gärten des Comtat Venaissin, auf deren Nordostseite sich die imposante Pyramide des Mont Ventoux erhebt, dessen Gipfel von einer Steinwüste bedeckt wird, die von einem so erstaunlichen Weiß ist, daß es auch im Sommer so aussieht, als ob dort oben noch Schnee liegen würde.

Ein heftiger Mistral drückte mit seinen Böenfolgen immer wieder gegen den kleinen, silbergrau metallisierten Citroën BX 16 TRS, den der bald dreißig Jahre alte, aber eher jünger wirkende Mann fuhr, und zwang ihn, die Geschwindigkeit, die er schon nach dem Verlassen der Autobahn hatte drosseln müssen, auch weiterhin mäßig zu halten.

Der berüchtigte, aus den Höhen des Massif Central ins Rhonetal hinunterfallende, magistrale kalte Wind fegt im südlichen Frankreich, wie Ribeau wußte, nicht nur den

Himmel leer, sondern reinigt auch die Luft und trocknet das Land aus – *mange fange,* Schlammfresser, wird er von den Bauern genannt –, und er hält, wie es heißt, entweder drei oder sechs oder neun Tage an und macht dabei nicht selten einen der sensibleren Bewohner der Gegend verrückt oder *fada,* wie man hier sagt.

Auf der anderen Seite der Ebene, die das ursprüngliche Herrschaftsgebiet der Päpste in der Provence gewesen war, stieg die Départementale 942, der Ribeau folgte, auf das südlich ans Mont-Ventoux-Massiv anschließende, im Gegensatz zum vorangegangenen fruchtbaren Gartenland verkarstete, aber in seinem westlichen Teil noch von dichtem Wald bewachsene Plateau de Vaucluse hinauf – und dort führte sie als kurvenreiche Höhenstraße den in den Reiseführern in die Kategorie ›Verdient einen Umweg‹ eingestuften Gorges de la Nesque entlang, einem steil abfallenden und sich in unzähligen Grotten fortsetzenden canyonartigen Einschnitt, den der Fluß hier im Verlauf von Zehntausenden von Jahren tief in die Kalkschichten hineingefressen hat.

Obwohl es schwer vorstellbar ist, war auch dieses Gebiet, wie der Rest der heutigen Provence, vor etwa sechshundert Millionen Jahren von einem Binnenmeer bedeckt gewesen, und erst durch die Druckwirkung bei der Entstehung der Pyrenäen im Westen vor sechzig Millionen Jahren und der Alpen im Osten vor dreißig Millionen Jahren sowie durch das vor zwei Millionen Jahren erfolgte Absinken von Tyrrhenis, einem vom Menschen später so benannten Kontinent aus kristallinem Gestein, der den Raum des westlichen Mittelmeers eingenommen hatte, war nach und nach die Landschaft in derjenigen Form entstanden, wie sie sich in etwa auch heute noch ihren Besuchern darbietet.

Von keinem der vielen am Straßenrand aufgestellten

Hinweisschilder ließ sich der Doktorand der Psychologie jedoch dazu verleiten, auf einem der markanten Aussichtspunkte in der bizarren Felsenlandschaft anzuhalten – er bemühte sich vielmehr, mit nicht nachlassender Geschwindigkeit weiter ins Hinterland des Mont Ventoux vorzudringen, ins sogenannte ›Lavendelland‹, das sich nach einem Weiler namens Monieux, einer Ansammlung von verfallenen grauen Häusern am Ausgang der Schlucht, denn auch plötzlich im gleißend hellen Sonnenlicht vor ihm auszubreiten begann.

Zwischen weit verstreuten, kahlen oder mit dunklen Waldstreifen bedeckten Höhenzügen dehnten sich hier überall riesige rechteckige Felder mit endlosen Reihen von stachligen, in ihrer abgeernteten Form grauschwarz erscheinenden Kugeln aus, und an den Rändern dieser geometrischen Flächenmuster, die Ribeau wie unzählige Igelplantagen vorkamen, weideten auf den angrenzenden, unbebauten, steinigen Landstücken, auf denen nur kurzes, trockenes Gras wuchs, hin und wieder auch kleinere Herden von dunkelbraunen Ziegen – sie glichen aus der Ferne winzigen Spielzeugtieren, die jemand auf eine behutsame Weise in ein naturgetreues Modell dieses speziellen Teils der Welt hineingesetzt hatte.

Die weite Landschaft, die da zwischen der weißköpfigen Ventoux-Pyramide und der langgestreckten, schon zu den Voralpen gehörenden, von Wald bewachsenen Montagne de Lure unter dem strahlenden Herbsthimmel vor ihm lag, war trotz oder gerade wegen ihrer Herbheit wirklich so eigenartig schön und farblich reizvoll, wie man sie Edgar Ribeau – der die Provence zwar recht gut kannte, aber merkwürdigerweise bisher noch nie in diese Gegend hinter dem Mont Ventoux gekommen war – beschrieben hatte, und vielleicht mochte sie in der Blütezeit des Lavendels, wenn dessen geheimnisvolles, tiefdunkles Lila hier

9

überall wellenförmig hin und her wogte, auch tatsächlich, wie man sagte, etwas von einem Garten Eden an sich haben.

Ohne daß er die Autoroute du Soleil verlassen hätte, war Ribeau auf dem Weg an die Côte d'Azur, wo die Eltern seiner Freundin in der Nähe von Saint-Tropez eine direkt am Meer gelegene Ferienvilla und ein Segelschiff besessen hatten, jahrelang immer wieder an der eindrucksvollen Steinpyramide des Mont Ventoux vorbeigefahren – bis die Freundschaft mit dieser Frau, zu Ribeaus Bedauern, vor anderthalb Jahren auf eine unglückliche Weise abrupt und definitiv auseinandergegangen war.

Danach hatte eine schlimme Zeit für ihn begonnen, die nun aber, nicht zuletzt dank der Doktorarbeit, die er in Angriff genommen hatte und deren Fertigstellung ihn in ebendiese Gegend führte, fast überwunden war – eine Zeit, der, falls ihm die Reise wirklich das, was er sich erhoffte, brachte, möglicherweise sogar eine zunehmend glanzvollere Zukunft folgen würde.

Denn wenn er dem bisherigen Studienmaterial, das er zusammengetragen hatte, noch seine hier gemachten Erfahrungen hinzufügen konnte, war es durchaus möglich, daß diese Arbeit schon bei ihrer öffentlichen Disputation beziehungsweise ihrer *soutenance,* vor allem aber nach ihrer Publikation in Buchform, eine kleinere oder sogar größere Sensation hervorrufen würde, und zwar sowohl von ihrem Thema her wie natürlich auch wegen des Namens seines Lehrers und geistigen Vaters, des berühmten, als führende internationale Koryphäe auf seinem Gebiet geltenden Professors Louis Sagot-Duvauroux vom Collège de France in Paris.

Um so mehr als dieser ihm eine brillante Besprechung an prominenter Stelle in Aussicht gestellt hatte – ein weiteres Medienereignis, das ihm wiederum helfen könnte, eine jener bestbezahlten Spitzenpositionen in der Gesellschaft zu erhalten, die ihm eine Weiterführung des Lebensstils ermöglichen würde, an den er sich während der Jahre des Zusammenlebens mit seiner Freundin gewöhnt hatte und den wieder aufzugeben ihm nach der schmerzvollen Trennung doch außerordentlich schwergefallen war.

Wenn der Professor recht hatte, war hier, in der Provence, in der man, wie er sagte, auch in den Dörfern eine große Achtung vor geistiger und künstlerischer Arbeit habe – war in dieser seit Jahrhunderten bevorzugten Zufluchtstätte Europas möglicherweise, wenn vielleicht auch erst im Keim, tatsächlich eine Kraft und eine Bewegung im Entstehen, die der Menschheit würde helfen können, das hypertroph gewordene naturwissenschaftlich-technische Denken, das heute praktisch die ganze Welt beherrscht und die Lebensprozesse auf diesem Planeten in einer immer gefährlicheren Weise in eine globale Instabilität bringt, wieder auf ein lebensfreundliches Maß zurückzubinden, zu zügeln und zu zähmen.

Und im Grunde wäre ein solches Entstehen von Gegenkräften hier in Europa, wie Ribeau sich sagte, ja auch nichts als logisch, da die naturwissenschaftlich-technische Denkweise, die sich jetzt als lebensfeindlich und lebensbedrohend entpuppt, ja auch hier, auf ebendiesem Kontinent, in der jahrtausendealten, von den Griechen, den Römern, den Germanen, den Franzosen und den Engländern geprägten Kultur entstanden ist.

Das zivilisatorische Zentrum des eindrucksvollen, landschaftlich trotz der geometrischen Feldermuster noch urtümlich und wild wirkenden Lavendelanbaugebiets, das Edgar Ribeau bald darauf durchquerte, war das auf einem nördlichen Ausläufer des Plateau de Vaucluse gelegene schmucke, aber sonst, wie ihm schien, weiter nicht bemerkenswerte Provinzstädtchen Sault, dahinter zogen sich die intensiv in gelben, braunen und schwarzen Farbtönen leuchtenden Landstücke in einem breiten Streifen am Fuß der mächtigen, in ihrem unteren Teil von dunkelgrünen Pinienbäumen überwachsenen Südostflanke des Mont Ventoux entlang – und diesem Streifen folgte Ribeau nun.

Er überquerte eine niedrige Paßhöhe, steuerte den Wagen, als der Feldergürtel zu Ende war, auf einer schmalen, kurvenreichen Straße durch eine äußerst enge und schattige, auf ihn beklemmend wirkende, aber nur kurze Schlucht, und nach der anschließenden Durchquerung eines wiederum flachen, aber vegetationsreicheren, in allen Herbstfarben leuchtenden Talbeckens, das nicht so ausgedehnt wie die vorangegangene Hochebene war, aber doch immer noch so weit, daß man seine Größe als angenehm empfinden konnte, hatte er dann, sozusagen der östlichsten Ecke des Mont Ventoux gegenüber, kurz nach halb vier Uhr nachmittags das Ziel seiner Reise erreicht – einen kleinen, am Zusammenfluß zweier Bäche gelegenen, den Hang zwischen den beiden Seitentälern hinaufsteigenden, aus einem alten und einem neuen Teil bestehenden, sich höchst einladend präsentierenden Marktflecken namens Montbourg-les-Bains nämlich.

Der Doktorand der Psychologie hatte keine Mühe, sich hier zurechtzufinden – denn alles war so, wie sein berühmter Lehrer und, wie er sagen durfte, auch Freund es ihm geschildert hatte.

Im Talboden breitete sich der neue, von der sogenannten ›funktionalistischen‹, inzwischen über den ganzen Erdball verbreiteten modernen Architektur geprägte, sozusagen ›prosaischere‹ Teil des idyllisch gelegenen Ortes aus, der seinen Beinamen, wie der Professor erzählt hatte, immer noch trug, weil er dank kalter Schwefelquellen im neunzehnten Jahrhundert und noch bis weit ins zwanzigste hinein ein charmanter kleiner Kurort gewesen war – während die Häuser des alten, zum Glück noch ursprünglichen und nicht zu Tode renovierten Dorfkerns in traditioneller, seit Jahrtausenden bewährter Manier auf dem eng terrassierten, von kleinen, dicht überwachsenen Gärten durchsetzten Hang standen und bis zu vier mächtigen Rundtürmen hinaufreichten, die als einzige Ruinenreste von einer imposanten Schloßanlage aus dem dreizehnten Jahrhundert übriggeblieben waren.

Die teilweise gepflasterte und mit vielen Buckeln übersäte, leicht gewölbte Hauptstraße, von der immer wieder schmale und verwinkelte, steil ansteigende oder abfallende Seiten- und Nebengassen abzweigten, führte in mehreren Serpentinen zunächst an der Place du Beffroi, einer kleinen Aussichtsterrasse mit einem Uhrturm aus dem vierzehnten Jahrhundert, und danach an der aus dem siebzehnten Jahrhundert stammenden Kirche vorbei, die, laut dem Professor, einen sehenswerten geschnitzten Altar mit dem Gemälde eines von der Kunstgeschichte zu Unrecht übergangenen alten Meisters vorzuweisen hat – und am oberen Ende der Häuserreihen mündete die Straße in ein mit rot und gelb leuchtenden Weinreben sowie mit silberblättrigen Olivenbäumen bepflanztes Landstück, bevor sie in den farbenprächtigen Mischwald eindrang, der oberhalb der Schloßruine den Rest des hohen Berghanges bewuchs.

Und direkt vor diesem Wald bog nun auch das seinem linken Rand entlang führende Sträßchen ab, an dessen Anfang die vom Professor erwähnte Tafel mit der Aufschrift CHEMIN PRIVÉ stand.

In fast allen anderen Ortschaften, die der Doktorand seit dem Verlassen der Autobahn durchfahren hatte, waren ihm immer wieder die beiden bekannten, mit weißer Farbe groß auf einzelne Häuser und Gartenmauern gemalten Buchstaben OC aufgefallen – und auch hier, in diesem ehemaligen

Kurort, hatte er sie, wie ihm schien, sogar noch zahlreicher als bisher, immer wieder zwischen den Betonflächen des neuen Ortsteils und zwischen den verwinkelten Gebäuden und Mauerzügen des alten Dorfkerns aufleuchten sehen –, und als er ans Ende des Privatwegs kam, der am Waldrand entlang zunächst in eine größere Mulde und dann aus dieser hinaus zu einem Hügelvorsprung führte, wo sich eine hohe, massive Natursteinmauer vor die Bäume zu schieben begann und ein mächtiges, schmiedeeisernes Gittertor schließlich jede Weiterfahrt verhinderte, war links und rechts dieses Tores, wie um das Ende einer Spur zu markieren, die zuvor immer nur mit ihrer Abkürzung angedeutete Parole nun in ungelenken großen weißen Buchstaben in ihrem vollen Wortlaut auf die grobbehauenen Steine der Mauer gemalt: OCCITANIE LIBRE! und LE PAYS VEUT VIVRE!

Auf einer sich im Gegensatz zu diesen riesigen Zeichen bescheiden ausnehmenden, dunkel angelaufenen Messingtafel, die in halber Höhe auf dem rechten Torpfosten angebracht war, standen daneben jedoch auch die mit harten und klaren Lettern in sorgfältigster Weise eingravierten Vokabeln, die jeden Zweifel über ein allfälliges Verfehlen des endgültigen Reiseziels des jungen Mannes ausräumten: CLINIQUE CHÂTEAU EUROPE.

Als Edgar Ribeau, der ohne Zwischenhalt aus dem regnerisch kalten Paris bis hierher gefahren war, aus dem Wagen stieg, um sich nach einer Klingel umzusehen oder einer andern Möglichkeit, sich bemerkbar zu machen, wurde er sofort von den kalten Luftmassen des Mistrals umfaßt, der mit unverminderter Heftigkeit wehte – und als er durch das schwarze Gittertor über den dahinter, zwischen hochaufragenden Platanen wie durch einen Tunnel geradeaus führenden Weg blickte, glaubte er, etwa fünfzig Meter weiter hinten, dort, wo der Weg wieder ins Freie mündete, rechts, hinter dem bunt leuchtenden Laub der übrigen Bäume und Büsche, Teile eines größeren, mit mehreren Türmen versehenen Gebäudekomplexes auszumachen.

Auf der dem Gittertor zugewandten Seite des rechten Torpfostens entdeckte er schließlich einen unscheinbaren, kleinen schwarzen Knopf, und als er diesen einmal mit Nachdruck bis zum Anschlag hineingepreßt hatte, wartete er, ob jemand reagieren würde.

Während er in der Sonne auf und ab ging, sich dabei die von der langen Fahrt ermüdeten Oberarme rieb und zwischendurch immer wieder auf die von seiner ehemaligen Freundin als erstes Geschenk erhaltene, in Edelstahl gefaßte Rolex-Armbanduhr sah, bemerkte der gutaussehende, sportliche junge Mann plötzlich, wie sich ihm auf dem Sträßchen, auf dem er hergefahren war, ein Mann mit einem Hund zielstrebig der Mauer entlang näherte – und er hatte dabei mit einem Mal, ohne daß er dafür irgendeinen Grund hätte ausmachen können, das Gefühl einer Bedrohung.

Der große Mann, der den heftig ziehenden Hund an kurzer Leine führte, trug braune Gummistiefel, eine tarnfarbene Militärjacke mit einem dazu passenden Képi und hatte auf der linken Seite ein Gewehr geschultert – schien also ein Jäger zu sein, obwohl Ribeau nicht sicher war, ob sich der Hund, der, wie er leicht erstaunt erkannte, ein Dobermann war, auch wirklich für die Jagd eignete.

Als der etwa sechzig Jahre alte, kräftige Mann nahe genug herangekommen war und in einigen Metern Abstand freundlich lächelnd vor ihm stehenblieb, sah Ribeau, daß er über der vermeintlich freien rechten Schulter zwei tote, an den Hinterläufen zusammengebundene Hasen herunterhängen hatte, so daß seine erste Einschätzung also wohl richtig war.

»Eine Fünfundsiebziger-Nummer«, sagte der Jäger dann unvermittelt, auf die beiden letzten Zahlen des Polizeikennzeichens von Ribeaus Wagen anspielend, mit einem starken, wie der Doktorand der Psychologie sofort und eindeutig erkannte, belgischen Akzent. »Sie kommen aus Paris!«

»Richtig«, antwortete der junge Mann.

»Und Sie wollen in die Klinik?«

»Ich habe geklingelt«, meinte Ribeau nur.

»Und? Hat sich noch niemand gemeldet?«

»Bis jetzt nicht.«

Die Ohren spitz aufgerichtet, verfolgte der schnell atmende, feingliedrige, elegante, aber dennoch muskulöse, kurzhaarige Hund, der außer dem Hecheln keinen Laut von sich gab, mit den schwarzglänzenden Augen aufmerksam jede Bewegung des ihm gegenüberstehenden jungen Mannes.

»Es wird schon jemand kommen«, meinte der Jäger nun wieder, wobei er erneut freundlich lächelte. »Das dauert hier immer eine Weile, denn man hat da so seine Vorschriften. Klingeln Sie doch einfach noch einmal!«

Ribeau, der dies eigentlich gerade, als der Mann mit dem Hund aufgetaucht war, hatte tun wollen, drehte sich um – und erschrak, als er hinter den schwarzen Gitterstäben einen kleinen, dicken Mann mit hochrotem Gesicht und einer bis über die Ohren herabgezogenen Baskenmütze stehen sah, der ihm ebenfalls freundlich, ja sogar etwas verschmitzt zulächelte.

»Wir freuen uns, daß Sie da sind, Monsieur Ribeau«, sagte der vielleicht vierzig Jahre alte Mann, dessen korpulenter Oberkörper in einer eleganten, aber etwas eng wirkenden dunkelbraunen Cordjacke steckte. »Steigen Sie wieder in Ihren Wagen und fahren Sie herein.«

Über das Aussehen dieser ihm sofort sympathischen Erscheinung amüsiert, gleichzeitig aber über den formlosen Empfang, den man ihm in der berühmten, bis jetzt kaum von außenstehenden Ärzten und nur von einigen handverlesenen Journalisten besuchten Klinik bereitete, auch etwas verwundert, verabschiedete sich der Doktorand von dem neugierigen Jäger – worauf ihm dieser, ohne sich von der Stelle zu rühren, mit einem, wie es Ribeau schien, etwas merkwürdigen und nicht verständlichen Unterton in der Stimme ein fröhliches »Auf bald!« zurief.

Während Ribeau den Motor startete, stand der Mann mit dem Hund immer noch an der gleichen Stelle – und auch nachdem er durch das von dem kleinen dicken Mann geöffnete Tor gefahren war und dieser es wieder geschlossen hatte, sah er im Rückspiegel, wie der Jäger noch bewegungslos draußen stand und zu ihm hineinschaute.

Als Ribeau auf Anweisung des munteren, flink zu ihm ins Auto gekletterten kleinen Mannes, der, obwohl nur etwa zehn Jahre älter, bereits eine von einer Unzahl geplatzter blauroter Äderchen überzogene Nase hatte, durch den langen, schattigen Baumtunnel fuhr, den die links und rechts des Wegs aufragenden Platanen mit ihren ineinander übergehenden, mächtigen Kronen bildeten, verlor er den Jäger jedoch aus den Augen – und als er aus dem Tunnel schließlich auf einen wieder im hellen Sonnenlicht daliegenden, von Kies bedeckten großen freien Platz fuhr, übertraf, was er sah, alles, was der Professor beschrieben hatte.

Während sich auf der rechten Seite das sogenannte Neue Schloß von Montbourg-les-Bains erhob, bot sich ihm auf der linken Seite, über einer weiten, von einer steinernen Balustrade umrahmten Terrasse, ein geradezu atemberaubender Ausblick auf den Gipfel des Mont Ventoux mit dem sich gegen den tiefblauen Himmel abzeichnenden Observatorium und der daran anschließenden Radarstation der französischen Luftwaffe und der seitlich von diesen Bauten schräg abfallenden, stark zerklüfteten, nackten Nordostseite des Berges.

In der Mitte des langen Terrassengeländers führte, wie Ribeau im Vorbeifahren sah, eine zweiläufige Freitreppe in höchst raffiniert und kunstvoll angelegte, vom herbstlich bunten Wald gesäumte hängende Gärten hinunter, aus denen immergrüne Buchsbaumhecken, buschhohe Kermeseichen und zum Teil außerordentlich hochgewachsene Zypressen, Aleppokiefern und Zedern emporragten – und als er den Wagen vor dem Neuen Schloß, das von den derzeitigen Bewohnern schon seit Jahren auch stolz ›Château Europe‹ genannt wurde, abgestellt hatte, erschien dem in der nördlich gelegenen, oft kalten und nassen Industriestadt Lille geborenen und aufgewachsenen Doktoranden, der bis jetzt nur an Instituten und Kliniken in überbevölkerten und mit dem Lärm des täglichen Motorenverkehrs gefüllten Großstädten gearbeitet hatte, die sich hier ringsum ausbreitende Natur doch als der eigentlich geeignetste Rahmen, um sich mit all den verschiedenen und unterschiedlichen, insbesondere natürlich auch den ausgefallenen und als krank bezeichneten Manifestationen des menschlichen Geistes zu beschäftigen.

Noch vor zehn Jahren, in der Zeit also, bevor er sein Psychologiestudium begonnen hatte, hätte sich der Arbeitersohn vor dem verschachtelt gebauten, weitläufigen Wohnsitz aus dem sechzehnten Jahrhundert, dessen dreistöckiges Hauptgebäude eine klassisch proportionierte Renaissancefassade aufwies, die links und rechts von zwei massiven Rundtürmen mit steinernen Fensterkreuzen flankiert wurde, zwar wohl noch etwas unangenehm und deplaciert gefühlt – aber jetzt ertappte sich der junge Mann in den verwaschenen Bluejeans und der alten, am Kragen und an den Ellbogen schon speckig gewordenen Wildlederjacke sogar bei dem Gedanken, ob er, nach dem derzeitigen, nur der Vorbereitung dienenden ersten Kurzbesuch und dem später folgenden längeren Studienaufenthalt, wenn seine Doktorarbeit abgeschlossen sein würde, nicht gerade hier eine Stelle zu kriegen versuchen sollte.

Er empfand die Ruhe, die auf diesem ganz von Wald umgebenen Anwesen herrschte, als ausgesprochen wohltuend und war, als er aus dem Wagen stieg und sich umsah, eigentlich überzeugt, daß ein Verstehen und eine humane, menschliche Pflege und Betreuung oder gar Heilung von im Geist erkrankten Menschen in einer solchen kleinen und übersichtlichen, jahrhundertealten Kulturoase inmitten einer noch urtümlichen Landschaft doch eher möglich und erreichbar sein mußte als in den großstädtischen Hochzivilisationszentren.

Der kleine rotgesichtige Mann, der trotz seines Übergewichts mit einer unglaublichen Schnelligkeit ums Auto geeilt und von einer wirklich außergewöhnlichen Liebenswürdigkeit war – er hatte, wie der Doktorand konstatierte, in seinen Bewegungen und seiner Sprechweise sogar etwas leicht Feminines –, beharrte mit Nachdruck und ohne Widerrede zu dulden darauf, die große Reisetasche, die Ribeau als einziges Gepäckstück bei sich hatte, zu tragen und führte ihn so, sich mit dem schweren, sackförmigen Ungetüm abmühend, über die breiten, steinernen Treppenstufen, die sich unter dem massiven, dunkelglänzenden Eichenholzportal des Neuen Schlosses ausbreiteten, in eine hohe und weite Eingangshalle, in der farbenprächtig leuchtende, wie Ribeau annahm, aus Flandern und Brüssel stammende Wandteppiche hingen und wo in einer eigenwilligen, doch interessanten Anordnung auffallend viele große, grün bemalte Holzkübel mit üppigen, hoch aufsprießenden Zierpflanzen aller Art herumstanden.

Inmitten dieser verwirrenden Pflanzenvielfalt stellte der

heftig atmende und nun auch stark schwitzende Mann die große Reisetasche dann einfach auf den mit geometrischen Mosaikmustern verzierten Fußboden und bat Ribeau höflich, ihm in einen langen, dunklen Korridor zu folgen, der auf der linken Seite der Halle begann und in dem der Doktorand schon bald gedämpftes Klavierspiel vernahm, das immer deutlicher wurde, je weiter sie vordrangen.

Bei einer mit Schnitzereien verzierten, von einer dunklen Sopraporta gekrönten zweiflügeligen weißen Holztür am Ende des fensterlosen Korridors vernahm man die Musik am deutlichsten – und hier lächelte der kleine Mann unter seiner dunkelblauen, bis über die Ohren herabgezogenen Baskenmütze hervor Ribeau noch einmal verschmitzt nach oben hin an und sagte: »Sie möchten da drin warten! Der Direktor kommt gleich!«

Der Raum, in den der Doktorand trat, war eine Art großzügiger, weiter und heller Salon, in dem auf einem hellbraun glänzenden Parkettboden einige prächtige Perserteppiche lagen und in dem erneut erstaunlich viele Töpfe und Kübel mit üppig wachsenden, zum Teil nur grünen, zum Teil aber auch farbenreich blühenden Pflanzen in einer nicht durchschaubaren Anordnung sowohl antike wie moderne Möbel umrahmten.

Neben einem schwarzen Klavier, das im Hintergrund von einigen der Pflanzen größtenteils verdeckt schräg im Raum stand, so daß Ribeau zunächst nicht erkennen konnte, wer daran saß, waren im ganzen Raum noch die verschiedensten anderen Musikinstrumente verteilt – er sah Geigen, Flöten, Posaunen und Trommeln –, und neben diesen Geräten türmten sich überall Stapel von Partituren und Notenblättern auf.

In die rechte Seitenwand des Salons war ein mannshoher, von Feuerrauch geschwärzter alter provenzalischer Kamin eingebaut, während beidseits der Tür eine Unzahl von Büchern die Wände vom Fußboden bis zum weißen Stuckplafond bedeckten, und aus drei hohen, außen vergitterten Fenstern auf der gegenüberliegenden Raumseite konnte man auch von diesem Teil des Schlosses über den großen Kiesplatz zum weißen Gipfel des Mont Ventoux hinaufsehen – aber beherrscht wurde der Raum von einer riesigen, nicht besonders gelungenen Kopie des Ribeau wohlbekannten Bildes ›Regentessen van het Oude-Mannenhuis te Haarlem‹ des holländischen Malers Frans Hals, die über einer Sitzgruppe aus braunen Ledermöbeln an der linken Seitenwand hing.

Die fünf schwarzgekleideten alten Damen waren darauf im Unterschied zum Original – Hals hatte das schonungslose Gruppenbild der ›Vorsteherinnen des Altmännerhauses von Haarlem‹ vermutlich als Insasse dieses Heims noch im Alter von achtzig Jahren gemalt – nicht nur als isolierte Einzelpersonen dargestellt, sondern durch ein überhartes Licht sogar so weit reduziert, daß von ihnen nur noch die weißen Kleidkragen, die harten, zu keiner gefühlvollen Geste mehr fähigen Hände und die karikaturistisch gemalten Greisinnengesichter deutlich zu erkennen waren.

Die Frau, die links außen saß, hielt als Finanzverwalterin, obwohl alle Rechnungen sicher beglichen und die Bücher geschlossen waren, immer noch die rechte Hand geöffnet – aber die ansonsten durchwegs noblen Haltungen, die diese großen Damen einnahmen, widerspiegelten, neben ihrer Autorität, trotzdem auch eine Härte, Einsamkeit und Trostlosigkeit, die jene der armen Schlucker, denen sie in ihrem Heim Hilfe leisten wollten oder sollten, zweifellos noch übertraf.

Verwundert stellte der junge Mann aus Paris auch fest, daß auf der dem Bild gegenüberliegenden Seite des Salons bei einem topmodernen, geschickt zwischen Bücherwand und Kamin placierten Turm, der aus einem großen Fernseher, einem Videorecorder, einer mehrteiligen Hi-Fi-Anlage sowie einem modisch gestylten Telefon bestand, die Bildröhre des Fernsehapparats nur noch in Scherben vorhanden war.

Als er, nach einigen Momenten des Abwartens und Herumschauens, schließlich ein paar Schritte nach vorne machte, um zu sehen, wer am Klavier saß, befand Ribeau sich zu seiner Überraschung einer vollständig in Schwarz gekleideten, im Gegensatz zu den ›Vorsteherinnen‹ jedoch jungen Frau mit streng nach hinten gekämmten schwarzen Haaren und wundervollen, aber sehr bleichen Gesichtszügen gegenüber, die sich, wie ihm durch den Kopf fuhr, also in tiefer Trauer hätte befinden können und die ihr Spiel, nachdem sie den fremden Eindringling bemerkt hatte, sofort unterbrach, um ihn mit großen, überraschend intensiv leuchtenden, hellblauen Augen fragend anzusehen.

»Spielen Sie doch weiter, Mademoiselle«, beeilte Ribeau sich nun sofort als Entschuldigung für seine Störung zu sagen. »Schubert, nicht wahr!«

»Das Impromptu As-Dur Opus neunzig Nummer vier«, sagte die am Klavier sitzende junge Frau daraufhin mit einem Leuchten in den Augen und einem leichten englischen Akzent in der Stimme. »Mögen Sie – Schubert?«

»Sehr«, antwortete Ribeau, der sich über die Richtigkeit seines Urteils freute. »Ich liebe die ›Winterreise‹.«

»Die mag ich auch«, meinte die vielleicht drei oder vier Jahre jüngere Frau, die ihr enganliegendes Haar hinter dem Kopf in einem straffen Knoten zusammengebunden trug, und spielte gleich einige Takte aus diesem Liederzyklus, um dazu in einem, wie Ribeau glaubte, nicht ganz korrekten Wortlaut zu singen:

Fremd bin ich eingezogen,
Fremd zieh' ich wieder aus.
Es zieht ein Mondenschatten
Als mein Gefährt voraus –

Dann brach die Frau ihren Gesang und ihr Spiel ebenso abrupt wieder ab: »Meinen Winter verbringe ich aber doch lieber hier, im Süden!«

»Verständlich«, meinte der Doktorand, der immer noch nicht wußte, wen er da vor sich hatte.

»Ich ziehe mich oft hierher zurück«, sagte die Frau nun wieder. »Klavierspielen entspannt mich.«

»Ich verstehe«, meinte Ribeau.

In der Pause, die danach entstand, glaubte der junge Mann für einen Moment, den jetzt wieder deutlich hörbaren heftigen Mistral, der draußen blies, in stark abgeschwächter Form auch hier drinnen, in dieser merkwürdigen Mischung von Musikzimmer, Treibhaus und Bibliothek, direkt auf seiner Haut zu spüren.

Die Frau hätte, wie er überlegte, ein höchst interessanter Fall sein können – ein erstes Beispiel dafür, wie die völlig neuartige Behandlungsmethode, die man hier entwickelt hatte, funktionierte, eine Patientin also, mit der er später möglicherweise auch einmal zu tun bekommen würde.

Aber bevor er mit dem Direktor dieser Klinik, dem Schöpfer des noch kaum je irgendwo, weder von seinem Erfinder selber noch von einem seiner Mitarbeiter oder einem außenstehenden Fachmann umfassend und adäquat dargestellten, berühmten wie berüchtigten *Beschwichtigungssystems,* gesprochen hatte, wollte er sich natürlich noch nicht zu sehr vorwagen – zumal er auch die wohlproportionierten Körperformen der Frau bemerkt hatte, die sich unter der dünnen schwarzen Wolljacke, der schwarzen Seidenbluse, dem enganliegenden schwarzen Rock und den schwarzen Nylonstrümpfen abzeichneten, und er, was Frauen betraf, wie er sich eingestehen mußte, schon einmal entschieden danebengegriffen hatte.

»Sind Sie *hier*?« fragte die Frau den stumm dastehenden Doktoranden unvermittelt – und dieser kam sich durch die Frage, die er nicht recht verstand, wie er amüsiert feststellte, sogar etwas überrumpelt vor.

»Bitte?« fragte er deshalb einfach.

»Sind Sie ein Neuer?«

»Was meinen Sie?«

»Bleiben Sie länger hier?«

»Das kommt darauf an.«

»Worauf?« wollte die Frau nun mit deutlichem Nachdruck wissen.

»Ich muß mit dem Direktor sprechen!«

Die auf ihn gerichteten, großen und so intensiv hellblau leuchtenden Augen ließen den jungen Mann nicht wieder los, und nachdem die Frau noch gefragt hatte, woher er komme, rief sie sofort: »La bella Parigi! Città dei miei sogni! La ville lumière! Wie sie mir fehlt!«

»Sie haben in Paris gelebt?« fragte Ribeau, den ihre Sprachkenntnisse irritierten.

»Sie müssen mir erzählen, was in Paris los ist«, drängte die Frau, ohne auf seine Frage einzugehen. »Wir haben im Fernsehen kürzlich Yves Montands Auftritt im Olympia wiedergesehen« – und schon spielte sie auf dem Klavier und sang dazu:

> Depuis qu'à Paris,
> On a pris la Bastille,
> Dans tous les faubourgs,
> Et à chaque carr'four,
> Il y a des gars,
> Et il y a des fill's

Qui, sur les pavés,
Sans arrêt, nuit et jour,
Font des tours,
Et des tours,
À Paris …

Ribeau, den die Wandlungsfähigkeit der Frau beeindruckte, klatschte kurz und meinte: »Sie haben eine wunderbare Stimme!«

»Danke«, sagte die Frau, ohne dem Kompliment irgendwelche Beachtung zu schenken. »Sie müssen mir erzählen,
welche Mode man in Paris trägt, welche Restaurants man
besucht!«

»Ich war in der letzten Zeit selten in Paris«, antwortete
Ribeau ausweichend. »Ich war viel auf Reisen.«

»Aber Sie müssen doch wissen, was *in* ist. Welche mai-
sons – ich meine, wessen Stücke man spielt, an der Comédie
Française zum Beispiel!«

»Meine Arbeit erlaubt mir leider nicht, viel auszugehen.«

»Aber Sie werden doch wissen, welche Dichter man liest,
welche Philosophen man diskutiert. Sie haben doch Fernsehen!«

»O nein«, lachte Ribeau.

»Unser Apparat ist jetzt leider auch kaputt«, sagte die
Frau daraufhin bedauernd. »Haben Sie vielleicht etwas zu
rauchen?«

»Ich bin Nichtraucher.«

»Und wie steht's mit Schnee?«

»Schnee?« fragte Ribeau.

»Ja.«

»Ich verstehe –«

»Was *machen* Sie denn?« fragte die Frau nun höchst ungeduldig.

»Ich –«

Er zögerte – aber im gleichen Augenblick öffnete sich, ihm eine Entscheidung ersparend, die Tür, durch die er in den Salon getreten war, und ein großer, wohlbeleibter, aber keineswegs dick wirkender Mann, der einen offenen weißen Ärztekittel trug und, wie Ribeau wußte, vor wenigen Wochen neunundfünfzig Jahre alt geworden war, kam schwungvoll hereinspaziert.

Wie die Umgebung und das Schloß entsprach Doktor Maillard, der Chef der Clinique Château Europe, zwar recht genau der Beschreibung, die man Ribeau gegeben hatte – sogar die Kleidung, die er unter dem offenen weißen Mantel trug, glich der auf den Fotos, die er von ihm gesehen hatte –, aber als der Doktorand den Mann, der jede Art von Publizität verabscheute und von dem nur wenige ältere Bilder existierten, nun direkt in Fleisch und Blut vor sich sah, beeindruckte ihn die imposante Erscheinung doch mehr, als er erwartet hatte.

Vor allem die, wie er überrascht erkannte, mit jenen der jungen Frau am Klavier praktisch identischen, intensiv hellblau leuchtenden Augen, die ihn unter einem Paar buschiger, tiefschwarzer Brauen hervor äußerst lebhaft ansahen, waren es, die Ribeau so bemerkenswert schienen – und angenehm überraschte ihn auch das überhaupt nicht anmaßende oder arrogante Benehmen, das der trotzdem Autorität und Würde ausstrahlende, wie man sagte, ganz und gar der alten Schule angehörende und großen Wert auf gepflegte Umgangsformen haltende Mann ihm gegenüber an den Tag legte.

»Da ist er ja, unser junger Freund«, sagte der Klinikchef, der unter dem weißen Mantel einen dunkelblauen Anzug mit Gilet trug, über dessen Ausschnitt sich eine grellrote Krawatte und die hautfarbenen Schläuche eines altmodischen Stethoskops von einer weißen Hemdbrust abhoben,

während er mit ausgestreckten Armen erfreut lachend auf
den Doktoranden zuging. »Gut gereist? Keine Schwierigkeiten gehabt, uns hier zu finden?«

»Überhaupt nicht, Monsieur le directeur«, antwortete
Ribeau und erwiderte den fast schmerzhaft kräftigen
Händedruck des großen Mannes. »Der Professor hat mir
alles genau beschrieben!«

»Der gute alte Sagot-Du!« rief der Klinikdirektor und
strich sich mit beiden Händen über die stark gelichteten
grauen Haare, die glatt zurückgekämmt auf seinem kan-
tigen Schädel lagen. »Wir haben uns schon so lange nicht
mehr gesehen. Wie geht es ihm denn? Produziert er immer noch eine wissenschaftliche Arbeit nach der andern
und sensationiert damit das literarische Paris?«

»Sie übertreiben, Monsieur«, meinte Ribeau, der
sich ein leichtes Schmunzeln allerdings nicht verkneifen
konnte.

»Aber nein«, lachte Maillard. »Wir sind hier im Süden
zwar etwas abseits vom Zentrum, aber heutzutage ist
man ja auch an der Peripherie ganz gut informiert. Und
Sagot-Du's vornehmer Doppelname und sein doppeldeu-
tiges Eierkopfimage dringen durch die Medien ja bis in
den letzten Winkel.«

»Der Professor sagte mir, daß Sie einen ausgeprägten
Sinn für Humor hätten.«

»Humor?! Hast du gehört, Linda?« Wieder lachte der
große Mann schallend. »Humor hat er gesagt! Ich wette,
der gute Sagot-Du hat Sie vor mir gewarnt und Ihnen gesagt, ich sei ein alter Witzbold, der dauernd irgendwelche
Scherze aushecke und sogar zu einer gewissen Boshaftig-
keit neige!«

»Durchaus nicht«, versicherte der Doktorand – worauf
der andere jovial meinte: »Ach, kommen Sie, mir gegenüber können Sie völlig offen sein. Sagot-Du und ich sind

27

schon viel zu lange miteinander befreundet, als daß wir uns noch irgend etwas vorzumachen brauchten. Er hat mir ja auch alles über Sie geschrieben und Sie mir eben noch einmal telefonisch ans Herz gelegt. Der begabteste Schüler und Mitarbeiter, den er bis jetzt gehabt habe! Mein Kompliment! Sehr schmeichelhaft!«

»Ich –«

Ribeau blickte kurz zu der Frau, die am Klavier saß.

»Ach so, Linda«, meinte der Klinikchef. »Habt ihr euch überhaupt schon bekannt gemacht?«

»Wir haben uns ein wenig unterhalten«, sagte Ribeau.

»Sehr schön, wunderbar«, konstatierte Maillard zufrieden. »Dann sei doch so gut und bring uns einige Erfrischungen, liebste Linda!«

»Mit Vergnügen«, sagte die junge Frau lächelnd und ging auf ihren eleganten, hochhackigen schwarzen Schuhen so nahe an Ribeau vorbei zur Tür, daß dieser den Duft ihres diskreten, aber trotzdem ungewöhnlich aufreizend wirkenden Parfums riechen konnte.

»Eine interessante und, wie es scheint, auch recht talentierte Person«, sagte der Doktorand dann, höchst gespannt auf das Gespräch, das zwischen ihm und dem in Fachkreisen nicht nur gerühmten, sondern auch umstrittenen und stark angefeindeten Direktor folgen würde. »Ist sie –«

»Linda?!« lachte dieser nun wieder laut. »Nein, nein, mein Lieber! Linda ist keine Patientin. Sie ist die Tochter eines amerikanischen Multimillionärs und Medienzars. Das Kind hat zwar, wie viele junge Leute in unserer Zeit, unlängst auch einmal einige Wohlstandsprobleme gehabt – gewisse Sucht- und Abhängigkeitserscheinungen, Sie verstehen, was ich meine –, erledigt nun aber, nun ja, sagen wir, spezielle Sekretariatsarbeiten für mich, als meine ganz persönliche Mitarbeiterin sozusagen. Ein höchst reizendes und liebenswürdiges Wesen, wie Sie sicher bemerkt haben!«

»Oh, durchaus«, sagte Ribeau, nicht ohne gleichzeitig eine gewisse Genugtuung darüber zu empfinden, daß er sich im Gespräch mit dieser Frau, bevor der Direktor erschienen war, noch nicht zu weit vorgewagt hatte.

»Manchmal etwas überschwenglich, ja exzentrisch«, meinte Maillard mit einem, wie Ribeau schien, leicht ironischen Unterton. »Aber das erhöht den Reiz ja nur, oder nicht?«

»Sie müssen entschuldigen, daß ich unsicher war. Aber Sie werden verstehen –«

»Natürlich, mein Lieber, natürlich«, beschwichtigte ihn der Klinikdirektor. »Wie ich dem Brief von Sagot-Du entnommen habe, waren Sie ja auch schon bei Basaglias Nachfolger Doktor Rotelli in Triest und haben Laing auf seinem Alterssitz in Saint-Tropez besucht.«

»Richtig. Mein Auge ist, sagen wir, vielleicht nicht mehr ganz ungeschult.«

»Aber man kann nie vorsichtig genug sein, nicht wahr?!«

»Sie sagen es!«

»Und nun schickt der alte Fuchs Sie also auch noch zu mir!«

»Aber nein, Monsieur«, protestierte Ribeau. »Ich bin auf meinen ganz persönlichen Wunsch hier – zur Vervollständigung meiner *thèse d'État*, wie Sie wissen. Ihre Arbeit und Ihre Methode sind in der Öffentlichkeit ja leider nicht so bekannt, wie sie es verdienen würden, aber in wissenschaftlichen Kreisen spricht man mit großem Respekt von Ihnen und Ihrem System.«

»Bitte setzen Sie sich doch. Sie werden nach der langen Fahrt sicher müde sein!« Maillard deutete auf das bequem aussehende braune Ledersofa, das direkt unter der riesigen, wirklich nicht besonders gut gelungenen Kopie des ›Vorsteherinnen‹-Bildes stand, und fügte in der ihm eigenen, angenehmen und freundlichen Art hinzu: »Ich hoffe, die vielen Pflanzen stören Sie nicht zu sehr. Wir haben einfach noch keine Zeit gehabt, uns dieses Problems anzunehmen. Sobald wir für einige andere, wichtigere Dinge eine Lösung gefunden haben, werden wir uns aber auch um diese Sache kümmern und sie wieder in Ordnung bringen!«

Ribeau, der für die Aufforderung, sich zu setzen, dankbar war, verstand nicht recht – ihm kam es vor, als ob die üppige Vegetation, die das Schloß umgab, durch die überall aufgestellten Kübelpflanzen auf eine wundervolle Weise in dieses Gebäude hineinwachsen konnte, so daß man sich quasi auch in seinem Innern noch in der Natur befand –, und er sagte deshalb zu Maillard, der bald einige Schritte in dieser, bald in jener Richtung machte, daß ihn die Pflanzen überhaupt nicht störten, daß er sie, im Gegenteil, als ausgesprochen angenehm, ja wohltuend empfinde, und versuchte dann, das Gespräch wieder auf den Zweck seines Besuchs zurückzuführen, indem er meinte: »Sie sollten unbedingt mehr über Ihre Arbeit publizieren.«

»Ach was«, wehrte der Direktor einmal mehr nur beiläufig ab. »Es wird doch schon viel zuviel publiziert! Was ich zu sagen habe, habe ich gesagt, es ist gedruckt und greifbar, und ich sehe nicht ein, warum ich das alles noch in tausendfachen Variationen und Verkleidungen wiederholen soll, nur um mir damit einen sogenannt ›wissenschaftlichen‹ Namen zu machen.«

Da er nun den Augenblick für gekommen hielt, mit dem Mann, der ihm in seiner offenen und unkonventionellen Art immer sympathischer wurde, genauer über die Bedingungen seines Studienaufenthalts in diesem Haus zu sprechen – ein Praktikum, das er, nach dem Eindruck, den er bisher gewonnen hatte, möglichst rasch anzutreten wünschte –, gestand Ribeau ganz direkt: »Ihr Angebot und

Ihr Bestehen auf einem Kurzbesuch von mir zur Vorbereitung meines Aufenthalts haben den Professor und mich etwas überrascht.«

»Oh«, meinte Maillard, während er schmunzelnd vor dem Doktoranden stehenblieb. »Wir dachten, daß wir auf diese Weise sowohl Sie wie uns vor Enttäuschungen bewahren können. Denn der letzte Besucher, den wir hier in unserem guten Château Europe hatten, war nämlich, wenn es Sie interessiert, ein kuhäugiger deutscher Journalist, ein gewisser Fritzi – ich weiß nur noch Fritzi – aus Hamburg, der recht forsch auftrat und dann einen uns sehr enttäuschenden, höchst überheblichen, durch und durch deutschen Artikel schrieb, in dem er alles und jedes, was er hier gesehen und gehört hatte, kritisch hinterfragte und rational brillant, aber trotzdem völlig oberflächlich verbalisierte und intellektualisierte. Im Stil: ›Der romanische Chauvinismus der Latinität bedroht die größte Dichter- und Denkernation der Welt!‹«

Während der Klinikdirektor genußvoll das Zitat des Journalisten zum besten gab, war die schwarzgekleidete Amerikanerin wieder in den Salon getreten und trug eine große, mit Früchten überladene Schale herein – Ribeau erkannte neben hoch aufgetürmten, hellgelb und dunkelblau leuchtenden Trauben auch prächtige Äpfel, Birnen und Pfirsiche.

»Der Wein kommt gleich«, sagte sie, während sie die Schale graziös vor dem Besucher aus Paris auf den Glastisch stellte – und als Maillard sie fragte, ob sie noch den Namen des deutschen Journalisten wisse, von dem ihm nur noch Fritzi, Fritzi aus Hamburg, in Erinnerung geblieben sei, meinte sie: »Nein. Eine Frucht?«

»Danke nein«, antwortete Ribeau.

»Ist aber sehr gesund!« Der an den Glastisch herangetretene große Mann nahm sich eine von den dunkelblauen

Trauben und setzte sich dann dem Doktoranden schräg gegenüber in denjenigen der beiden zur Sitzgruppe gehörenden schweren braunen Ledersessel, der der Fensterfront des Salons zugewandt war.

»Die Servietten, sofort«, sagte die ihren Chef aufmerksam beobachtende Mitarbeiterin dienstbeflissen und eilte hastig wieder hinaus.

Der stattliche Klinikdirektor hatte sich einige große blaue Traubenbeeren in den Mund geschoben und zerkaute sie kraftvoll.

»Nehmen Sie doch auch eine«, ermunterte er den Doktoranden nochmals, während er ihm die Schale zuschob. »Aus dem eigenen Weinberg!«

»Oh, schön! Dann natürlich!« Ribeau entschied sich ebenfalls für eine dunkelblaue Traube, und diese schmeckte, wie er zugeben mußte, wirklich ausgezeichnet – und nachdem er einige Beeren gegessen hatte, erlaubte er sich, dem Klinikdirektor eine etwas indiskrete Frage zu stellen.

»Sagen Sie – wie heißt sie eigentlich mit Nachnamen?«

»Linda? Sie heißt Lovely, Linda Lovely. Ein schöner Name, finden Sie nicht auch?«

»Oh, doch«, meinte Ribeau. »Und Ihr Assistent ist Doktor Anseaume?«

»Sie kennen Doktor Anseaume?« fragte Maillard den ihm schräg gegenübersitzenden jungen Mann.

»Der Professor erwähnte ihn.«

»So so –«

»Er meinte, Sie würden mich wohl sicher in seine Obhut geben.«

»Meinte er –«

Die plötzliche Kurzsilbigkeit und das mit einer speziellen Betonung und einem ironischen Schimmern in den hellblau leuchtenden Augen verbundene kommentarlose, fast echohafte, schroffe Wiederholen der Worte verunsicherten Ribeau ein wenig.

»Ja –«, sagte er.

»Nun«, meinte der Klinikdirektor mit einem feinen Lächeln. »Ich bin nicht sicher, ob Doktor Anseaume da der geeignete Mann wäre.«

»Ich werde ihn ja kennenlernen«, sagte Ribeau.

»Das ist, fürchte ich, momentan leider nicht möglich«, antwortete Maillard betont langsam.

»Warum?« fragte Ribeau.

Der Klinikdirektor sah den jungen Mann, während er sich eine weitere Traubenbeere in den Mund schob, amüsiert an und erklärte dann wieder so langsam wie zuvor: »Doktor Anseaume befindet sich im Urlaub.«

»Wie bitte?«

»Neu-Kaledonien!«

Ribeau war etwas verwirrt. »Aber der Professor«, begann er – und Maillard fragte sofort mit einem eigenartigen Unterton: »Ja?«

»Nichts«, sagte Ribeau ausweichend, und im gleichen Augenblick trat wieder die Amerikanerin in den Salon und verschaffte ihm damit eine nicht unwillkommene Atem- und Denkpause.

»Die Servietten«, sagte die schöne junge Frau und begann zu seiner Überraschung, eines der großen weißen Tücher zuerst sorgfältig auf dem Schoß Maillards und das andere gleich darauf, ohne irgendwelche Hemmungen zu zeigen oder eine Entschuldigung vorzubringen, auf dem seinen auszubreiten.

»Unser junger Freund hier hat sich nach Doktor Anseaume erkundigt«, sagte der Klinikdirektor zu Linda – aber diese reagierte überhaupt nicht darauf, sondern fragte Ribeau, während sie ihm in die Augen sah, ob er lieber wei-

33

ßen oder roten Wein trinke, und verließ, nachdem er sich für weißen entschieden hatte, ein weiteres Mal den Salon.

»Ist sie nicht zauberhaft, meine Linda«, sagte der große Mann, während er sich eine zweite, diesmal eine hellgelbe Traube nahm. »Sie wollen also, wenn ich den guten Sagot-Du richtig verstanden habe, über die sogenannte ›Anti-Psychiatrie‹ schreiben?«

»Eine unglückliche Bezeichnung, die sich leider durchgesetzt hat«, wehrte Ribeau, der spürte, daß nun der Moment seiner Prüfung gekommen war, sofort ab.

»Bevorzugen Sie vielleicht die Bezeichnungen antiinstitutionell, antitechnokratisch, antiautoritär, radikaldemokratisch oder demokratisch-sozialistisch?« fragte der Klinikdirektor, der ihn mit seinen hellblauen Augen einmal mehr leicht ironisch musterte und jeden Fachausdruck nicht nur betont klar aussprach, sondern in einer geradezu theatralischen Weise auch noch genüßlich auskostete, bevor er erneut einige Traubenbeeren in den Mund schob. »Oder sehen Sie etwa gar eine Verbindung dieser Schule mit der internationalen Protestbewegung der Jugendlichen, den Befreiungsbewegungen der Dritten Welt – oder überhaupt mit der allgemeinen Krise und Dekadenz unserer überreizten, spätbürgerlichen Industriewohlstandsgesellschaft?«

»Alles Kampfwörter«, meinte Ribeau, »die zu Mystifikationen und Fehldeutungen geführt haben und immer noch führen.«

Maillard schien entzückt.

»Gewiß!« rief er – und Ribeau merkte plötzlich, daß die Gründe, deretwegen er diese Prüfung unbedingt bestehen wollte, sich seit seiner Ankunft schon leicht verändert hatten.

»Als ›Anti-Psychiatrie‹ bezeichnet ja eigentlich nur Cooper sein Konzept«, sagte er, »während die Italiener im allgemeinen von der antiinstitutionellen, der demokratischen oder der kritischen Psychiatrie sprechen und die Deutschen das gleiche als kritische Sozialpsychiatrie oder als alternative Psychiatrie umschreiben. Und bei uns in Frankreich ist das Antiinstitutionelle der Italiener dann ja wiederum die institutionelle Psychotherapie!«

Der stattliche Klinikdirektor schlug sich mit beiden Händen auf die Oberschenkel, lachte und rief laut: »Es lebe der kleine Unterschied!«

»Alle diese Schulen«, sagte Ribeau, »sind Kombinationen aus der klassischen Psychoanalyse, dem Freudo-Marxismus, von psychoepidemiologischen Untersuchungen –«

»Sehr schön, wunderbar! Jetzt versteh' ich, warum Sagot-Du Sie als seinen begabtesten Schüler bezeichnet!«

»Nicht doch«, wehrte Ribeau verlegen ab.

»Nein, nein! Der berühmte ›kulturelle Relativismus‹! Alle Bestandteile sind da. Der Blick und das Denken *des* Außen und *von* außen. Der fremde und verfremdete, quasi ethnologische Blick auf unser Eigenes« – Maillard legte die rechte Hand waagrecht an seine buschigen Augenbrauen und spähte unter der Fläche, die sie bildete, angestrengt herum –, »das unaufhebbare Negative und der unabdingbar notwendige Abstieg in die Unterwelt. Das Denken von der Endlichkeit her und das Gesetz des Auftauchens und des Verschwindens des Subjekts. Kurz: die radikale Historisierung und Auflösung der menschlichen Natur!«

»Sie scheinen mit dem Werk des Professors aber außerordentlich gut vertraut zu sein«, bemerkte Ribeau.

Der Direktor erhob sich, drückte seine Ellbogen nach hinten und streckte seine Arme aus, so daß die Ärmel seines weißen Ärztekittels zusammen mit denen seiner Anzugjacke nach hinten rutschten.

»Oh, ich habe die Karriere des lieben Louis sehr aufmerksam verfolgt«, sagte er maliziös lächelnd. »Wie Sie
sicher schon bemerkt haben, hängt zum Beispiel dieses
Bild« – er zeigte auf die riesige Kopie an der Wand über
dem Sofa, auf dem Ribeau saß – »einzig und allein zu seinen Ehren hier. Der gute Frans Hals mag sich ob der Qualität der Nachahmung zwar im Grab umdrehen, aber seine
›Vorsteherinnen‹ sind doch einigermaßen wiederzuerken-
nen!«

»Das Bild, das der Professor der Neuauflage von
›Wahnsinn und Methode‹ beifügen ließ«, stellte Ribeau
fest.

»Ein Entschluß, den damals selbst die Presse unisono als
›rätselhaft‹ bezeichnet hat«, ergänzte Maillard mit einem,
wie dem Doktoranden schien, schalkhaften Unterton.
»Ich habe die Kopie von einem unserer Maler-Patienten
anfertigen lassen, der glaubt, ihn habe, wie van Gogh, die
Sonne der Provence ins Gehirn gebissen – wenn auch, wie
Sie sehen, leider nicht ganz mit dem gleichen Resultat!«

Mit einem Korb voller Weinflaschen und einem Tablett,
auf dem Gläser sowie Schalen mit Salzgebäck und Oliven
standen, trat die schwarzgekleidete Mitarbeiterin in den
Salon, und da sie wegen des geflochtenen Tragbehälters,
den sie an den einen Arm gehängt hatte, und des Servier-
bretts, das sie auf den Händen trug, einige Mühe mit dem
Öffnen und Schließen der Tür hatte, eilte der Direktor ihr
entgegen, um sie von dem schwereren der Gegenstände zu
befreien.

»Côtes du Ventoux!« rief er und hielt den Korb mit den
Flaschen hoch. »Da steckt die ganze Kraft des Berges drin,
mit dem wir uns hier zu vereinen suchen!«

»Der Mont Ventoux ist, wie Sie vielleicht wissen«, sagte
Linda Lovely zum Doktoranden, während sie das Tablett

auf den Glastisch stellte, »nicht nur einer der vier heiligen Berge der Provence, sondern er wird, wie etwa der Sinai und der Himalaja, in allen alten Texten auch zu den sieben heiligen Bergen der Welt gezählt.«

Die junge Frau sah Ribeau lächelnd an und setzte sich dann so eng neben ihn auf das große braune Sofa, daß er nicht nur erneut ihr Parfum riechen, sondern auch die feine, absolut reine Haut ihres Gesichts und ihres Halses betrachten konnte – und Maillard, der sich inzwischen ebenfalls wieder gesetzt und eine der unetikettierten Flaschen geöffnet hatte, meinte, dieweil er drei mittelgroße, bauchige Gläser mit einem herrlich perlenden, hellgelb funkelnden Wein vollschenkte, in seiner weltmännischen Art: »Jetzt trinken wir auf den zukünftigen Doktor, mon cher!«

»Cheers«, sagte Linda Lovely, während sie ihr Glas hob – und auch Ribeau ergriff sein Glas und sagte: »À la vôtre!«

Dann nahm die Amerikanerin sofort das Thema, das sie zuvor angeschnitten hatte, wieder auf und erklärte dem neben ihr sitzenden, auf dem Gebiet des Esoterischen oder Mystischen, wie er gestehen mußte, wenig gebildeten Doktoranden, was es mit den Bergen der Provence, wie es schien, an Besonderem auf sich hatte.

»Ob Sie es glauben oder nicht, aber das Massif de la Sainte-Baume, die Sainte-Victoire und der Lubéron verlaufen, wie die alten Kathedralen, alle exakt von Osten nach Westen, und ihre Gipfel bilden eine perfekte Gerade, die genau auf unseren Berg hier zeigt.« Mit einer ehrfurchtsvollen Geste der linken Hand wies sie in Richtung der Fenster und des sich draußen, dem Schloß direkt gegenüber erhebenden Mont Ventoux.

»Ich fürchte, liebe Linda«, meinte der Klinikchef nun mit einer gewissen Nachsicht und nahm einen weiteren Schluck, »in Paris interessiert man sich nicht besonders für diese Dinge.«

»Aber ich bitte Sie, Monsieur le directeur«, protestierte Ribeau – da er erstens nicht wußte, ob das, was die Mitarbeiterin sagte, nicht vielleicht ein wichtiger Teil von Maillards gerüchteumranktem System war, und er sich zweitens in Anwesenheit dieser Frau auf keinen Fall mit einer dummen Bemerkung blamieren wollte –, »ich interessiere mich sehr für alles, was hier passiert und mit Ihrem Beschwichtigungssystem zusammenhängt.«

»Oh, wir sind Ihnen für Ihre wohlwollende Beurteilung dessen, was Sie hier sehen und hören, sehr dankbar, mein Lieber«, sagte der große Mann nun wieder betont jovial. »Solcher Besonnenheit und Umsicht begegnet man heutzutage bei jungen Leuten ja nur noch höchst selten – und wir haben in der Tat, wie ich gestehen muß, auch schon oft genug erfahren müssen, daß die Gedankenlosigkeit unserer Besucher recht unangenehme Zwischenfälle verursacht hat, nicht wahr, liebe Linda!«

»Das sogenannte ›Land im Licht‹, in dem wir uns hier befinden«, meinte die junge Frau mit merkwürdig geradeaus gerichtetem Blick, »hat nicht nur van Gogh und Cézanne fasziniert, sondern zieht gerade auch heute wieder enorm viele Leute an – aber nur die wenigsten von ihnen wissen, daß dies auch ein hintergründiges, geheimnisvolles und schwermütiges Land ist!«

»Das Licht erhellt nicht, es überstrahlt nur das Dunkel«, kommentierte Maillard in lakonischer Kürze.

»Dieses Land«, ereiferte sich Linda Lovely jetzt, »ist, wie Sie vielleicht wissen, auch das Land des göttlichen Grafen und des blutigen Barons – das Land des von Gewalt und Liebe besessenen Marquis de Sade und des von der Macht besessenen Baron d'Opède, der in einer der blutigsten Ausrottungsaktionen der damaligen Zeit die als Ketzer bezeichneten Waldenser zu Tausenden auf bestialische Weise massakrieren ließ.«

Erregt fuchtelte sie mit den Händen in der Luft herum: »Und es ist, wie Ihnen bekannt sein dürfte, auch das Land des berühmten Nostradamus! Es gibt hier überall verborgene Felswände mit Ritzzeichnungen, Schluchten, Feengrotten und andere esoterische Orte, und die Luft ist voller Prophezeiungen und geheimnisvoller Losungen.«

»Es ist, einfach gesagt, ein Land der Demiurgen, Hexenmeister und Zauberer«, fügte Maillard mit einem vieldeutigen Lächeln hinzu, »die sich nicht mit dem äußeren Schein zufriedengeben, sondern das Absolute wollen.«

»Deshalb wimmelt es hier zur Zeit auch nur so von allen möglichen Sekten«, erklärte die Amerikanerin, nicht ohne eine gewisse Empörung in ihrer Stimme mitschwingen zu lassen, »von Spiritisten und Okkultisten angefangen, über Swamis und Yogis bis hin zu Lehrern des Zen, Spezialisten des Bogenschießens und anderen Meditationsheiligen und Glaubensschwärmern.«

»Von all den Fritzis aus Hamburg ganz zu schweigen«, setzte Maillard trocken hinzu.

Der Doktorand aus Paris wußte nicht, ob es der Wein oder die immer stärkere Anziehungskraft war, die Linda Lovely auf ihn ausübte – aber irgendwie fühlte er sich hier, in dem alten provenzalischen Schloß, in der Gesellschaft dieser beiden Menschen ausgesprochen leicht, ja sogar euphorisch oder vielmehr euphorisiert, und er verspürte, was für ihn doch eher ungewöhnlich war, plötzlich ein bemerkenswert starkes Interesse für die sonderbaren, ins Esoterische oder gar in den okkulten Bereich hineinreichenden Dinge, von denen die junge Frau sprach.

Doch ausgerechnet jetzt klopfte es überraschend laut an die Tür, und noch bevor der Klinikdirektor hätte reagieren können, streckte eine etwa sechzigjährige Dame ihren mit feuerroten Locken bekränzten Kopf in den Raum.

»Ah, Madame Rougemont«, sagte Doktor Maillard mit einer, wie Ribeau bemerkte, besonderen Liebenswürdigkeit. »Was gibt es denn? Kommen Sie doch herein!«

Die Frau, die nun resolut in den Salon eintrat, war eine, dem Direktor in der Statur ähnliche, ebenfalls sehr stattliche Erscheinung, deren großer und kräftiger Körper in einem, wie Ribeau fand, leicht deplaciert wirkenden, über und über mit funkelndem und glitzerndem Schmuck beladenen, altertümlichen, dunkelgrünen Brokatkleid steckte, aus dessen weit ausgeschnittenem Dekolleté große Teile eines enormen Busens quollen.

Die fleischigen, aber trotzdem erstaunlich festen Oberarme dieser Frau, die, wie Linda Lovely, eine gewisse, wenn auch mit der ihrigen nicht zu vergleichende, erotische Ausstrahlung besaß, waren ebenfalls nackt, während die etwas weniger umfangreichen Unterarme und die wiederum auffallend großen Hände, in denen sie mehrere Notenblätter hielt, in langen, stark glänzenden schwarzen Handschuhen steckten.

Unter ihrem großgelockten, zweifellos künstlich gefärbten, voluminösen grellroten Haar hervor schaute die Frau immer wieder neugierig zu dem neben Linda Lovely sitzenden, ihr unbekannten jungen Mann hinüber und sagte dann, mit einem sofort erkennbaren starken deutschen Akzent, betont laut und förmlich: »Pardong, Mössjö lö tirektör! Ich wußte nicht, daß Sie Besuch haben! Ich möchte nicht stören!«

»Aber Sie stören doch nicht, meine Liebe!« sagte der große Mann im weißen Ärztekittel, der sich inzwischen erhoben hatte und mit ausgebreiteten Armen auf die Frau zuging. »Darf ich vorstellen – Monsieur Ribeau, Madame Rougemont!«

Der Doktorand aus Paris erhob sich und verbeugte sich leicht: »Enchanté, Madame« – worauf die rothaarige Dame sofort, in überschwenglicher Weise, ebenfalls ihrem Entzücken Ausdruck gab, um sich dann leiser, aber doch noch so laut, daß auch Ribeau das, was sie sagte, verstehen konnte, wieder an den Direktor zu wenden: »Ich wollte nur schnell – wegen heute abend! Sie wissen ja, wegen meiner Stimme!«

Maillard lachte und küßte der Frau, wie Ribeau nicht ohne Rührung mit ansah, galant die Hand. »Aber natürlich, meine Liebe! Zeigen Sie, was haben wir denn da?«

Mit einer eleganten Geste ergriff er die Notenblätter, die ihm die Dame reichte, sah sie kurz durch und gab ihr dann zwei davon wieder zurück: »Das werden wir gleich haben. Kommen Sie!«

Seine linke Hand unter ihren rechten Oberarm schiebend, führte der stattliche Mann die stattliche Dame nun zum Klavier, setzte sich dort an das Instrument und fragte die sich neben ihn in Positur stellende, ihre Notenblätter vor ihr Dekolleté haltende Sängerin dann: »Wie üblich?« – und diese meinte mit einem überaus freundlichen Lächeln: »Gern!«

Sehr geläufig und locker spielte Maillard nun die Einleitung, und dann sang Madame Rougemont, die, wie Ribeau mit Schrecken feststellte, überhaupt keine Stimme mehr hatte, so laut und so falsch wie nur irgend möglich, eines der schönsten Liebeslieder, das er kannte:

Plaisir d'amour
Ne dure qu'un moment
Chagrin d'amour
Dure toute la vie ...

»Sehr schön, wunderbar«, rief Maillard, als der Gesang, der auf Ribeau in seiner totalen Falschheit schließlich schon fast wieder gekonnt und in einer gewissen Weise auch rührend komisch gewirkt hatte, endlich vorbei war, »das geht ja tadellos!« – worauf die derart gelobte Dame verlegen die Augen niederschlug.

»Vielen Dank, Mössjö lö tirektör! Meinen Sie, daß ich heute abend –«

»Aber natürlich, meine Liebe! Das ist doch kein Problem! Ruhen Sie sich jetzt aber noch etwas aus! Kommen Sie, ich begleite Sie in Ihr Zimmer zurück!«

Die glücklich strahlende, stimmlose Sängerin warf dem erstaunten Ribeau, während der Klinikdirektor sie an ihm vorbeiführte, höchst vieldeutige Blicke zu und drehte sich, bei der Tür angelangt, noch ein letztes Mal um und rief, die Worte mit einer pathetischen Armbewegung unterstreichend: »À sö soir, Mössjö!«

»C'est ça, Madame Rougemont, à ce soir«, versuchte Maillard die Frau wieder zu beruhigen, worauf diese sich schüttelte und ihre beachtliche Körpermasse und vor allem ihren gewaltigen Busen bedrohlich zum Zittern brachte.

»Ich fühle mich ganz kribbelig!« juchzte sie, bevor sie sich abrupt umdrehte und schwungvoll aus dem Raum hinausrauschte – ohne zu hören, wie ihr die Mitarbeiterin des Direktors äußerst spitz und giftig nachrief: »Sie haben sich wohl wieder zu viele Frischzellen verpassen lassen!«

Edgar Ribeau, der Linda Lovelys Reaktion nicht verstand, war überzeugt, daß er eben das erste Beispiel einer Behandlung nach dem Maillardschen Beschwichtigungssystem miterlebt hatte – denn darüber, daß es sich bei der bedauernswerten Sängerin um eine Patientin handelte, gab es für ihn keinen Zweifel –, und er war, wie er sich vorurteils- und neidlos zu- und eingestehen mußte, von der Art und Weise, wie der große Mann in diesem zur Klinik umfunktionierten alten Schloß mit seinen Kranken umzugehen schien, schlicht und einfach begeistert.

Er war deshalb nur um so neugieriger, noch mehr über das in Fachkreisen schon weit über die Landesgrenzen und über Europa hinaus bekannt gewordene System zu erfahren und dieses hier, an seinem Entstehungsort, in der direkten praktischen Umsetzung und Verwirklichung durch seinen Schöpfer selber mitzuerleben.

Der emotionale Ausbruch der Amerikanerin am Schluß des kurzen Auftritts der rothaarigen Frau hatte ihn zwar verblüfft – und auch, daß hier offenbar mit der in Medizinerkreisen doch eher als zweifelhaft beurteilten Niehansschen Frischzellenmethode gearbeitet wurde, war neu für ihn –, aber seine inzwischen nicht nur theoretisch angewachsene, sondern auch mit einer nicht unbeachtlichen praktischen Erfahrung verbundene Kenntnis der sogenannten ›Geisteskrankheiten‹ hatte ihn, wenn überhaupt, eines gelehrt, und das war, daß man auf diesem Gebiet bei der Unterscheidung zwischen Schein und Sein eigentlich nie vorsichtig genug sein konnte.

»Eine Patientin?« fragte er deshalb die neben ihm sitzende, seltsam aufgebracht wirkende Linda Lovely, nachdem die Tür sich geschlossen hatte – und die schöne junge Frau wurde plötzlich wieder ganz ruhig, sah ihm mit ihren intensiv leuchtenden hellblauen Augen tief in die seinen und fragte ihrerseits: »Denken Sie immer nur an Patientinnen?«

Zu Ribeaus weiterer Überraschung nahm sie aus einer der Schalen, die vor ihnen auf dem Glastisch stand, eine schwarze Olive und hielt sie ihm vor den Mund – und er ging, nachdem er begriffen hatte, amüsiert auf den kapriziösen Einfall ein, worauf sich die Frau, nachdem die kleine schwarze Frucht zwischen seinen Zähnen verschwunden war, die Finger, mit denen sie sie gehalten hatte, selber in den Mund steckte und genüßlich abschleckte.

»Bravo!« sagte sie hocherfreut. »Du mußt dich an die hiesigen Verhältnisse gewöhnen!« – und nach einer Pause, während der sie ihm immer noch in die Augen sah, sagte sie: »Du gefällst mir!«

Trotz des analytisch geschulten, auf ständige Selbstbeobachtung und auf ein Denken in komplexen Zusammenhängen mit positiven und negativen Rückkoppelungsprozessen trainierten Geistes, den er sich seit dem Grundstudium erworben hatte – und trotz der recht teuer bezahlten Erfahrungen, die er im Privatleben mit dem weiblichen Geschlecht hatte machen müssen –, ließ die unerwartet starke Zuneigung den jungen Mann aus Paris nicht unberührt, er fühlte sich, wenn er ehrlich war, sogar etwas geschmeichelt und fand, wie Maillard, daß die gewisse Überspanntheit, die dieser Frau eigen war, sie tatsächlich nur noch reizvoller machte.

Als er dennoch zu einer Bemerkung ansetzen wollte, die das affektive Eingeständnis der Frau wieder neutralisieren sollte, kehrte der Direktor in den Raum zurück und rief strahlend schon von der Tür her: »Ist das nicht eine erstaunliche Dame! Anne-Rita Rougemont – Sie erinnern sich vielleicht. Jahrelang eine gefeierte Sängerin am Festival International de Musique in Aix. Hatte Gold in der Kehle!«

»Imponierend«, meinte Ribeau, dem der Name der Sängerin allerdings nichts sagte, um dann, als eine Art Gegentest, mit einem Anflug von Ironie hinzuzufügen: »Aber Ihre junge Mitarbeiterin hier hat, wenn ich das sagen darf, eine schönere Stimme!«

»Die hat auch *mehr* als nur Gold in der Kehle«, konterte Maillard mit schallendem Lachen, »und steckt überhaupt voll der erstaunlichsten Talente!«

Die neben Ribeau sitzende Linda Lovely lächelte und schenkte sowohl ihrem Chef wie dem jungen Mann aus Paris und sich selbst von dem herrlich schmeckenden Weißwein nach – und Ribeau versuchte das Gespräch wieder auf die berufliche Ebene zurückzulenken: »Sie haben vorhin von Zwischenfällen gesprochen!«

»Oh, das war, als die Patienten hier noch nach eigenem Gutdünken herumstreifen durften«, sagte der Direktor nonchalant, während er sein Glas hob und zufrieden dessen gelbfunkelnden Inhalt betrachtete. »Da haben wir, in der Tat, immer wieder erleben müssen, daß einige von ihnen durch allzu neugierige Besucher zu nicht ungefährlichen Wutausbrüchen gereizt worden sind.«

Ribeau begriff nicht, was gemeint war, denn soviel er wußte, bestand ein wichtiger Teil des Maillardschen Systems doch eben gerade darin, daß die Patienten sich innerhalb der Klinik völlig frei bewegen durften.

»Was heißt denn ›als‹?« fragte er nach.

»Früher«, sagte Maillard einfach.

»Früher?«

»Zur Zeit des Systems der Beschwichtigung!«

Ribeau begriff immer noch nicht.

»Sie wollen doch nicht sagen –«

»Ich fürchte, ich werde Sie jetzt doch etwas enttäuschen müssen, junger Freund – aber mehr kann und will ich Ihnen im Moment noch nicht verraten. Denn wir haben, wie Sie wissen müssen, eine kleine Überraschung für Sie vorbereitet!«

»Aber Ihr System!«

»Später, mein Lieber, später«, winkte der Klinikdirektor ab, um dann ohne eine weitere Erklärung zu der mit Büchern bedeckten Wand rechts neben der Tür zu gehen und dort aus einer der Lücken zwischen den Buchreihen eine hölzerne Zigarrenkiste herauszuziehen.

»Eine Havanna?«

»Danke, ich rauche nicht.«

»Schade!« meinte der große Mann mit einer bedauernden

Geste. »Sind hervorragend! Lasse ich mir regelmäßig von Davidoff in Genf schicken!«

»Zigarren aus *Kuba!* Diese Schweizer!«

»Genießer, wie wir Franzosen auch!« meinte Maillard lakonisch, während er sich wieder setzte und mit einem silbernen Zigarrenabschneider, den er aus der rechten Westentasche gezogen hatte, eine der langen, hellen Tabakrollen zu bearbeiten begann, um sie danach langsam und mit den geübten Handbewegungen eines Kenners anzuzünden.

»Ein Aschenbecher!« rief Linda und eilte zum mannshohen Kamin auf der anderen Seite des Raums, wo sie vom Sims ein besonders großes, aus leicht getöntem Kristallglas bestehendes Exemplar herunternahm.

Die Zigarre anrauchend, fragte der Klinikdirektor den Doktoranden in einem ratenweise vorgebrachten Satz: »Sie haben nie erwogen – sich zu Studienzwecken – sagen wir – wegen fingiertem Stimmenhören – oder sonstigen – fingierten Symptomen – in eine psychiatrische Klinik – einweisen zu lassen?«

»Bitte?!«

Ribeau verstand zunächst nicht – begriff dann aber plötzlich und lachte.

»Das Rosenham-Experiment meinen Sie!«

»Zum Beispiel«, sagte Maillard, um gleich darauf höchst kunstvoll und gekonnt einen bläulich schimmernden Rauchring in die Luft zu blasen.

Ribeau merkte, daß der Klinikdirektor mit der Prüfung, der er ihn unterzog, nicht nur seine fachlichen Kenntnisse, sondern auch seine lauteren Absichten erforschen wollte.

»Jenes Experiment in den USA«, führte er zur Klärung des Verständnisses deshalb noch genauer aus, »bei dem Rosenham in verschiedene Kliniken Simulanten einschleuste, die erst nach mehreren Wochen wieder entlassen wurden, als ihre ›Krankheit‹, wie die Ärzte meinten, im Nachlassen begriffen war. Obwohl die regulären Insassen die eingewiesenen Leute schon längst als simulierende Psychologen erkannt hatten.«

»Fritzis aus Hamburg«, meinte Maillard trocken.

»Genau!« lachte Ribeau.

»Der gute Sagot-Du hat immerhin vorgeschlagen, diesem Unternehmen einen kleinen Nobelpreis für wissenschaftlichen Humor zu verleihen und solche Aktionen, in verallgemeinerter Form, überall dort zu wiederholen, wo Macht sich unter dem Anschein der Objektivität zu verbergen versuche.«

»Aber gerade um das Aufdecken dieses Anscheins geht es ja auch in der antipsychiatrischen Bewegung!« erklärte der Doktorand nun, als eifriger Schüler des Professors, der die Ansichten seines Lehrers voll unterstützte.

»*Die Idee der Macht ist ein Witz, wie der Witz die Macht der Idee ist, die durch die Macht zum Witz wird* – wie der gute Sagot-Du einmal so witzmächtig bemerkte«, zitierte und kommentierte der große Mann mit unverhohlener Leichtigkeit seinen in Paris lebenden Freund.

»Wenn man der Macht des Witzes vertraut!«, fügte Ribeau, in einer, wie er hoffte, mindestens so geistreichen und sowohl den Direktor wie dessen Mitarbeiterin beeindruckenden Art, schnell hinzu.

»Sehr schön, wunderbar, sehr schön gesagt«, stieß der Klinikdirektor, zwischen dessen Lippen die lange Zigarre auf und ab wippte, denn auch sofort entzückt hervor, während er ein paarmal leicht in die Hände klatschte. »Darauf trinken wir! Santé!«

Sie erhoben die Gläser, und Linda Lovely, die sich wieder neben Ribeau auf das Sofa unter der riesigen Frans-Hals-Kopie gesetzt hatte, sagte mit einem neckischen Unterton zu dem jungen Mann: »Und dann kann man bei solchen

Experimenten ja auch nie wissen, was man, trotz aller vermeintlichen Absicherungen, noch für Überraschungen erleben kann, nicht wahr!«

»Ganz recht«, stimmte ihr dieser zu – und fügte bei: »Der Wein schmeckt übrigens hervorragend! Ich weiß nicht warum, aber irgendwie habe ich das Gefühl, noch nie einen so guten getrunken zu haben.«

»Oh, das ist durchaus möglich«, sagte der Klinikdirektor. »Denn wir füllen ihn, wie Sie wissen müssen, hier, im Schloß, selber ab – und einer unserer geschätzten Kollegen und Mitarbeiter ist, wie ich neidlos zugestehen muß, ein wirklich sehr, sehr versierter Chemiker!«

Er nahm die Zigarre aus dem Mund, spitzte die Lippen und blies kunstvoll einen weiteren bläulich schimmernden Rauchring in die Luft – und während er dem flüchtigen, wolkigen Gebilde nachsah, bemerkte er noch wie beiläufig: »Mit einem Experiment wie dem, von dem wir gerade sprachen, würden Sie im übrigen hier, bei uns, wie ich in aller Bescheidenheit zu sagen glauben darf, wohl auch kaum Glück haben.«

Und Linda gestand, während sie Ribeau, zu dessen Überraschung, sanft über den Rücken strich: »Wir haben hier nämlich alle einen ganz besonderen Sinn für solche Dinge!«

Unvermittelt, ohne daß zuvor angeklopft worden wäre, öffnete sich erneut die Tür, und eine außerordentlich kleine und dünne, schon sehr alte, höchst zerbrechlich wirkende Frau, die wie Madame Rougemont über und über mit funkelndem und glitzerndem, ganz offensichtlich falschem Schmuck beladen war, trat zögernd ein.

Der kleine Kopf dieser, wie Ribeau schätzte, sicher über achtzig Jahre alten Frau war von einem Kranz unregelmäßig geschnittener, kurzer, mausgrauer Haare umgeben, und ihr schmächtiger, feingliedriger Körper steckte in einem ganz und gar nicht zu ihr passenden, pompös wirkenden historischen Kostüm, das hauptsächlich in einem grellen Gelbton gehalten war – als dessen Pièce de résistance man aber wahrscheinlich eine höchst auffällige, über den Oberteil dieses Kostüms gezogene rosarote Weste betrachten mußte.

In der rechten Hand hielt die Frau, die wie ein bunter, etwas verwirrter Vogel aussah und auch leicht schreckhaft zu sein schien, einen Brief – und Ribeau, der sehr gespannt war, wie Doktor Maillard nun mit dieser Patientin umgehen würde, war überhaupt nicht überrascht, als er die piepsige Fistelstimme vernahm, die diese Frau besaß.

»Verzeihen Sie, Monsieur le directeur – aber ich brauche dringend eine Marke!«

»Madame Kurz!« rief der große Mann laut. »Haben Sie Ihrem Sohn schon wieder einen Brief geschrieben?«

»Die zweitausendsiebenhundertachtundvierzigste Folge der Beschreibung des langsamen Sterbens des provenzalischen Lebensraums und seiner Bewohner – Tiere und Pflanzen inbegriffen!« sagte die alte Dame ganz aufgeregt, während sie gleichzeitig stolz den von ihren dünnen Fingern fest umklammerten weißen Umschlag in die Höhe hielt.

»Nun«, meinte der Klinikdirektor liebevoll und zog aus der Jacke seines dunklen Anzugs eine dicke Brieftasche, »dann wollen wir ihn natürlich nicht warten lassen – denn sonst ist der Stand der Dinge, den Sie festgehalten haben, ja schon wieder überholt, nicht wahr!«

Mit einer eleganten Handbewegung entnahm er dem dunkelglänzenden Lederetui ein kleines, vollständig weißes Papierstück und hielt es der alten Frau hin.

»So, meine Liebe, da haben Sie Ihre Marke!«

Hocherfreut trippelte die Dame zu ihm, nahm das Papierstückchen dankbar an sich und vollführte dann einen unbeholfenen Knicks.

»Vielen, herzlichen Dank, Monsieur le directeur! Sie haben mir damit wirklich einen außerordentlich großen Dienst erwiesen! Nun kann ich mich gleich an die zweitausendsiebenhundertneunundvierzigste Folge meiner Beschreibung machen!«

Sie drehte sich um und trippelte, ohne Linda Lovely oder Ribeau zu beachten, den weißen Briefumschlag und das weiße Papierstückchen fest an ihre Brust gedrückt, so schnell sie konnte, wieder aus dem Salon hinaus.

»Ob Sie es glauben oder nicht«, sagte Maillard, nachdem die Tür sich hinter der rührenden Erscheinung geschlossen hatte, »aber da ist eine schon sehr, sehr alte Dame dabei, ein einzigartiges Kulturbild unserer Zeit zu schaffen!«

»Großartig«, urteilte Ribeau, den auch dieses zweite, direkt miterlebte Behandlungsbeispiel begeistert hatte.

»O ja«, fuhr der große Mann fort, während er eine neue Flasche aus dem Korb nahm und zu öffnen begann. »Ihr Sohn bewohnt zur Zeit das Palais Royal in Paris – und interessiert sich übrigens ebenfalls ganz außerordentlich und schon sehr, sehr lang für Kultur. Ein reizender Mensch – wie seine Mutter ja auch! Aber erzählen Sie uns jetzt doch noch etwas von Ihrer *thèse d'État,* mon cher.«

»Als Ausgangspunkt«, versuchte der aus Paris angereiste Doktorand nun möglichst knapp und konzentriert zu referieren, »habe ich auf Anraten von Professor Sagot-Duvauroux die Erschütterungen des Zweiten Weltkriegs gewählt, die, wie Sie ja wissen, die Psychiatrie endlich aus ihrer abgedichteten Welt der Kliniken und Forschungen herausgerissen und mit der realen psychischen Not in der Gesellschaft konfrontiert haben.«

»Höchst schlüssig«, meinte Maillard, während er den

Wein aus der neuen Flasche kostete. »Armee und Gefangenschaft!«

»In einer systematischen und vergleichenden Untersuchung will ich zeigen, daß die traditionelle Psychiatrie eine zwar verdeckte, aber nichtsdestoweniger strikte Polit-Psychiatrie ist – ein durch den Auftrag der herrschenden gesellschaftlichen und politischen Mächte perfekt geschliffenes Instrument der Unterdrückung und Wiederanpassung von unerwünschtem Verhalten.«

»Die ›Vorsteherinnen‹ lassen grüßen!« rief der Klinikdirektor und hob sein volles Glas in Richtung der gestrengen Greisinnen – und im gleichen Augenblick öffnete sich die Tür schon wieder, und zum zweiten Mal schaute die rothaarige Madame Rougemont herein.

»*Pardong*«, rief sie, »aber ich glaube, ich habe meine Noten hiergelassen!«

»Aber nein, meine Liebe«, sagte der nun plötzlich recht ungehalten wirkende Doktor Maillard, während er sich erhob und mit abwehrend ausgestreckten Armen auf die kraftvolle Dame zuging. »Die haben Sie mitgenommen!«

»Aber ich kann sie nirgends mehr finden«, beharrte die Frau unbeirrt auf ihrer Meinung und drängte sich, Ribeau entzückt zuwinkend, energisch an ihm vorbei.

»Ihre Noten sind wirklich nicht mehr hier«, sagte Maillard und folgte der imposanten Erscheinung zum Klavier, wo diese bereits in den dort aufgetürmten Notenstapeln herumzublättern begonnen hatte und sich absolut nicht von ihrer Suche abbringen lassen wollte.

»Sie *müssen* hier sein! So helft mir doch!« rief sie und sah dabei zu Ribeau hinüber – aber als dieser sich, sozusagen aus beruflichem Instinkt heraus, erheben wollte, wurde er von Maillards Mitarbeiterin sofort wieder energisch aufs Sofa hinuntergezogen.

»Hollywoodhure!« zischte die rothaarige Sängerin daraufhin mit einer Ribeau überraschenden Heftigkeit – und die junge Amerikanerin betitelte ihre Gegnerin sofort nicht minder scharf mit: »Fernsehnachtigall!«

»Was verstehen Sie denn schon von Musik!« gab die solcherart beleidigte walkürenhafte deutsche Dame empört zurück – worauf Linda Lovely sich drohend erhob und ebenso furchtlos zurückfauchte: »Mehr als Sie meinen, Sie alte Nebelkrähe!«

»Oh«, schrie die Sängerin jetzt schockiert und stieß einen der großen Notenstapel vom Klavier, so daß die Blätter weit in den Raum flogen.

Mit kraftvoller Autorität stellte sich Doktor Maillard zwischen die beiden Kontrahentinnen und rief: »Meine Damen, benehmen Sie sich!« – worauf die stattliche Madame Rougemont stolz ihren rotgelockten Kopf in den Nacken warf und indigniert sagte: »Ich ziehe mich zurück! À sö soir, Mössiö Ribeau!«, um danach, die Mitarbeiterin des Direktors keines Blicks mehr würdigend, wieder aus dem Salon hinauszurauschen.

»Ihre Noten!« rief Linda Lovely der Frau wütend nach und warf ihr gleichzeitig eine Handvoll Partituren hinterher – und Maillard reagierte daraufhin mit einem scharfen: »Linda!«

»Bloody bitch«, sagte diese trotzig, bevor sie sich hinkniete und die über den Boden verteilten Blätter zusammenraffte.

Edgar Ribeau, der immer noch auf dem Sofa saß, hatte sich durch die merkwürdige Auseinandersetzung zwischen den beiden Frauen überhaupt nicht aus der Ruhe bringen und sich noch weniger die gute Laune, in der er sich befand, verderben lassen, sondern dem Zwischenfall vielmehr sowohl als interessierter wie auch als amüsiert betroffener Beobachter beigewohnt.

Wenn er beispielsweise an die Zeit dachte, die er gleich zu Beginn seines Studiums als eine Art Hilfspfleger im Hôpital Sainte-Anne verbracht hatte – oder an den Fall von Mary Barnes, der inzwischen berühmtesten Patientin des von ihm bewunderten schottischen Psychiaters Ronald D. Laing, die in einer bestimmten Phase ihrer Krankheit mit dem eigenen Kot Brüste an die Wände des ganzen Hauses gemalt hatte –, so war der im Grunde eher peinliche als unangenehme, halb lächerliche, halb komische Zwischenfall von vorhin doch eindeutig der leichteren Seite dessen zuzuordnen, was ihm in seinem sonderbaren Beruf immer wieder bevorstand.

Ribeau verstand zwar nicht ganz, warum Maillards Mitarbeiterin sich so über die bedauernswerte Madame Rougemont aufregte, aber er war sicher, daß er dafür schon bald eine durchaus befriedigende Erklärung erhalten würde, zumal seine Faszination für die junge Frau, mit der plötzlich in ihr zutage getretenen aggressiven Wildheit als neue, zusätzliche Facette ihres Wesens, eher noch gesteigert als vermindert worden war – weshalb er sich nun endlich erhob und ihr galant zu Hilfe eilte.

Als ob der hinter dem Doktoranden stehende Klinikdirektor die Gedanken, die jenem durch den Kopf gegangen waren, erraten hätte, fragte er den neben seiner Mitarbeiterin knienden jungen Mann unvermittelt: »Wie war's eigentlich bei Ronnie an der Côte d'Azur? Keine ›Knoten‹ gehabt? *Jack will, daß Jill will, daß Jack will, daß Jill will,* oder: *Mein Kopf tut weh beim Versuch, dich zu hindern, mir Kopfweh zu bereiten!*« – und Ribeau erhob sich überrascht, legte die Notenblätter, die er zusammengesucht hatte, aufs Klavier und sagte: »Laings Kommunikationsmusteranalysen.«

»Zu traditionell, diese Engländer«, befand Linda Lovely und warf ihren Papierwust ebenfalls aufs Klavier.

»Setzen wir uns doch wieder, und erzählen Sie«, sagte der Direktor. »Sicher haben Sie ihn auch über Kingsley Hall befragt, dieses Experimentierhaus im Herzen von Londons Arbeiterviertel East End, durch das schon der gute Charles Dickens tagelang gewandert ist, um Material für seine Romane zu sammeln!«

»Sogar Mahatma Gandhi«, erklärte Ribeau, »hat einmal sechs Monate lang in dem Gebäude logiert, in dem Laing und sein Kollege David Cooper dann unter dem Namen ›household‹ während fünf Jahren ihre therapeutische Wohngemeinschaft führten. Rund um die Uhr lebten sie mit einer Anzahl stark gestörter, sogenannt ›psychotischer Leute‹ zusammen, die ansonsten in psychiatrische Kliniken oder Spitäler eingeliefert worden wären.«

»Und hoben dabei das konventionelle, als autoritär empfundene Arzt-Patient-Verhältnis auf, es gab Dinners bei Kerzenlicht und sogenannte Lunatics-Bälle, bei denen zur Musik der Rolling Stones getanzt wurde«, merkte der Erfinder des Beschwichtigungssystems, wie es Ribeau schien, leicht kritisch an.

»Alles war für alle frei«, versuchte der Doktorand, nachdem er sich gesetzt hatte, klarzustellen. »Jede Art zu denken, zu sehen und zu fühlen war erlaubt, alle Patienten sollten nach ihrem eigenen Rhythmus leben – wogegen jedes verletzende Verhalten, aus welchem Grund es auch geschah, abgelehnt wurde.«

»Ronnie, der Arbeitersohn aus Glasgow, hat, wie er sagt, Medizin studiert, weil ihm dies Zugang zu Geburt und Tod verschaffte«, warf Maillard in einer etwas provokativ klingenden Weise ein.

»Deshalb hat er wohl auch immer wieder seine eigene Sterblichkeit getestet, indem er zum Beispiel gefährliche Berggipfel erklomm, sich im Winter nackt im Schnee vergrub und auch selbst in die von ihm studierten Psychosen abtauchte, um direkt zu erfahren wie diese funktionierten«, versuchte Ribeau einige eindrückliche Handlungen von Laing zu umschreiben.

»Dinge, die ihm wohl nicht so schnell jemand nachmacht«, meinte Linda Lovely, die sich jetzt dicht an den jungen Mann schmiegte. »Das muß ja ein wahrer Held sein!«

»Aber man experimentierte doch auch mit psychedelischen Drogen«, sagte Maillard, während er eine weitere Flasche Wein öffnete. »Und das Gebäude soll in jenen ›Swinging Sixties‹ ja zu einer Art Zentrum der Londoner Gegenkultur geworden sein, in dem sich nicht nur Berühmtheiten aus der Wissenschaft, sondern auch solche aus dem Showbusiness einfanden. Sogar Timothy Leary soll, wie ich gehört habe, dort gewesen sein und Herbert Marcuse.«

»Auch da hat man übertrieben«, entgegnete Ribeau. »Laing hat mir erzählt, daß der Begründer der Gestalttherapie, Fritz Perls, dem Haus einmal einen Besuch abgestattet habe und daß der Schauspieler Sean Connery, als er sich auf der Höhe seines James-Bond-Ruhms befand, eines Abends mit einem riesigen geräucherten Lachs bei ihnen aufgetaucht sei.«

»Sehr schön, wunderbar«, meinte Maillard. »Da ist damals ja wahrscheinlich selbst Basaglia vor Neid erblaßt! Wie war's denn bei dessen Nachfolger? Da ging's nun sicher noch radikaler zu als bei den Engländern – und Sie haben dort bestimmt auch einige äußerst interessante klinische Demonstrationen miterlebt?«

»Ich erinnere mich an einen sechzehnjährigen Jungen«, begann Ribeau von einem der Patienten zu erzählen, denen er in Triest begegnet war, »der Visionen von einer Vereinigung roter und weißer Rosen hatte und glaubte, die Zeit wäre stehengeblieben und die Zeiger der Uhren bewegten sich jetzt rückwärts, bis er eines Tages im prähistorischen

Schlamm ertrinken würde. Wer über ihn lache, sagte der Junge, sei ihm völlig egal, solange es nicht ein Kind sei!«

»Aber das wäre ja geradezu ein herrlicher Fall für den guten Doktor Anseaume gewesen!« rief die Amerikanerin begeistert – und mit literarischem Gefühl diagnostizierte Maillard: »Wie bei Dostojewski!«

»Wir hatten einmal«, erzählte nun Linda Lovely, »eine Mutter mit einem schönen achtjährigen Knaben hier, der einen Button trug, auf dem stand: LEUTE FRESSEN IST NICHT RICHTIG! Sein Vater war Universitätslehrer und in der akademischen Bürokratie in eine erste weltweite geistige Hungersnot geraten, weshalb er seine Frau in vieler Hinsicht dasselbe Schicksal erleiden ließ!«

Schnell zog die Amerikanerin unter den Trauben, Äpfeln, Birnen und Pfirsichen, die sich auf dem Glastisch türmten, eine Banane hervor, entnahm der danebenstehenden Schale zwei Oliven und sagte: »Als die Mutter des Knaben sich aber bei uns all das hat genüßlich munden lassen, was sie während ihrer Behandlung von sich gab, trug ihr Sohn schon bald einen Button, auf dem es hieß: FRISS MICH, ICH SCHMECKE LECKER!«

Wie zuvor, mit dem nicht unwesentlichen Unterschied allerdings, daß der Klinikchef damals nicht im Raum anwesend gewesen war, hielt die Amerikanerin dem Doktoranden die Oliven vor den Mund, zog sie diesmal, als er sie mit seinen Zähnen ergreifen wollte, aber schnell wieder weg.

»Hin und zurück, die älteste Reise der Welt!« rief sie lachend und steckte Ribeau die schwarzen Früchte dann doch plötzlich zwischen die Lippen. »Zwei Oliven und eine Banane! Ich *liebe* Bananen!«

Dann öffnete sie, während sie den jungen Mann mit ihren hellblauen Augen, die jenen Maillards so erstaunlich ähnlich waren, ansah, langsam die gelbbraune Schale der langen Frucht und begann genüßlich an dem darunter erschienenen weißen Fleisch zu saugen.

»Ein Kollege«, meinte nun der Erfinder des Beschwichtigungssystems, der dem Spiel amüsiert und ohne etwas dagegen einzuwenden, zusah, »erklärte kürzlich in aller Ernsthaftigkeit, wie schade es doch sei, daß es zu Shakespeares Zeiten noch keine Elektroschocktherapie gegeben habe – denn dann hätten, wie er meinte, weder ein ›Lear‹ noch ein ›Othello‹ geschrieben werden müssen!«

»Ärzte sind oft weiter von der Realität entfernt als ihre Patienten«, repetierte Ribeau, der sich in der lockeren Atmosphäre bestens fühlte, sinngemäß einen Gedanken, den er im Verlauf seines Studienaufenthaltes in Italien gehört hatte, und beförderte die Olivensteine aus seinem Mund in den Kristallaschenbecher. »Das Zeitalter der Zwangsjacken und Gummizellen ist zwar vorbei – dafür haben wir in Form von Sedativa, Tranquilizern, Insulin- und Elektroschocks sowie Unterkühlungsprozeduren jetzt die sogenannte *chemische* Zwangsjacke.«

»Typisch Basaglia! Erzählen Sie weiter.«

Der Doktorand, dem schon vor einer Weile bewußt geworden war, daß Maillard ihn, wenn auch nicht von seiner Körpergröße her, so doch in seiner ganzen Art stark an den ihm nur von Film- und Videoaufnahmen bekannten, kleineren und schlankeren Franco Basaglia erinnerte, hätte eigentlich schon einige Male gern eine Bemerkung deswegen gemacht, hatte bisher aber damit gezögert, da er nicht wußte, wie der Mann zum Ruf seines italienischen Kollegen stand und auf einen solchen Vergleich reagieren würde – und als eine Art Sondierungsversuch sagte er jetzt: »Wenn ich mir die Bemerkung erlauben darf – er hatte einige durchaus frappante Ähnlichkeiten mit Ihnen.«

»Bis auf den Umstand, daß *er* keinen weißen Mantel trug und jedermann duzte!« kam nun, wie aus der Pistole geschossen, die Antwort von Maillard, der sich gleichzeitig erhob, um dann mit energischen Schritten auf und ab zu gehen und mit den Armen und Händen wild in der Luft herumzugestikulieren: »Caro mio, devi scrivere assolutamente qualcosa di critico!«

»Sie imitieren ihn ausgezeichnet!« lachte Ribeau.

»Sie schmeicheln mir«, meinte der Klinikdirektor, der mit sich und seiner Leistung aber ganz zufrieden schien – und Linda Lovely, die ihn bewundernd ansah, sagte sofort: »O nein, Ihr Imitationstalent ist wirklich phänomenal!«

»Professor Sagot-Duvauroux erzählte mir, daß sie beide sich schon seit ihrer Kindheit kennen und er Sie erst, als Sie diese Privatklinik hier eröffneten, etwas aus den Augen verloren habe«, versuchte Edgar Ribeau, der spürte, daß die Beziehung zwischen dem vor ihm stehenden Franzosen und dem vor acht Jahren verstorbenen Italiener nicht unproblematisch gewesen sein mußte, das Gespräch vorsichtshalber wieder auf Maillards Person zurückzuführen.

»Richtig! Der gute Louis und ich stammen aus dem gleichen Ort – dem berühmten Poitiers, wo Karl Martell Frankreich vor den Arabern rettete! Der Stadt mit der gotischen Kathedrale, den romanischen Kirchen und der bekannten Medizin- und Pharmazieschule. Wir waren Klassenkameraden und absolvierten zunächst auch das gleiche Studium – bis ich eines Tages auf die, wie manche Leute meinen, verrückte Idee kam, den Mont Ventoux zu besteigen, und von dort oben zum ersten Mal dessen Hinterland mit diesem Schloß sah, das ich dann, als ich hier einzog, kurzerhand ›Château Europe‹ taufte.«

Maillard, der sich, während er sprach, zum Klavier begeben hatte, begann den Schlußchor aus Beethovens neunter Sinfonie zu intonieren, Schillers ›An die Freude‹, die, wie Ribeau sich erinnerte, von der Beratenden Versammlung des Europarats irgendeinmal Anfang der siebziger Jahre zur offiziellen europäischen Hymne erklärt worden war, und sang mit seiner sonoren Stimme dazu:

Freude schöner Götterfunken,
Tochter aus Elysium,
Wir betreten feuertrunken,
Himmlische, dein Heiligtum!

Seid umschlungen, Millionen!
Diesen Kuß der ganzen Welt!
Brüder – überm Sternenzelt
Muß ein lieber Vater wohnen …

»Gelobt sei der Tag!« rief Linda Lovely, als der Gesang und das Klavierspiel abbrachen – und biß genußvoll endlich das oberste Stück der Banane ab.

»Sagen Sie«, fragte der Direktor den Doktoranden, indem er das Thema, von dem dieser hatte ablenken wollen, zu dessen Überraschung, wieder aufnahm, »Basaglia stammte doch aus einer reichen venezianischen Familie und hätte, soviel ich hörte, brennend gern einen Universitätslehrstuhl gehabt – oder stimmt das nicht?!«

»Doch, das ist, soviel ich weiß, richtig«, sagte Ribeau, der jetzt sicher war, daß Maillard am toten italienischen Kollegen ein spezielleres Interesse hatte als jenes, das er eben noch für den Schotten gezeigt hatte – was ihn aber weiter nicht verwunderte.

Denn es war ja Basaglia gewesen, der schon einige Zeit, bevor Maillard sein Beschwichtigungssystem entwickelte, mit dem Vorschlag, die psychiatrischen Anstalten Italiens aufzuschließen, in der internationalen Öffentlichkeit, die zuvor über die neue Entwicklung in der Psychiatrie kaum informiert gewesen war, ein erstes Mal für Aufsehen gesorgt hatte, weshalb er im allgemeinen Bewußtsein trotz seines relativ frühen Todes auch jetzt die weltweit wohl immer noch bekannteste Persönlichkeit unter den neuen Psychiatern war.

»Es ist paradox«, fügte Ribeau noch hinzu, »aber die aristokratische Ausstrahlung scheint bei ihm tatsächlich wichtiger gewesen zu sein als das marxistisch-gesellschaftstheoretische Grundkonzept, das er hatte« – worauf der Klinikdirektor sofort eine schnelle Tonfolge spielte und ironisch meinte: »Nun, so *ganz* neu ist das ja auch wiederum nicht!«, bevor er den jungen Mann fragte: »Stammen Sie übrigens auch aus einer begüterten Familie?«

»Nein, warum?« fragte Ribeau erstaunt zurück.

»Nur so«, meinte Maillard vergnügt – und die neben dem Doktoranden sitzende Amerikanerin zog ihre Beine aufs Sofa herauf, so daß ihr schwarzer Rock ziemlich weit hochrutschte und einen großen Teil der wohlgeformten Oberschenkel sichtbar werden ließ.

Obwohl er sich mit jedem Schluck von dem herrlichen Wein besser gelaunt fühlte, kam Edgar Ribeau sich plötzlich noch einmal, auf eine höchst merkwürdige Weise, herausgefordert vor – indem er nämlich einerseits bei Maillard so etwas wie ein mit Eifersucht und Neid verbundenes Rivalitätsverhalten dem toten Italiener gegenüber festzustellen meinte, während andererseits nicht auszuschließen war, daß der Klinikdirektor dieses Verhalten jetzt einfach fingierte, um ihn, Ribeau, mit seinem beißenden Humor noch einmal einem weiteren Test zu unterziehen.

Wenn seine eigene praktische Erfahrung natürlich auch noch lange nicht so umfangreich wie die von Doktor Maillard war, so wußte der junge Mann inzwischen immerhin, daß auf einem so heiklen Gebiet wie dem der sogenannten Geisteskrankheiten oder Psychosen, beziehungsweise der ›Krankheiten des Kopfes‹, wie man früher sagte, im Grunde fast alles unsicher ist und man sich ständig auf einem ganz und gar schwankenden Boden bewegt – und daß es für Psychologen und Psychiater, die wirklich auf ihre Patienten eingehen wollen, deshalb eine unabdingbar notwendige Voraussetzung ist, ein starkes eigenes Selbstbewußtsein zu haben, das ihnen erlaubt, zunächst einmal einfach abzuwarten und zu beobachten, ohne schon gleich urteilen zu müssen.

Vorsichtig insinuierte er deshalb: »Es gibt in Westeuropa wohl immer noch keinen Psychiater, der seinen aggressiven Patienten so furchtlos, sachlich und einfühlsam gegenübertritt, wie Basaglia dies tat – außer vielleicht Ihnen!«

»Aber er verlangte von seinen Mitarbeitern dafür auch bedingungslose Unterstützung und duldete keinerlei Meinungsunterschiede in bezug auf seine Theorie!«

Maillard schlug kraftvoll in die Tasten und spielte den Anfang des aus der Mussolini-Zeit stammenden italienischen Marsches ›Giovinezza‹.

»Basaglia«, meinte Ribeau, der von seinem Alter her keine Ahnung hatte, mit welcher geschichtlichen Bedeutung diese Musik beladen war, völlig unbefangen, »verfügte tatsächlich über einen außerordentlich guten politischen Instinkt, und bevor *er* auftrat, waren die Zustände in den psychiatrischen Asylen Italiens ja auch weitaus trostloser als in allen anderen westeuropäischen Ländern. Unruhige Patienten wurden nachts in Käfige gesperrt, wer sich auflehnte, in finstere Betonzellen geworfen, wer unter Fluchtverdacht stand, tagsüber angekettet, und wer bei sexuellen Kontakten erwischt wurde, bekam Elektroden an die Geschlechtsteile geklemmt, und Strom wurde hindurchgeleitet, bis die armen Teufel vor Schmerzen die Besinnung verloren!«

»Grauenhaft und sehr rückständig«, sagte Maillard und spielte eine düsterere, bedrohlich klingende atonale Tonfolge.

»Diese chaotischen Italiener!« rief die neben Ribeau sitzende Linda Lovely, während sie die leere Bananenschale quer durch den Salon zum mannshohen Kamin hinüberwarf.

»Und deshalb«, sagte der Klinikdirektor, der die ungewöhnliche Aktion nicht beachtete, »hat dieser berühmte Mann aus seiner eigenen Klinik dann im wortwörtlichen Sinn auch eine *geschlossene* Anstalt gemacht!«

»Sie meinen, er hat sie aufgelöst und an ihrer Stelle ein Netz gemeindepsychiatrischer Dienste aufgebaut – Beratungszentren und Wohngemeinschaften, so wie Sie das ja hier in einer ähnlichen Weise auch getan haben.«

»Nur, daß es bei *ihm* in dieser Phase zu einem Eklat gekommen ist«, meinte der Mann am Klavier mit einem hintergründigen Lächeln.

»Zu einem Tötungsdelikt!« rief seine Mitarbeiterin in einer beinahe triumphierenden Weise – worauf Maillard das Schicksalsmotiv aus Guiseppe Verdis ›La Forza del destino‹ intonierte.

»Ein Patient sah rot«, sagte der Doktorand emotionslos. »Das gibt es auch in den traditionellen Anstalten.«

»Meinst du?!« fragte die schwarzgekleidete Frau den jungen Mann, während sie seinen Blick mit ihren hellblau leuchtenden Augen festzuhalten suchte.

»Unglücksfälle«, sagte Ribeau. »Wie im Straßenverkehr –«

»Die wir nicht verhindern können?« fragte Maillard.

»Unmöglich«, wagte Ribeau zu behaupten.

»Durch *kein* System?« fragte der Klinikdirektor noch einmal.

»Wohl kaum«, meinte Ribeau, obwohl ihm klar war, daß der andere damit, sicher ganz bewußt, auf das von ihm selber entwickelte Beschwichtigungssystem anspielte.

»Schade, daß der gute Doktor Anseaume das nicht hören

kann!« rief Linda Lovely amüsiert – und Ribeau fragte sofort: »Warum?«

»Nun«, meinte die junge Frau lächelnd, »man hätte ihn
fast als eine Art *Spezialisten* für solche Fälle bezeichnen
können!«

Wie das hier, in dem alten, zur Klinik umfunktionierten
provenzalischen Schloß üblich zu sein schien, öffnete sich
in diesem Moment, ohne daß vorher angeklopft worden
wäre, ein weiteres Mal die Tür und zwei total unterschiedliche Herren mittleren Alters traten ein.

Bei dem kleinen, dicken Mann, der voranging, handelte
es sich, wie Ribeau sofort erkannte, um den sympathischen,
liebenswürdigen Herrn, der ihn am Gittertor empfangen
hatte und der immer noch die dunkelblaue, bis über die Ohren herabgezogene Baskenmütze trug, jetzt aber anstatt der
etwas engen Cordjacke eine schwarze Küferschürze umgebunden hatte und in den Händen einen großen, mit einem
langen Holzstiel versehenen Vorschlaghammer hielt.

Der dahinter erschienene, etwa gleichaltrige, seinen Vor-
dermann jedoch fast um eine Körperlänge überragende,
hagere Herr – eine Ribeau noch nicht bekannte, düstere
Erscheinung mit einem wahren Leichengesicht – hatte eine
blutbefleckte weiße Schürze umgebunden und hielt ein ma-
kellos sauber glänzendes riesiges Küchenmesser in den
Händen.

»Da wären wir, Monsieur le directeur!« sagte der kleine
Mann, der, vertraulich blinzelnd, zu dem auf dem Sofa sitzenden Doktoranden sah – und der düster hinter ihm aufragende andere Mann meinte: »Wegen heute abend!«

»Wegen des Trinkens«, sagte der kleine Mann.

»Und wegen des Essens«, sagte der hagere Mann.

»Aber das haben wir doch besprochen, Messieurs«,
meinte der Klinikdirektor leicht verärgert, während er sich

von seinem Platz hinter dem Klavier erhob – und die Amerikanerin rief vergnügt: »Der Kellermeister Monsieur Clicquot und der Küchenmagier Monsieur Roquembert!«

»Wir wollten uns nur noch einmal vergewissern«, erklärte der kleine Clicquot fröhlich – und der düstere Roquembert meinte gewissenhaft: »Wegen der Reihenfolge!«

»Wegen der Getränkefolge«, sagte Clicquot.

»Und wegen der Speisenfolge«, sagte Roquembert.

Ribeau, der die umständliche Art der beiden in einem äußerlich so krassen Gegensatz zueinander stehenden und sich wesensmäßig anscheinend doch bestens ergänzenden Männer – bei denen es sich offensichtlich nicht um Patienten handelte – belustigt mitverfolgte, war gespannt, wie der Klinikdirektor diesmal auf die Unterbrechung reagieren würde, aber der verschränkte einfach die Arme vor der Brust, lehnte sich ans Klavier und sagte ergeben: »Also gut, dann schießt los!«

»Du zuerst, Roqui!« befahl der Kleine daraufhin dem Hageren und versetzte ihm mit dem rechten Ellbogen einen leichten Stoß – worauf dieser ihm den Stoß mit dem linken Knie zurückgab und seinerseits befahl: »Nein, du zuerst, Clicqui!«

»Aber nein, Roqui, zuerst kommt doch das Essen!«

»Nein, Clicqui, zuerst kommen die Aperitifs!«

»I wo, die lassen wir diesmal weg! Die verderben nur den Appetit!« postulierte der Kleine apodiktisch.

»Na schön«, willigte der Hagere ein und setzte im Wechsel mit seinem ungleichen Begleiter zu einer Aufzählung an, die so unglaublich war, daß Ribeau aus dem Staunen nicht herauskam. »Zu Beginn«, sagte er, »servieren wir, als Schalen- und Krustentiere, Huîtres gratinées Denise Mornay, eine äußerst seltene Art, Austern zu kochen, aus der Belle Epoque – und Timbale d'écrevisses Sagot-Duvauroux, mit Fine Champagne abgelöschte und flambierte Flußkrebse, über die wir eine ungewöhnliche Tomatensauce geben!«

»Letzteres eine von mir so benannte, persönliche Kreation Monsieur Roquemberts«, fügte Maillard nicht ohne Stolz hinzu – worauf der hagere Mann sich dankend verbeugte.

»Und zu diesen Köstlichkeiten«, meldete sich nun der kleine Monsieur Clicquot wieder, »trinken wir einen Tavel Château d'Aquéria – Hofwein unter Philippe le Bel, Kirchenwein der Päpste von Avignon und, last but not least, Freund der Hommes de Lettres, von Ronsard über Balzac und Monselet bis hin zu den Berühmtheiten der Region!«

»Als Entrée«, fuhr der hagere Roquembert fort, »gibt es Truffes fraîches sous la cendre – Trüffel, die nach dieser höchst speziellen Zubereitungsart einem menschlichen Wesen vermutlich nur ein bis zweimal im Leben zu genießen vergönnt sind!«

»Wobei wir uns erlaubt haben, die Stückzahl für die Anwesenden leicht hinaufzusetzen«, warf der Klinikdirektor lakonisch ein.

»Und dazu«, ergänzte Clicquot, »trinken wir einen neunzehnhundertsiebenundsechziger Châteauneuf-du-Pape, Château Rayas – der Wein der Könige und König der Weine, wie Daudet ihn nannte!«

»Als weißfleischiges Geflügel, als Schweinefleisch, Kalbfleisch und Wild«, setzte Roquembert die Aufzählung fort, »haben wir Gambettes de Bresse ›Moulin Rouge‹ – mit weißem Fleisch und Kalbsmilke gefüllte Geflügelschenkel – Jambon Michodière – eine mit Wurstfleisch sowie mit getrockneten und frischen Früchten garnierte Schinkentorte –, Veau à la Sainte-Menehould und Mouton Château Europe – zwei exklusive Spezialitäten des Hauses!«

»Und dazu«, verkündete Clicquot triumphierend, »trinken wir den berühmtesten Grand Cru de Bourgogne – einen Clos de Vougeot aus dem Jahre neunzehnhunderteinundsiebzig!«

»Ein Wein«, schaltete sich der Klinikdirektor, wie um den eskalierenden verbalen Wettbewerb zwischen den beiden Männern etwas zu dämpfen, noch einmal ein, »den unser verehrter Monsieur Clicquot nur bei wirklich ganz speziellen Gelegenheiten zu servieren pflegt!«

»Ehre, wem Ehre gebührt«, säuselte der kleine Mann strahlend und himmelte den aus Paris angereisten Doktoranden ganz offen an – worauf der hagere Roquembert ihm einen äußerst bösen Blick zuwarf und schnell und laut erklärte: »Als Gemüse und Garnitur hätten wir Emincé de pommes de terre aux champignons, Choufleur à la sauce velouté und Salade de pissenlits au lard!«

»Sehr schön, wunderbar«, meinte der Klinikdirektor nachsichtig – und der hagere Roquembert setzte, im verärgerten Tonfall, den er angeschlagen hatte, noch laut hinzu: »Und als Nachspeise gibt es Charlotte aux noisettes et au miel de Provence und Tarte façon Tatin!«

»Natürlich mit Champagner!« rief der kleine Clicquot höchst vergnügt – und der hagere Roquembert replizierte unwirsch: »Und als Käse bleiben natürlich Roquefort und Camembert!«

»Und zur Krönung des Wohlbehagens«, befand der immer kecker werdende Clicquot, dem alles daran gelegen zu sein schien, das letzte Wort zu behalten, »spendieren wir, als kleine Überraschung, vielleicht noch etwas Schnee!«

»Ich bitte dich«, fuhr der leichengesichtige Mann seinen rotgesichtigen Partner daraufhin sehr heftig an, »wir haben doch einen Gast!« – worauf der Klinikdirektor, bevor Clicquot noch ein Wort einwerfen konnte, dem Ganzen kurzerhand ein Ende machte, indem er höchst bestimmt erklärte: »Richtig, und deshalb gehen wir jetzt eben auch wieder an die Arbeit, Messieurs!«

»A vos ordres, Monsieur le directeur!« sagte der hagere Roquembert sofort – und auch der kleine Clicquot schloß sich dieser Gehorsamsäußerung in einem wieder völlig normalen, ja sogar leicht servil klingenden Tonfall an: »Naturellement, Monsieur le directeur!«

Dann versetzte der lange, hagere Mann dem kleinen, dikken, der vor ihm stand, mit dem linken Knie einen Stoß, dieser stieß mit dem rechten Ellbogen zurück, und so, einander gegenseitig immer wieder stoßend und schubsend, gingen die beiden, wie es schien in einer Art Haßliebe quasi untrennbar miteinander verbunden schließlich wieder hinaus.

Der vor kaum mehr als einer Stunde aus Paris angereiste Doktorand konnte das, was er eben mitbekommen hatte, nicht glauben – vor allem, daß die Speisen- und Getränkefolge am Abend tatsächlich auch auf den Tisch kommen würde, schien ihm ausgeschlossen zu sein –, er hatte sich also noch einmal, oder einmal mehr, getäuscht, und der Auftritt mußte halt wiederum der von zwei Patienten gewesen sein, die, wie er annahm, ein im Rahmen der Behandlung nach dem Maillardschen Beschwichtigungssystem entwickeltes Rollen- und Therapiespiel aufgeführt hatten.

Um so erstaunter war er, als Doktor Maillard, nachdem die Männer endlich abgetreten waren, sagte: »Ein wahrer Glücksfall, die zwei! Ein hochqualifiziertes Wirtepaar, dessen familiär geführtes Restaurant leider, wie so viele andere Unternehmen der gleichen Größenordnung, im Schatten der seelenlosen Freizeitfabriken von La Grande Motte Konkurs gegangen ist und dessen Geld nun ebenfalls im Schlund des touristischen Mammutprojekts liegt, das am Rande der Camargue aus dem Boden gestampft wurde! Homosexuell, aber Künstler in ihren Sparten!«

»Neue Küche, alte Schwule«, bemerkte die Amerikanerin daraufhin einmal mehr in der spitzen Weise, die, wie Ribeau konstatierte, eine ihrer weiteren, vom Direktor bereits erwähnten, spezifischen Eigenarten und Talente sein mußte.

»Irgendwelche Einwände, was die Reihenfolge oder die Art der Speisen und Getränke betrifft?« wollte der Klinikdirektor von Ribeau wissen – und dieser erwiderte lachend: »Wie könnte ich, das ist ja ein Essen wie für einen Staatsempfang!«

»Nicht ganz, mein Lieber, nicht ganz«, antwortete der große Mann mit den hellblau leuchtenden Augen amüsiert. »Ein höchst normales Essen, wie es zum Beispiel auch in der Zeit *vor* unserer Grande Révolution, der glorreichen Französischen, völlig üblich gewesen ist!«

»Heute abend allerdings schon ein Genuß von besonderer *Einmaligkeit*«, fügte seine Mitarbeiterin vielsagend hinzu.

»Wie meinen Sie das?« wollte Ribeau wissen.

»Ein kleiner Scherz«, sagte Maillard schnell. »Die liebe Linda findet, Sie hätten Glück, daß ich, als Besitzer dieser Klinik, ab und zu ein gutes, aus einem besonderen, oder sagen wir, speziellen Anlaß gegebenes Essen liebe!«

Ribeau war überrascht. »Ich wußte nicht, ich meine, daß Sie – der Besitzer dieses herrlichen Anwesens sind.«

»Hat Ihnen Sagot-Du das denn nicht gesagt?« fragte Doktor Maillard jetzt seinerseits höchst verwundert. »Doch, doch, dank einer Erbschaft konnte ich rechtmäßiger Besitzer dieses Schlosses werden – was heute sonst, zugegebenermaßen, ja wohl fast nur noch mit Glücksspiel oder Diebstahl möglich wäre.«

»Ich verstehe«, meinte Ribeau. »Eine vermutlich nicht unwichtige Voraussetzung für Ihr System.«

Der stattliche Klinikdirektor, der immer noch, wie zuvor, als der kleine Monsieur Clicquot und der hagere Monsieur Roquembert ihre phantasievolle Aufzählung zelebriert hatten, ans Klavier gelehnt dastand, löste sich aus dieser Haltung und ging einige Schritte auf und ab.

»Mein lieber Freund«, sagte er. »Wie Sie wissen, erreicht die wissenschaftliche Entwicklung immer wieder einen Punkt, wo eine Theorie oder ein System ihre Möglichkeiten ausgeschöpft haben und zu einem Hindernis für weiteren Erkenntnisfortschritt werden. Wie bei der Bekehrung des Paulus fällt einem das Alte plötzlich wie Schuppen von den Augen, und es wird Zeit für das, was man neuerdings einen ›Paradigmawechsel‹ nennt. Eine Änderung unserer Denkansätze, ein Wechsel unserer Modelle – kurz, eine Erneuerung unseres gesamten Weltbildes.«

Wieder öffnete sich die Tür, und die vogelhafte, alte Madame Kurz wurde, offensichtlich von jemandem, der selber nicht in Erscheinung treten wollte, recht heftig in den Raum gestoßen.

»Ich – äh – ich – hätten Sie – noch eine Marke«, stammelte die aufgeregte und verwirrte Frau mit den kurzen, mausgrauen Haaren hilflos.

In selbstbewußter, stolzer Haltung erschien hinter ihr die walkürenhafte, rothaarige Madame Rougemont – aber ehe diese etwas sagen konnte, rief Linda Lovely scharf: »Später!«, worauf die beiden Damen sich erschrocken umdrehten und schnell den Salon wieder verließen.

»Mein System der Beschwichtigung«, fuhr Maillard, ohne dem Zwischenfall irgendeine Beachtung zu schenken, in seinen Ausführungen fort, »barg, wie ich wußte, von Anfang an große Risiken in sich, und seine Vorzüge sind, wie ich heute meine – und eingestehen muß –, von außenstehenden Kreisen weit überschätzt worden.«

»Und dennoch, wenn je irgendwo versucht wurde, konsequent mit Güte vorzugehen, dann geschah das hier, bei uns«, meinte seine Mitarbeiterin jetzt – und der Direktor setzte hinzu: »Schade, daß Sie uns nicht früher besucht haben, denn dann hätten Sie sich selbst ein Urteil bilden können!«

»Der Professor hat mir ausführlich von dem Besuch erzählt, den *er* Ihnen abgestattet hat«, beeilte sich Edgar Ribeau zu versichern, »und ich selber habe alles gelesen, was ich von Ihnen auftreiben konnte!«

»Sehr schön, wunderbar!« meinte Maillard. »Dann wissen Sie ja, daß mein System im allgemeinen darin bestand, daß der Kranke geschont wurde und seinen Neigungen ungehindert nachgehen durfte.«

»Sie unterdrückten wirklich keine seiner Launen?« fragte Ribeau neugierig.

»Im Gegenteil«, sagte Maillard, »wir unterstützten sie sogar. Denn es gibt ja, wie Sie wissen, nichts, was auf den geschwächten Verstand eines Patienten einen so starken Eindruck macht, wie wenn man seine Einfälle ad absurdum führt. Und wenn wir zum Beispiel jemanden hier hatten, der sich, sagen wir einmal, für ein Huhn hielt, dann bestand die Behandlung darin, seine Annahme als eine wirkliche Gegebenheit hinzustellen, dem Kranken hin und wieder, weil er die Tatsache selbst nicht ganz glauben wollte, Beschränktheit vorzuwerfen und ihm eine Woche lang keine andere Nahrung zu bewilligen als die, die ein Huhn bekommt. Ein wenig Gerste und Sand bewirkten dann, wenn man so sagen kann, oft Wunder!«

»Aber das ist doch nun wirklich ein Scherz!« lachte Ribeau.

»Ein einfaches, anschauliches Beispiel«, sagte Maillard – und Linda Lovely fügte bekräftigend hinzu: »Ein sehr, sehr anschauliches Beispiel«, bevor sie sich unvermittelt erhob und zum mittleren der drei hohen, vergitterten Fenster ging, wo sie zwischen einem großen Holzkübel, aus dem

70

dichtgedrängte Papyrusstauden aufragten, und einem großen Tontopf, aus dem üppiger Federspargel emporsproß, stehenblieb, in die verblassende Helligkeit des fortgeschrittenen, herrlich klaren provenzalischen Herbsttages hinaussah und langsam ihre dünne, schwarze Wolljacke auszuziehen begann.

Der sich erstaunlich gelöst fühlende Edgar Ribeau, dem es aus der Distanz leichter fiel, zwischendurch immer wieder die wohlgeformte Gestalt zu betrachten, die sich im Gegenlicht vor dem Mittelfenster abzeichnete, war nun völlig sicher, daß er hier, in diesem alten Schloß, einigen recht eigenwilligen und scherzhaften Tests unterzogen wurde, empfand dies jedoch keineswegs etwa als unangenehm, sondern war im Gegenteil durchaus bereit, bei dem raffinierten Spiel mitzumachen.

Lächelnd setzte Doktor Maillard sich mit dem Rücken zur Fensterseite in den braunen Ledersessel, der dem, in dem er zuvor gesessen war, gegenüberstand, und schenkte Ribeau und sich nach.

»Mein ganzes System«, nahm er seine Ausführungen wieder auf, »bestand natürlich nicht nur aus solchen Methoden, denn wir hatten daneben zum Beispiel auch noch großes Zutrauen zu so simplen, um nicht zu sagen primitiven Unterhaltungsmöglichkeiten wie Musik, Kartenspielen, der Lektüre gewisser hochstehender literarischer Werke und so weiter, und wir gaben auch immer vor, wir würden jede einzelne Person wegen eines rein körperlichen Übels behandeln. Wörter wie ›Wahnsinn‹ wurden nie gebraucht – und von besonderer Wichtigkeit war auch, daß wir jeden Patienten heimlich damit beauftragten, die Handlungen aller anderen Patienten zu überwachen. Denn einem Wahnsinnigen zeigen, daß man auf seine Intelligenz und Diskretion vertraut, heißt ja, wie Sie wissen, ihm Körper und Seele zurückzugeben – und gleichzeitig konnten wir auf diese Weise natürlich auch auf eine ganze Reihe von Aufsehern und Betreuern verzichten.«

Stillschweigend registrierte Ribeau, wie selbstverständlich, ja sogar lustvoll der Mann den in Psychiaterkreisen heute verpönten Begriff ›Wahnsinn‹ im vertrauten Gespräch offenbar doch noch verwendete.

»Und Bestrafungen kamen nicht mehr vor?« fragte er und schaute, einen weiteren Schluck Weißwein nehmend, ebenso erstaunt wie vergnügt an Maillard vorbei zu, wie die Amerikanerin, nachdem sie die Wolljacke neben sich hatte zu Boden fallen lassen, auch ihre schwarze Seidenbluse auszuziehen begann.

»Wo denken Sie denn hin!« meinte der Klinikdirektor jetzt in einer so verschmitzten Art, daß Ribeau annehmen mußte, dieser wisse nur zu gut, was sich hinter seinem Rükken abspielte. »Wir waren zwar zuweilen noch gezwungen, einen Patienten, dessen Krankheit sich zu einer Krise steigerte oder der plötzlich einen Wutanfall bekam, in eine geheime Zelle zu stecken, aber wir verwahrten ihn dort nur so lange, bis wir ihn zu seinen Eltern oder Verwandten zurückschicken konnten. Mit Tobsüchtigen befassen wir uns hier nicht – die werden ja, wie Sie wissen, meist in öffentlichen Irrenanstalten untergebracht.«

»Und das alles haben Sie inzwischen – geändert?« wollte Edgar Ribeau wissen, während er zusah, wie die Mitarbeiterin des Direktors die Bluse fallen ließ und einen makellosen weißen Rücken entblößte, über den nur noch die feinen Träger eines schwarzen Büstenhalters verliefen, ehe sie in aller Selbstverständlichkeit am Reißverschluß ihres engen Rocks zu nesteln begann – und Maillard, der von diesem Tun keine Notiz nahm, erklärte kategorisch: »Dieses System hatte einfach zu viele Nachteile!«

»Das überrascht mich aber sehr, denn ich glaubte, die Krankheiten des Geistes würden bald überall auf der Welt nur noch in der Art Ihres Beschwichtigungssystems behandelt«, sagte Ribeau – dieweil beim Fenster der Rock zu Boden fiel, so daß Linda Lovely nur noch im schwarzen Büstenhalter, einem kleinen schwarzen Höschen, ihren an einem schwarzen Strapsgürtel befestigten schwarzen Strümpfen und den eleganten, hochhackigen schwarzen Schuhen dastand –, und der lebenserfahrene Klinikdirektor meinte gönnerhaft: »Sie sind noch jung, mein Freund, aber auch für Sie wird, wie Sie mir glauben dürfen, schon bald die Zeit kommen, da sie selbst erkennen müssen, was sich in der Welt zuträgt, ohne auf das Geschwätz der anderen zu achten. Glauben Sie nichts von dem, was Sie hören, und nur die Hälfte von dem, was Sie sehen!«

In diesem Moment flog vom Fenster her in einem hohen Bogen der schwarze Büstenhalter in den Salon – und jetzt drehte sich endlich auch der Direktor um, schien aber, als er seine Mitarbeiterin praktisch nackt dastehen sah, nicht besonders überrascht zu sein, sondern lachte nur und sagte einfach: »Linda!«

Ihre großen und festen, mit weiten, dunklen Warzenhöfen versehenen Brüste ungehemmt vorzeigend, wandte sich die Amerikanerin – die, wie Ribeau inzwischen vermutete, entweder den Direktor bei seinen Scherzen tatkräftig unterstützte oder doch mehr dessen Patientin war, als dieser verraten wollte – den beiden Männern zu und meinte mit entwaffnendem Lächeln: »Mir war plötzlich so heiß!«

»Aber draußen weht doch ein heftiger Mistral, und auch hier drinnen ist es nicht besonders warm«, entgegnete Maillard in einem äußerst versöhnlichen und liebenswürdigen Ton, während er den neben seinem Sessel gelandeten schwarzen Büstenhalter vom Boden hochhob, um mit dem intimen Kleidungsstück dann zu der jungen Frau zu gehen, ihr dieses hinzuhalten und ihr dezidiert zu befehlen: »Geh nun bitte Monsieur Ribeaus Zimmer vorbereiten!«

»Aber mit Vergnügen!« antwortete die Nackte, bevor sie sich nach den übrigen Kleidungsstücken bückte und mit diesen in den Händen, ohne ihre leicht wippenden Brüste zu bedecken, lächelnd an dem auf dem Sofa unter der riesigen Frans-Hals-Kopie sitzenden Doktoranden der Psychologie vorbei hinausging.

»Eine verrückte Laune!« sagte Maillard, der beim Fenster stehengeblieben war, nachdem die Tür sich hinter ihr geschlossen hatte, und lachte herzhaft. »Aber so ist sie nun eben, unsere kleine Linda!«

Dann streckte er den rechten Arm aus und bedeutete dem jungen Mann, aufzustehen und sich zu ihm zu gesellen: »Kommen Sie, mein Lieber, und sehen Sie sich diese wunderbare Abendstimmung an!«

Der Doktorand, der normalerweise auch mit größeren Mengen Alkohol problemlos fertig wurde, wußte nicht, ob es am Weißwein lag oder an der Müdigkeit nach der langen Autofahrt und dem schnellen Klimawechsel – ob ihm der Mistral zuzusetzen begann oder ihn bereits, wie das einst der als ›roter Narr‹ bekannte Vincent van Gogh meinte, die Sonne der Provence ins Gehirn gebissen hatte –, oder ob es all diese Dinge zusammen waren, aber irgendwie hatte er, als er sich erhob, plötzlich das Gefühl, daß alles um ihn herum völlig irreal war, wobei das Merkwürdigste und Irrealste an dem Umstand wohl die Tatsache war, daß ihn diese Irrealität überhaupt nicht störte.

Er fühlte sich in der merkwürdigen Treibhausatmosphäre, die in dem Salon herrschte, plötzlich wie in einem Traum und zugleich so wohl wie vielleicht noch nie in seinem Leben und hatte das sichere, wenn auch ihm selber völlig unbegreifliche Gefühl, daß er hier, in dieser Schloßklinik tun und lassen konnte, was er wollte, ohne daß ihm das geringste Unannehmliche passieren würde – ja es schien ihm sogar nicht einmal unmöglich zu sein, daß er schon jetzt für immer hier im Süden bliebe, bald einmal die Amerikanerin zur Frau erhielte und dann auch noch zum Nachfolger Maillards als Direktor der Klinik und schließlich zum Besitzer des ganzen Anwesens erkoren werden würde.

Draußen war die von der markanten Silhouette des fast zweitausend Meter hohen Mont Ventoux beherrschte Provencelandschaft, die während seiner Herfahrt noch im grellsten Sonnenlicht dagelegen war, inzwischen bereits von langen Schatten überzogen – von Westen, von der linken Flanke des windreichen Berges her, legte sich, wie von einzelnen, starken Scheinwerfern erzeugt, aber noch ein helles Streifenmuster über sie, das ihr ebenfalls ein ausgesprochen irreales Aussehen gab.

Und zu Ribeaus Überraschung löste die Naturstimmung diesmal denn auch weder das leichte Schaudern aus, das ihn meist, wenn das Licht der Dunkelheit weichen muß, durchrieselte, noch befiel ihn die mit diesem Körpergefühl verbundene Ahnung von Verlassenheit und Einsamkeit.

»Wenn Sie Ihr Zimmer bezogen und sich von den Reisestrapazen erholt haben«, sagte der Mann im weißen Ärztekittel dann, »werden Sie beim Abendessen noch die übrigen Gäste kennenlernen, die wir zur Zeit hier haben – und morgen führe ich Sie nicht nur im Haus, in unserem guten Château Europe, sondern auch in den herrlichen Gärten da draußen und in den Treibhäusern herum und zeige Ihnen die übrigen Einrichtungen, die wir besitzen. Sie werden staunen, was für bastlerisch begabte und erfindungsreiche Patienten bei uns am Werk sind! Und schließlich, mein Lieber« – hier legte er eine kleine, bedeutungsvolle Pause ein –, »mache ich Sie mit einem System bekannt, das in meinen Augen und in den Augen aller, die sich bisher von seinen günstigen Auswirkungen überzeugt haben, wohl das wirksamste ist, das überhaupt je irgendwo zur Anwendung gekommen ist!«

»Ein neues System?« fragte Ribeau interessiert, obwohl er überzeugt war, daß alles, was er bisher erlebt hatte, sich trotz der gegenteiligen Behauptungen Maillards immer noch im Rahmen des Beschwichtigungssystems abspielte.

»Ich bin stolz«, verkündigte der Klinikdirektor höchst zufrieden, »es wenigstens bis zu einem gewissen Grad meine Erfindung nennen zu dürfen. Denn in Europa befindet sich die Psychiatrie zur Zeit ja, wie Sie wissen, in einer großen Krise und einem fürchterlichen Durcheinander. Kulturelle Aktionen mit irgendeinem modischen Beigeschmack erlangen übergroße politische und wissenschaftliche Bedeutung – in einem Anti-Ödipus-Furor wird zum Generalangriff auf die Psychoanalyse geblasen, und die Natur selbst wird sogar als ein einziges, gigantisches, imperialistisch-kapitalistisches Ausbeutungsunternehmen entlarvt und ähnlicher Schwachsinn mehr. Und auf der anderen Seite gibt es in den USA heute schon eine so fortgeschrittene psychiatrisierte Gesellschaft, daß in der Prävention sogar Kinder mit einbezogen werden und sogenannte ›Therapien für Normale‹ völlig selbstverständlich sind – das heißt, es ist dort ein gewaltiger, ungeheure Profite abwerfender neuer Produktions- und Vermarktungsapparat im Entstehen, dessen Ziel die umfassende Psychiatrisierung des Alltags ist.«

»Das klingt ja apokalyptisch!«

»Ist es auch. Und deshalb brauchen wir auf der ganzen Welt dringend ein neues System – ein System, das diese beiden unmöglichen Zustände überwindet –, und es ist nicht erstaunlich, daß der wichtigste Impuls dazu aus den USA kommt, wo ein Forscherpaar namens Tarr und Feather es nämlich ganz unbefangen gewagt hat, auf eine längst veraltet geglaubte Methode zurückzugreifen!«

Wieder machte Maillard eine Pause und sagte dann mit einem konspirativen Unterton: »Tarr und Feather, einem Doktor und einem Professor, verdanke ich, wie ich Ihnen als erstem Berufskollegen anvertraue, nicht nur die entscheidende Anregung für eine neue Sicht des Wahnsinns, sondern des Lebens ganz allgemein und überhaupt!«

»Mossjuh dairectar!« unterbrach von der Tür her eine Stimme, deren starker, eindeutig englischer Akzent nicht zu überhören war, die interessanten Eingeständnisse, die Maillard dem aus Paris angereisten Doktoranden gegenüber machte – und als Ribeau sich umdrehte, sah er in der zur Hälfte geöffneten zweiflügeligen Tür einen kleinen, vielleicht fünfzigjährigen, mageren Mann mit schlohweißem, silberglänzendem Haar stehen, dessen bleiches Gesicht zum größten Teil von einem Brillengestell aus milchigem Plastik verdeckt wurde.

Der schüchtern wirkende Mann, der ein echter Albinotyp zu sein schien, trug zu einem dezenten, hellgrauen Prince-de-Galles-Anzug eine dunkelviolette Krawatte und hielt eine große, weiße Kartonpackung in den Händen, auf der in knalligen roten und blauen Buchstaben zu lesen war: BRILLO – 24 GIANT-SIZE PACKAGES – NEW! WITH SHINE-O-MATIC DETERGENT! SOAP PADS WITH RUST RESISTER! SHINES ALUMINIUM FAST!

Wie Linda Lovely zuvor zu Madame Kurz und Madame Rougemont sagte Maillard zu diesem Herrn nun recht scharf: »Später!« – worauf er sofort aus dem Türrahmen verschwand.

Danach nahm der Klinikdirektor den Doktoranden beim Arm und drehte ihn mit einem kraftvollen Stoß wieder dem großen, mittleren Fenster des Salons zu.

»Seit geraumer Zeit«, sagte er, während er zwischen den dicken, auf der Außenseite des Fensters angebrachten Gitterstäben hindurch in die eindämmernde Landschaft hinaussah, »beschäftige ich mich jetzt in ganz allgemeiner Art mit dem Verhalten der Materie in sogenannten Ungleichgewichtszuständen und versuche, das Phänomen jeglichen Lebens als höchsten Ausdruck von sich selbst organisierenden Prozessen zu verstehen. Denn erst seit allerkürzester Zeit wissen wir ja, daß sowohl die Biosphäre als Ganzes wie auch ihre lebenden und unbelebten Bestandteile unter ebensolchen gleichgewichtsfernen Bedingungen existieren –«

»Monsieur le directeur!«

Wieder wurde der große Mann durch eine Stimme von der Tür her unterbrochen, und diesmal stand dort ein großer, kräftiger Mann, der einen ausgebeulten, grauen Filzhut und einen alten, fleckigen Regenmantel trug.

In der einen Hand hielt der Mann einen langen Holzspachtel und in der andern einen mittelgroßen Blecheimer, in dem eine dunkelgelbe Masse glänzte – und Edgar Ribeau, der die Stimme mit dem starken belgischen Akzent bereits gehört zu haben glaubte, erkannte den Jäger wieder, dem er auf der Straße vor dem Eingangstor zum Klinikgelände begegnet war.

»Jetzt nicht!« sagte Maillard noch schärfer, als er das bei der vorangegangenen Störung getan hatte – worauf auch dieser Mann ohne Gegenreaktion sofort verschwand.

»Es scheint«, fuhr der Klinikdirektor dort, wo er unterbrochen worden war, fort, »daß *Verzweigungen* der grundlegende Mechanismus der Evolution sein könnten, der für die sogenannten ›Sprünge‹ in der Natur verantwortlich ist, auf die dann wiederum Stabilisierungsphasen oder Perioden eines sogenannt ›friedlichen Wachstums‹ folgen, welche die Reproduzierbarkeit gewährleisten –«

Aber schon öffnete sich, diesmal direkt vor den Augen der beiden Männer, die sich nicht mehr zum Fenster umgedreht hatten, wieder die Tür, und ein mittelgroßer, etwa fünfzigjähriger, in einem dunkelblauen Overall steckender, krausköpfiger Mann, der unter dem linken Arm eine große Packpapierrolle trug und in der rechten Hand einen fußballgroßen Schnurknäuel hielt, trat ein paar Schritte in den Raum hinein.

»Raus!« schrie Maillard nun höchst enerviert, worauf auch dieser Mann sofort kehrtmachte und den Salon wieder verließ.

»Ganz schön anstrengend, diese Künstler«, meinte der Klinikdirektor bloß, um sofort zu seinem Thema zurückzukehren.

»Um es also kurz zu machen – es scheint, daß ein System sich entweder in einem Zustand befindet, in dem jegliche individuelle Initiative zur Bedeutungslosigkeit verurteilt ist, oder daß es in einer Verzweigung steht, in der ein einziges Individuum, eine einzige Idee oder eine einzige neue Verhaltensweise den globalen Zustand zu ändern imstande ist. Von heute auf morgen können wichtige Institutionen dann jede Respektabilität, jede Legitimität und auch ihren Ruf verlieren, dem öffentlichen Wohl zu dienen, wie das der römischen Kirche in der Reformation und der französischen Monarchie siebzehnhundertdreiundneunzig passierte. Ein unvorhersehbares und wahrscheinlich geringfügiges Ereignis kann dabei als Zündkapsel wirken, wie das neunzehnhundertneunundzwanzig am berüchtigten Schwarzen Freitag in der Wall Street der Fall war. Binnen kürzester Zeit verliert die Bevölkerung dann das Vertrauen zu den herrschenden Institutionen, und deren Machtbefugnis, so wichtige Werte wie Erziehung, Gesundheit, Wohlfahrt, Information oder Sicherheit zu definieren, zerrinnt wie Butter an der Sonne. Mit anderen Worten: es gibt im Leben keinen Widerspruch mehr zwischen Zufall und Notwendigkeit!«

Wieder öffnete sich die Tür, und diesmal trat ein mittel-alterlich kostümierter, stattlicher Mann in Maillards Alter ein, dessen mächtiger Vollbart merkwürdig geometrisch gemustert war – lange, regelmäßig angeordnete weiße Strei-fen zogen sich durch den dunklen Grundton – und der eine Brille mit vollständig schwarzen Gläsern trug, die ihm das Aussehen eines Blinden gaben und stark mit seinen auffal-lend roten Wangen kontrastierten. »Pardonge, Mossieur le directeure.«

»Was ist denn?« wollte der Klinikdirektor nun in einem versöhnlicheren Ton wissen.

»Wegen der Rede«, sagte der Mann.

»Aber das ist doch besprochen«, meinte Maillard und wandte sich kurz an den neben ihm stehenden Ribeau: »Entschuldigen Sie mich bitte einen Moment, mon cher!«

Dann ging er auf den Mann zu, packte ihn energisch am Arm und führte ihn, die Tür hinter sich schließend, aus dem merkwürdigen Raum hinaus.

Zum ersten Mal, seit er sich in dem provenzalischen Schloß befand, war der aus Paris angereiste Doktorand jetzt allein – und er mußte sich eingestehen, daß er von dem, was er hier in dieser abgelegenen, kaum bekannten Gegend hinter dem Mont Ventoux, trotz aller zuvor erhaltenen Informationen und Beschreibungen, so unerwartet vorgefunden hatte, überwältigt war.

Was er hier erlebte, war noch einmal etwas ganz anderes als alles, was er bisher während seiner Studien- und Aus-bildungszeit erfahren hatte, und er war – nachdem ihm die zuletzt aufgetretenen Personen alle, ohne daß er sie hätte einordnen können, irgendwie bekannt vorgekommen wa-ren – höchst gespannt, den Rest des Hauses, die Einrichtun-gen, von denen Maillard gesprochen hatte, sowie natürlich auch dessen wissenschaftliche Mitarbeiter kennenzulernen.

In der Tat würde es sich, wie der Professor angeregt hatte, lohnen, zusätzlich noch eine kleine, nicht für die Doktorarbeit bestimmte, sozusagen inoffizielle Studie über das ganz persönliche und private Verhalten des Mannes zu schreiben, der dies alles ins Leben gerufen hatte – zumal dessen letzte Bemerkungen darauf hinzudeuten schienen, daß er möglicherweise eben doch einer ganz neuen Sache auf der Spur war und bereits eine nicht unwichtige Änderung seines Systems vorgenommen hatte.

Das auch als ›Dach der Provence‹ bezeichnete merkwürdige Felsmassiv, das sich da draußen, dem Schloß direkt gegenüber, erhob, hatte ja, wie Ribeau wußte, schon einmal zur Entstehung einer völlig neuen Sicht der Welt beigetragen – als nämlich im Jahre dreizehnhundertsechsunddreißig seine sogenannte ›Erstbesteigung‹ durch den italienischen Schriftsteller und Humanisten Francesco Petrarca erfolgt war, für den der Berg dann zur Figur des ›Gipfels‹ wurde, des Ortes, von dem aus die ganze Welt überblickt und Natur und Menschenwerk voneinander geschieden werden können.

Und das hatte wiederum zur Folge, daß der Italiener den Ewigkeitsanspruch der herrschenden Mächte zu unterlaufen begann, indem er auch für *sich* begründeten Anspruch auf Unsterblichkeit erhob – und mit diesem Ansinnen zuletzt sogar gegen den Papst und den Kaiser die Oberhand behielt und fünf Jahre später, unter jubelnder Anteilnahme des Volkes, das ihn in seinem Anliegen verstanden haben soll, in Rom zum Dichter gekrönt wurde.

Während er auf Maillards Rückkehr wartete, ging Edgar Ribeau in dem großen, langsam eindunkelnden Salon herum und sah sich die Bücherwände und Partiturenstapel an, die zum größten Teil Schöpfungen jener beiden Zeitabschnitte der Menschheitsgeschichte umfaßten, denen man die Bezeichnung »Klassik« gegeben hat – Werke sowohl der alten wie der neuen Weltliteratur und Kompositionen der klassischen Weltmusik –, er unterzog einige der Musikinstrumente und ein paar der vielen, ihm nur zum kleinsten Teil bekannten, üppig wuchernden Pflanzen einer näheren Prüfung – und stand schließlich vor dem Fernseher mit der zerbrochenen Bildröhre und erinnerte sich, als er das in die Unterhaltungselektronikanlage integrierte Telefon sah, plötzlich daran, daß er dem Professor versprochen hatte, ihn anzurufen, sobald er hier angekommen sei.

Kurz entschlossen hob er den Hörer des Tastaturapparats hoch und tippte die ihm längst auswendig bekannte Nummer des Collège de France ein, wo sein Lehrer und Förderer sich um diese Zeit mit größter Wahrscheinlichkeit aufhielt.

»Hallo, Mademoiselle«, sagte er, als sich schon nach dem zweiten Klingeln eine weibliche Stimme meldete, »hier spricht Edgar Ribeau. Könnte ich mit Professor Sagot-Duvauroux sprechen? – Wie? Er ist nicht da? – Aber wo kann ich ihn denn jetzt erreichen? – Gut, dann sagen Sie ihm, daß ich im Château Europe angekommen bin – Château Europe, ja, er weiß, wo das ist – und sagen Sie ihm, daß ich Doktor Anseaume hier nicht finden kann – Anseaume, ja«, er buchstabierte, »A – N – S – E – A – U – M – E. Und sagen Sie ihm bitte auch, daß er mich, wenn er zurück ist, hier anrufen soll – Edgar Ribeau, ja«, er buchstabierte wieder, »R – I – B – E – A – U – ja. Vielen Dank und auf Wiederhören!«

Statt aufzuhängen, drückte der junge Mann kurz auf die Gabel und tippte danach noch die Privatnummer des Professors ein – als höchst schwungvoll und mit leicht wehendem weißem Mantel Doktor Maillard in den Salon zurückkehrte.

»Sie wollen telefonieren, mein Lieber?« fragte er in seiner zuvorkommenden Art, wobei die hellblauen Augen unter den buschigen schwarzen Brauen funkelten. »Aber das können Sie doch viel besser von Ihrem Zimmer oder von meinem Büro aus! Kommen Sie, ich zeige Ihnen, wo sich Ihr Zimmer befindet. Linda hat es inzwischen bestimmt bereitgemacht. Kommen Sie, mein Lieber, Sie sollten sich wirklich etwas ausruhen, denn heute abend werden Sie schon noch etwas mehr aus sich herausgehen müssen!«

Freundschaftlich, aber bestimmt nahm der große Mann den Doktoranden aus Paris beim Arm und führte ihn in den langen Korridor hinaus und durch diesen wieder in die große Eingangshalle, aus der, zu Ribeaus Überraschung, jetzt alle Pflanzen verschwunden waren.

»Endlich ist das unnütze Grünzeug weg!« meinte der energisch voranschreitende Klinikdirektor befriedigt, bevor er den neben ihm hergehenden jungen Mann über die von roten Teppichen bedeckten breiten Stufenfolgen des weiten Treppenhauses ins dritte und, wie es schien, oberste Stockwerk des Schlosses hinaufführte.

Ab und zu brannte an den Wänden jetzt eine Lampe, aber merkwürdigerweise begegneten die beiden Männer keinem anderen Menschen – weder jemandem vom Personal noch Patienten –, und das änderte sich auch nicht, als sie, oben angekommen, durch eine lange, verwirrlich verwinkelte Folge von ebenfalls nur hin und wieder beleuchteten, kahlen und leeren Korridoren gingen, um zuletzt, irgendwo auf der Nordostseite des Schlosses, in ein mittelgroßes Dachzimmer zu treten, aus dessen einzigem Fenster man über die bereits in dunklem Schatten liegenden, fast bis hier herauf reichenden hohen Bäume des Parks und des anschließenden Waldes hinweg auf die in dieser Himmelsrichtung den Horizont bildenden, langgezogenen Hügelketten der Basses-Alpes sehen konnte, die dem dahinter beginnenden, aber wohl auch am hellen Tag nicht zu sehenden, großen Alpenbogen vorgelagert sind.

Auch dieses Zimmer, das durch einen von der Decke herunterhängenden, großen elektrischen Leuchter erhellt wurde, war sehr stilvoll mit antiken und modernen Möbeln eingerichtet, und auf dem Parkettboden lagen weitere Perserteppiche – das Prunkstück, das den Raum beherrschte, war jedoch ein enormes altes Himmelbett mit gedrechselten, dunkelbraunen Holzpfosten, auf denen ein schwerer, dunkelgrüner Baldachin ruhte.

»Eines unserer Gästezimmer«, sagte Maillard stolz, »auf die wir aber auch zurückgreifen, wenn wir besonders viele Patienten hier haben. Wir essen heute um neun Uhr, ich werde Sie rechtzeitig abholen lassen!«

Dann zeigte er Ribeau noch das an den Raum grenzende erstaunlich große Badezimmer, das vollständig mit Marmor ausgekleidet und mit einer Vielzahl von raffiniert angebrachten Spiegeln und Lampen versehen war und in dem sich neben einer Wanne, einer Dusche, einem Lavabo, einem Bidet und einer Toilette auch Schränke und Ablagen mit jeder Menge flauschiger Badetücher, kostbarer Seifen und Flaschen mit den verschiedensten, vielfarbig leuchtenden Essenzen befanden.

Nachdem Maillard den jungen Mann aus Paris ein zweites Mal sich selbst überlassen hatte, öffnete dieser als erstes das Fenster, um frische Luft in das Zimmer zu lassen – und als er sich danach etwas hinauslehnte und die kalten Windstöße des immer noch heftig wehenden Mistrals um den Kopf streichen ließ, vermochte er in der zunehmenden Dunkelheit eben noch zu erkennen, daß die Hausmauer unterhalb des Fensters glatt abfiel und die Rasenanlage, aus der sie sich erhob, mindestens zehn Meter weiter unten liegen mußte.

Da er nun doch seit einer Weile keinen Alkohol mehr zu sich genommen hatte, bewirkte die kalte Luft ein überraschendes Nachlassen der sonderbaren Euphorie, in die er hier schon gleich nach dem ersten Glas Weißwein geraten war, und während dieser Ernüchterung schien dem jungen Mann plötzlich nicht nur die von ihm eigentlich noch nie in einer derartigen Weise erlebte Hochstimmung, sondern auch ein anderer Umstand etwas merkwürdig zu sein – der Umstand nämlich, daß Doktor Anseaume, an den zu wenden ihm der Professor, insbesondere auch für den Fall, wenn er hier auf irgendwelche Schwierigkeiten stoßen würde, nachdrücklich empfohlen hatte, sich ausgerechnet jetzt im Urlaub befinden sollte.

Er wollte deshalb noch einmal versuchen, den Professor zu erreichen, sah sich nach dem Telefon um, das im Zimmer vorhanden sein sollte, und entdeckte auf einem Nacht-schränkchen an der dem Fenster zugewandten Kopfseite des eindrucksvollen Himmelbettes ein graues Tastatur-modell, stellte, als er es benutzen wollte, aber fest, daß die Leitung dieses Apparates entweder gestört oder einfach tot sein mußte.

Dies trieb den Ernüchterungsprozeß in Edgar Ribeau jetzt soweit voran, daß er sich sogar zu fragen begann, ob der Zustand der Euphorie, in dem er sich befunden hatte und in leicht abgeschwächter Form immer noch befand, nicht doch mehr mit dem Weißwein zu tun hatte, als er bis-lang meinte – ob dem Getränk vielleicht etwas beigemischt gewesen war, was nicht hineingehörte –, denn die Schnel-ligkeit, mit der dieser auf ihn gewirkt hatte, und die Intensi-tät seiner hartnäckig anhaltenden Wirkung schienen ihm nun doch zumindest ungewöhnlich zu sein.

Was immer mit ihm los sein mochte – der Doktorand aus Paris hatte jedenfalls plötzlich den heftigen Wunsch, mög-lichst schnell einen noch klareren Kopf zu bekommen, und packte aus der großen Reisetasche, die jemand heraufge-bracht und neben das Bett gestellt hatte, nur rasch die wich-tigsten Sachen aus, die er für den Abend und die Nacht brauchen würde, und begab sich ins Badezimmer, um eine Dusche zu nehmen und zu versuchen, sich auf diese Weise weitere körperliche und geistige Erfrischung zu verschaffen.

Als er sich in der Wärme des leicht geheizten, fensterlosen Raumes seiner eigenen, in den vielen, ringsum angebrachten Spiegeln reflektierten Nacktheit gegenübersah, drängte sich ihm, ohne daß er etwas dagegen hätte tun können, aber sofort das Bild der halbnackten Linda Lovely vor die Augen – und dieses Bild verschwand auch nicht, als er unter dem heißfließenden Wasser stand und die feinen Strahlen seinen ganzen Körper massierten und die elektrischen Spannungen entluden, die sich in seinen Haaren, seinem Nacken und seiner übrigen Muskulatur angesammelt hatten.

Nachdem er einige der unetikettiert dastehenden Flaschen geöffnet und an ihnen gerochen hatte, ließ er zwischendurch den Duft und den leichten Schaum eines ihm unbekannten Duschgels auf sich einwirken, ansonsten blieb Ribeau einfach unter den auf ihn prallenden Wasserstrahlen stehen, drehte oder streckte sich gelegentlich und gab sich mit geschlossenen Augen ganz dem Wohlgefühl hin, das sich in ihm auszubreiten begann – bis er durch das regelmäßige Wasserrauschen hindurch dicht neben sich plötzlich eine Stimme zu hören glaubte, und als er sich umsah, stand neben dem etwas zur Seite gezogenen Duschvorhang tatsächlich die Amerikanerin und hielt ihm lächelnd das Frotteetuch hin, das er sich draußen bereitgelegt hatte.

»Es wird Zeit, mon chéri«, sagte sie, während sie einen langen und gründlichen Blick auf seine unverhüllte, naß hinunterhängende Männlichkeit warf, worauf sie, nachdem er das Badetuch fast automatisch entgegengenommen hatte, wieder aus seinem Gesichtsfeld verschwand.

Recht verwirrt stellte Ribeau das Wasser ab und rieb sich

Augen und Gesicht trocken, versicherte sich, ehe er den Duschvorhang zurückzog, daß die Frau nicht mehr da war, und frottierte sich rasch fertig.

Da sein Bademantel auf einem Sessel im Raum nebenan lag, schlang er sich das große flauschige Tuch um die Hüften – und als er zögernd aus dem Badezimmer heraustrat, sah er die junge Frau, die jetzt, was ihm zuvor nicht aufgefallen war, ein hochelegantes, sehr enganliegendes, außergewöhnlich tief ausgeschnittenes und zu beiden Seiten der Beine offenstehendes schwarzes Abendkleid trug, auf der dem Fenster zugewandten Seite des Himmelbettes sitzen.

Ihr schwarzes Haar, das sie zuvor straff an den Kopf gekämmt und zu einem Knoten zusammengebunden getragen hatte, fiel jetzt, das weiße Gesicht breit umwallend, offen hinunter, und in ihren Händen hielt sie je ein Glas mit Weißwein, von denen sie eines dem jungen Mann langsam entgegenstreckte.

Wie in Trance ging Edgar Ribeau sofort auf die schöne Frau zu, nahm das Glas, das sie ihm hinhielt, aus ihrer Hand und stieß, wie sie es wünschte, mit ihr an.

Nachdem er einen Schluck von dem Wein getrunken hatte – bei dem es sich, wie er feststellte, wieder um den so herrlich schmeckenden Côtes du Ventoux handelte –, fragte er die Frau, die ihn, ohne etwas zu sagen, mit ihren eindrücklichen blauen Augen ansah, dann mehr aus Verlegenheit als aus wirklichem Interesse, ob sie vielleicht wisse, warum das Telefon hier nicht funktioniere.

»Oh, das hat man wohl vergessen«, sagte sie. »Denn wenn die Zimmer hier oben für Patienten benutzt werden, schaltet man die Telefone entweder ab oder entfernt sie. Aber das wird gleich geändert, wenn wir es melden.«

Ribeau, dessen Blick vom beachtlichen nackten Teil der festen, durch eine tiefe Grube voneinander getrennten weißen Brüste zum nackten Teil der übereinandergeschlage-

87

nen, ebenfalls weiß leuchtenden, strumpflosen langen Beine der Frau glitt, nahm noch einen zweiten und dritten Schluck Wein – und spürte sofort wieder dessen unglaublich euphorisierende Wirkung, die ihn nun plötzlich auch in eine ungeheuer starke sexuelle Erregung versetzte.

Und dann geschah etwas, das außerhalb jeder Vorstellung lag, die der Doktorand aus Paris sich von seinem ersten Kurzaufenthalt in dieser Klinik gemacht hatte – er wußte einmal mehr nicht genau, was es war, ob es tatsächlich nur an dem so ungewöhnlich wirkungsvollen Wein oder ob es ganz allgemein an der extravaganten Atmosphäre lag, die in diesem Schloß herrschte, ob es das riesige Himmelbett war oder der unwiderstehliche Duft, den die vor ihm sitzende Frau ausströmte, oder ob es noch etwas völlig anderes hätte sein können, es passierte einfach.

Linda Lovely bedeutete ihm, sich neben sie zu setzen, nahm das leere Glas aus seiner Hand und näherte ihr Gesicht dem seinen – und dann wußte er nicht mehr, wie die Zeit verging, alles, was er noch wahrnahm, waren warme Lippen, eine feste Zunge, eine kühle, feuchte Nase, Augen, Ohren, eine voluminöse Haarmähne, die glatte Haut von Schultern, feste Brüste mit weiten, dunklen Höfen und steifen Warzen, ein kleiner, muskulöser Bauch, starke Oberschenkel und ein breites Becken mit einer zu seiner Überraschung völlig unbehaarten Scham, und er versank in einen Wirbel und ein Geflecht aus Verführungskünsten und sexuellen Praktiken, die unerschöpflich schienen ...

II

Edgar Ribeau kam es vor, als ob er sich zusammen mit der nackten Frau, mit der er sich immer wieder neu vereinte, nun wirklich in jenem Garten Eden befinden würde, der die Gegend hinter dem Mont Ventoux, wie man ihm gesagt hatte, auf eine bestimmte Weise ja auch sein sollte – und irgendeinmal befanden die Frau und er sich dann plötzlich nicht mehr auf dem zerwühlten Himmelbett unter dem dunkelgrünen Baldachin, sondern, eine weitere Flasche Weißwein trinkend und ringsum widergespiegelt, im großen, mit schäumendem, wohlriechendem Wasser gefüllten Rundbecken, das im angrenzenden, ganz mit Marmor ausgekleideten Badezimmer eingebaut war.

Und wieder später wandelte der junge Mann, der nun einen eleganten, maßgeschneiderten schwarzen Blazer, eine hellgraue Hose, ein hellgraues Seidenhemd und eine hellgraue, doppeltgeknotete Wollkrawatte trug, mit der faszinierenden, vom raffiniert geschnittenen schwarzen Abendkleid umhüllten Frau engumschlungen durch die nur wenig erleuchteten, menschenleeren Korridore des alten provenzalischen Schlosses.

Draußen war schwarze Nacht – es ging, wie Ribeau mit Hilfe seiner Rolex feststellte, schon auf halb zehn zu, was jedoch weder ihn noch Linda, wie er die Frau nun nannte, im geringsten störte –, und als die beiden im Erdgeschoß am Ende eines langen, mehrfach verzweigten Ganges schließlich um eine letzte Ecke bogen und mit über halbstündiger Verspätung durch eine schwere Flügeltür in einen Saal traten, der einen ganzen Seitenflügel des Schlosses einzunehmen schien, bot sich dem jungen Mann ein weiteres Mal ein sehr ungewöhnlicher Anblick.

Der lange und hohe, von einem mächtigen, halbkreisförmigen Tonnengewölbe überspannte riesige Raum war nämlich durch eine Unzahl von ausgeklügelt angebrachten Scheinwerfern und Spotlampen in ein äußerst helles, ihn zunächst geradezu blendendes Lichtermeer getaucht, in dessen Zentrum ein freies Rechteck aus weißgelb schimmernden Kalksteinplatten lag – und an den Längsseiten dieser Fläche hatten in je einer Stuhlreihe auf dem anschließenden Terrakottaboden mehrere der Leute Platz genommen, denen Ribeau in dieser Klinik bereits mindestens einmal begegnet war.

Auf dem ersten Stuhl auf der linken Seite saß der kleine, rotgesichtige Monsieur Clicquot und ihm gegenüber auf der rechten Seite der hagere, leichengesichtige Monsieur Roquembert – dann folgte links, den Blecheimer zwischen die Füße geklemmt und den langen Holzspatel mit beiden Händen vor sich hin haltend, der mit dem ausgebeulten grauen Filzhut und dem alten Regenmantel bekleidete, große, kräftige Mann, den Ribeau zuerst als Jäger kennengelernt hatte.

Neben dem Jäger saß der kleine, silberhaarige Albinomann, der den großen, weißen Brillo-Karton auf seinen eng zusammengepreßten Oberschenkeln mit beiden Armen fest an seinen wenig voluminösen Oberkörper drückte – und neben ihm wiederum saß der stattliche, vollbärtige Mann, dessen Kleidung und Physiognomie Ribeau noch nicht einordnen konnte und der weiterhin die nicht zu dieser Kostümierung passende rundglasige schwarze Blindenbrille trug.

Auf der rechten Stuhlreihe schloß sich an den hageren Monsieur Roquembert der mittelgroße, schwarzgekrauste Mann im ganzteiligen, dunkelblauen Monteurüberkleid

an, der seinen fußballgroßen Schnurknäuel mit weitge-
spreizten Fingern über dem Schoß in die Luft hielt und die
lange Packpapierrolle senkrecht vor sich auf dem Terrakottaboden stehen hatte – und neben ihm saß schließlich, wie ein
Vogel auf der Käfigstange, die kleine, hochbetagte Madame
Kurz mit ihrem Glitzerschmuck und der so auffälligen rosaroten Weste über ihrem pompösen, gelben Kostüm.

Was in dem gleißenden Lichtermeer, sobald man sich an
seine Intensität gewöhnt hatte, jedoch am stärksten in die
Augen fiel, waren eindeutig die überraschend vielen, entlang der hohen Natursteinwände placierten und die beiden
relativ kurzen Stuhlreihen zum Teil gewaltig überragenden, oft bizarren und bunten, bekannten bis berühmten
Kunstobjekte aus der Zeit der sogenannten ›Moderne‹ – jener Zeit also, die, wie Sagot-Duvauroux, Ribeaus geistiger
Vater, einmal geschrieben hatte, mit dem rasanten indu-
striellen und materiellen Fortschritt schon im neunzehnten
Jahrhundert angebrochen sei und die nun, da mit ihrem Namen gleichzeitig auch die immer wieder neuste Zeitent-
wicklung und somit jegliche Fortsetzung der Zeit bezeichnet werde, anscheinend, jedenfalls solange es so etwas wie
eine Zeit überhaupt gebe, nie mehr zu Ende gehen könne.

Neben einer lebensgroß nachgebildeten, Lockenwickler
in den Haaren tragenden und eine Zigarette rauchenden typisch amerikanischen Frau hinter einem Supermarktein-
kaufswagen, die Ribeau von Abbildungen her bereits zur
Genüge kannte, erhoben sich da noch mehrere überdimensionierte, unnatürlich grellfarbige, aus Plastik nachge-
formte Lebensmittel – ein Riesensandwich mit Speck, Salat
und Tomaten und ein enormes Buttercrème-Tortenstück
etwa –, und neben einer großen, mit den merkwürdigsten
Gegenständen bestückten Holzkiste ragte wiederum ein
kombiniert bemalter und beklebter, von einem ausgestopf-
ten Hahn gekrönter Kasten in die Höhe, und anderswo flan-

kierten eine hohle Gipsbüste, bei der würfelförmige Puzzle-Spielklötze das weggeschlagene Gesicht ersetzten, und ein vielfach in Fesseln gelegter Frauentorso aus Gips eine seltsame, in einem Gerüst gefangene, aus Prothesen, Korsetts und Bandagen zusammengesetzte Gliederpuppe, die durch einen Motor, wie ein Hampelmann, in groteske, zuckende Bewegungen versetzt wurde.

Ungleichmäßig verteilt standen zwischen diesen Gebilden mehrere nur mit auserlesener Reizwäsche bekleidete Kunststoff-Frauen, die, je nach Körperstellung, die sie einnahmen, entweder als Hutständer oder als Tische dienten, hin und wieder erstrahlten im grellen Scheinwerferlicht einzelne oder Gruppen bildende, sich in den verschiedensten Tätigkeiten befindende weiße Gipsfiguren – und immer wieder waren zwischen all diesen Objekten und Gestalten auch noch unterschiedlich große, mit Tüchern, Plastikfolie und Papier umhüllte, merkwürdig verschnürte, plumpe Pakete zu sehen, deren Inhalt man mehr oder weniger gut und manchmal überhaupt nicht erahnen konnte.

Am gegenüberliegenden Ende des Saals waren vor dessen Rückwand eine größere Anzahl Tische zusammengeschoben, die auf diese Weise eine Art Podium bildeten – und auf diesem Podium saß auf drehbaren Werkstattstühlen wiederum etwa ein Dutzend Leute, die wild durch die Epochen und Stile gemischte Kostüme trugen und unterschiedliche Musikinstrumente in den Händen hielten, während sich vor dem Podium die walkürenhafte, rothaarige Madame Rougemont in ihrem altertümlichen, schmucküberladenen dunkelgrünen Brokatkleid in Positur gestellt hatte.

Über dem Podium trugen zwei Balken, die in der Mitte der Rückwand verankert waren, eine Art Kanzel, zu der in einem Winkel von fünfundvierzig Grad eine Treppe hinaufführte – und in diesem ganz aus Holz gefertigten Gehäuse nun stand in seinem weißen Mantel der den ganzen

Saal und alles, was sich in ihm befand, überblickende Doktor Maillard.

Direkt über dem Schalldeckel der Kanzel hing quer über die ganze Wand hinweg ein riesiges, weißes Stofftransparent, auf dem mit großen schwarzen Buchstaben die Wörter À L'HAZARD BALTHASAR gemalt waren – und über diesem Transparent prangte, als Abschluß des Ganzen, eine fast das gesamte letzte Drittel der Mauer ausfüllende, von allen Seiten her von Scheinwerferbahnen und Spotlichtern angestrahlte, golden und silbern funkelnde sechzehnstrahlige Metallsonne.

Nachdem die Leute auf den beiden Stuhlreihen das neu in den Saal eingetretene, verblüffend gut zusammenpassende Paar einige Augenblicke lang lächelnd angesehen hatten, sprangen Monsieur Clicquot und Monsieur Roquembert auf und rannten an ihm vorbei zur Tür, um diese nicht nur wieder zu schließen, sondern mit Hilfe eines großen Schlüssels und zweier enormer Eisenschieber zudem noch zu verriegeln.

Dann geleiteten sie den jungen Mann und die junge Frau zu den zwei noch freien Stühlen, die am Ende der rechten Reihe neben dem Stuhl bereitstanden, auf dem die vogelhafte Madame Kurz hockte – und gleich nachdem die beiden sich gesetzt hatten, begann das kleine, auf den zusammengeschobenen Tischen am anderen Ende des Saals placierte Orchester mehr oder weniger korrekt Susannas Arietta ›Voi che sapete che cosa è amor‹ aus ›Le Nozze di Figaro‹ zu spielen, und die vor dem Podium stehende Madame Rougemont sang, ohne die geringste Spur einer Stimme zu haben, aber in tief rührender Weise:

Voi che sapete
Che cosa è amor,

93

Donne, vedete
S'io l'ho nel cor,
Donne, vedete
S'io l'ho nel cor.
Quelle ch'io provo
Vi ridirò,
È per me nuovo,
Capir nol so …

Zwischen Linda und der zierlichen Madame Kurz thronend, hatte Edgar Ribeau, während er der Musik und dem merkwürdigen Gesang zuhörte, nun einerseits das Gefühl, sich in einem Museum zu befinden, und andererseits, sowohl Zuschauer wie gleichzeitig Akteur in einem ganz und gar ungewöhnlichen Theaterraum zu sein, in dem ein zwar hochinteressant und spannend anmutendes, aber ihm völlig unbekanntes und, wenigstens vorläufig, noch gänzlich unverständliches modernes Stück gespielt wurde.

Die ganze Szenerie des Saals – zu der, wie der Doktorand erst jetzt erkannte, noch je fünf, sich oberhalb der Lichterflut in den dunklen Teilen der kahlen Seitenwände befindende hohe Fensteröffnungen gehörten, die mit schweren Holzläden verschlossen und durch jeweils zwei übers Kreuz verlaufende Eisenstangen gesichert waren – hatte ihn sofort an die Lunatics-Bälle in Kingsley Hall erinnert, auf die Maillard ihn schon angesprochen hatte, obwohl der äußere Rahmen in dem heruntergekommenen, dreistöckigen Gebäude aus braunen Ziegelsteinen in Londons Arbeiterviertel natürlich ein ganz anderer gewesen war als der in diesem provenzalischen Schloß, und er war nun wieder ziemlich sicher, daß auch das, was sich jetzt in diesem Saal, und alles, was sich in der Folge in dieser Klinik noch weiter abspielen würde, zum immer noch angewandten Maillardschen Beschwichtigungssystem gehörte.

Die Kunstwerke, die überall herumstanden, waren, wie er annahm, erstaunlich gut gelungene Kopien, die der Direktor und seine Mitarbeiter zusammen mit den dafür talentierten Patienten angefertigt hatten – und die zum Teil recht ausgefallenen Kostümierungen, in denen einige der Patienten steckten, gehörten zweifellos zu Rollenspielen, über deren Bedeutung innerhalb des Systems er vermutlich gleich mehr erfahren würde.

Der neugierige Doktorand fragte sich zwar immer noch, wo denn nun die persönlichen Mitarbeiter von Doktor Maillard steckten und warum er bisher auch vom übrigen Personal, das zum Betreiben einer solchen Klinik nötig war, noch niemanden zu Gesicht bekommen hatte – er überlegte, ob sich einige dieser Leute vielleicht als Musiker auf dem Podium betätigten –, aber er war nicht nur auf sie und auf das, was in dem Saal nun weiter passieren würde, gespannt, sondern auch darauf, wie Maillard, wenn er davon erfuhr, auf das zwischen seiner amerikanischen Mitarbeiterin und ihm entstandene Verhältnis reagierte, von dem Ribeau selber im übrigen auch nicht wußte, was aus ihm werden konnte oder sollte.

In der neuerlichen, durch den Liebesrausch, den er mit Linda erlebt hatte, noch zusätzlich verstärkten Hochstimmung, machte er sich deswegen jedoch keine weiteren Sorgen – und als die walkürenhafte Madame Rougemont ihre Arietta endlich zu Ende gesungen hatte, stimmte auch er, bestens gelaunt, sofort in den heftigen Applaus ein, mit dem sich die im Saal versammelte Gesellschaft, inklusive der auf dem Podium sitzenden Musiker, für die etwas wunderliche und skurrile Darbietung bedankte.

»Bravo! Bravo! Bravissimo!« riefen die Leute der sich mehrmals hocherfreut verbeugenden rothaarigen Frau begeistert zu, und von seiner Kanzel an der Rückwand des

Saals herab verkündete der Klinikdirektor, indem er kraft-voll in die Hände klatschte, laut: »Bravo, das war wirklich wunderbar, Madame Rougemont! Und bitte auch einen ganz speziellen Applaus für unsere Hauskapelle, die *Sophisticated Boom-Boom!*«

Dann, nachdem sich die bizarr kostümierten Musiker auf dem Podium ebenfalls verbeugt hatten, streckte er seine Arme in die Höhe, und der Applaus verstummte.

»Meine lieben Freunde«, hob er, dieweil Madame Rougemont sich schnell auf den leeren Stuhl am oberen Ende der linken Reihe neben den vollbärtigen Mann setzte, in einem, wie Ribeau fand, ausgesprochen feierlichen Ton zu einer Ansprache an, »ich freue mich, daß wir endlich wieder einmal in diesem Raum versammelt sind – unter den Zeichen, die uns ein nach den alten Grundsätzen lebendes Geschlecht vermacht hat. Unter dem alles überstrahlenden Licht Indiens, der Zigeuner und der schwarzen Sara nämlich – und unter der Losung der Herren von Les Baux, der Beschützer der Albigenser, die sich auch Katharer oder ›Die Vollkommenen‹ nannten. Unter dem Licht des Imperiums der SONNE, die jedes Lebewesen mit der gleichen magischen Kraft anzieht!«

»Lu sulehu me fe kanta!« rief die rothaarige Madame Rougemont in fehlerlosem, wenn auch nicht akzentfreiem Provenzalisch – worauf die Geiger auf dem Podium sofort in anhaltender Weise das dreigestrichene C der Zikaden zu spielen begannen und so den Eindruck erweckten, als ob der für diese Gegend typische, normalerweise nur tagsüber zu hörende Hintergrundston zusätzlich noch während der Nacht und im Innern dieses Raumes vorhanden sein müßte.

»Es lebe das menschliche Bedürfnis nach dem Blick von oben«, setzte Maillard seine Ansprache, während die Imitation des Zikadenzirpens anhielt, fort, »es lebe Ikarus, und es lebe der Berg, der, als dritte Dimension, den Horizont erweitert, die Flachdimensionen dehnt und in einer Widergesetzlichkeit gegen den kurzsichtigen Zeitgeist zu einer weiten Rundsicht steigert! Es lebe der Gute König René, es lebe die Malerei, es lebe die Dichtung, die Mathematik und die Musik – und es lebe das glückliche Leben mit den Untertanen!«

»Vive le bon roi René!« riefen nun alle, die neben dem mit Linda Lovely in den Saal getretenen jungen Mann saßen – und dieser amüsierte sich köstlich über die gekonnte Inszenierung.

»Kein Disneyland einer Apéritiffirma!« rief Roquembert.

»Nieder mit Ricard!« rief Madame Kurz.

»Keine Stahlkocher!« rief der Albinomann.

»Nieder mit Wendel-Sidelor, Thyssen und den Engländern!« rief der Mann im dunkelblauen Monteurüberkleid, der mit einem starken italienischen Akzent sprach.

Dann erhob sich der Mann mit der Blindenbrille – und plötzlich wußte Ribeau, an wen ihn dieser erinnerte, er glich, hätte er die Brille nicht getragen, aufs Haar den zeitgenössischen Bildern des aus dem sechzehnten Jahrhundert stammenden Nostradamus, und in ihrem ausgeprägten Marseiller-Französisch sagte die Gestalt nun:

Der neue Nero wird
Lebendige Kinder in drei Kamine
Zum Verbrennen werfen lassen.
Glücklich, wer von solchem Orte
Weit entfernt!

»Freiheit für den wilden, aus den Alpen herabstürzenden Stier, auf dessen Wasser einst die Toten aus ganz Europa, in Salzfässer gestopft und mit Goldstücken zwischen den Zähnen, zu den elysischen Feldern der großen Totenstadt

schwammen!« rief nun wieder der Mann im Monteurüber-
kleid – und der mit Filzhut und Regenmantel bekleidete
Jäger rief: »Freiheit für den lebensspendenden Strom, der
Krankheit, Haß, Wahnsinn, Grauen und den Gestank von
Tod und Exkrementen mit sich tragen mußte und an dessen
Ufern nun seltsame, den ganzen Planeten bedrohende Be-
tonbauten kauern!«

»Freiheit für den Fluß, für die Rhône, und Freiheit für
den Himmel von Alphonse Daudet!« rief Madame Kurz –
worauf die Musiker flugs den Anfang der ›Marche de Tu-
renne‹ aus Georges Bizets ›Arlésienne‹ spielten, und mitten
in diese Musik hinein rief die Rougemont, so laut sie
konnte: »Nieder mit dem lächerlichen Tartarin de Taras-
con!«

Dann hob der große, auf der Kanzel stehende Doktor
Maillard erneut die Arme in die Höhe und machte sowohl
der Musik wie auch der Ruferei ein Ende.

»Der mittelbare Anlaß für unser heutiges Zusammen-
treffen«, sagte er, als es völlig ruhig geworden war, in einem
wieder etwas weniger feierlichen und jovialeren Ton, »ist,
wie ihr, liebe Eingeweihte, wißt, der Besuch unseres jungen
Freundes hier, des verehrten Monsieur Edgar Ribeau, seines Zeichens Doktorand der Psychologie aus unserer geliebten Hauptstadt Paris!«

Sofort klatschten alle wieder heftig in die Hände, und der
junge Mann, der sich durch die unerwartete Sympathiebe-
kundung, bei aller Amüsiertheit, doch auch irgendwie gerührt und geehrt fühlte, erhob sich und verbeugte sich
leicht.

»Monsieur Ribeau«, fuhr Doktor Maillard fort, »ist, wie
einige von euch vielleicht noch nicht wissen, ein Schüler
meines alten Freundes Louis Sagot-Duvauroux, heute Professor für Geschichte der Denksysteme an der wohl angese-
hensten Institution dieses Landes, dem Collège de France

in Paris – ein Mann, den Ihr ja auch alle kennt, galt unsere letzte große Versammlung in diesem Raum doch ihm!«

Kaum hatte der Klinikdirektor das gesagt, sprang der mit Filzhut und Regenmantel bekleidete Jäger auf, schlug seine Hacken zusammen, stand stramm und sang mit seinem belgischen Akzent laut:

Allons enfants de la patri-i-e,
Le jour de gloire est arrivé!

»Schon gut, Monsieur De Beuys«, winkte Maillard ab – worauf der Mann seinen langen Holzspachtel an den Kopf hob und in militärischem Ton antwortete: »A vos ordres, Monsieur le directeur!«

Das Spiel wohlgelaunt mitmachend, salutierte jetzt auch Maillard und befahl: »Repos!« – worauf der Mann ein »Vive la France!« ausstieß und sich wieder hinsetzte.

»Sagot-Du, wie wir den guten Louis schon seit unserer Schulzeit zu nennen pflegen, und ich«, fuhr der Klinikdirektor in seinem offenstehenden, im Lichtkegel eines Scheinwerfers hell aufleuchtenden weißen Mantel fort, während er sich mit seinen Armen auf der Brüstung der Kanzel abstützte, »kennen uns, wie ihr wißt, seit unserer Kindheit – und auch auf die Gefahr hin, daß einige von euch diese Dinge schon gehört haben und ich mich wiederhole, möchte ich für unseren verehrten Gast jetzt doch noch einmal kurz die wichtigsten Fakten unserer, wie ich zu sagen glauben darf, nicht alltäglichen Lebenswege in Erinnerung rufen. Sagot-Du und ich wuchsen – zunächst mit der Drohung des Krieges und danach mit dem Krieg selbst als Horizont und Existenzrahmen – in der Hauptstadt des Département Vienne, dem gallorömischen *Limonum* oder *Pictavium,* unserem teuren Poitiers auf, das Louis heute eine ›bleierne Stadt‹ beziehungsweise ›die Stadt der enthaupteten Heiligen‹ zu nennen beliebt, wo wir im öffentlichen Gymnasium gemeinsam die Vorschul- und Grundschulklassen absolvierten, bevor wir, als Schüler im eigentlichen Sinn, in die geistliche Anstalt des Collège Saint-Stanislas in der Rue Jean-Jaurès hinüberwechselten, dessen Eigentümer, die Frères des Écoles chrétiennes, mißbräuchlich auch ›Frères ignorantins‹ genannt wurden. Beide haben wir uns seit frühester Jugend für Geschichte und Literatur interessiert – mit Begeisterung haben wir die Histoire de France von Jacques Bainville gelesen und sind vor allem von Karl dem Großen fasziniert gewesen –, und gemeinsam besuchten wir in den unmittelbaren Nachkriegsjahren in einem der ruhmreichsten Gymnasien Frankreichs, dem Lycée Henri-IV in Paris, die Vorbereitungsklassen für die Aufnahmeprüfung an der École normale supérieure in der Rue d'Ulm – wurden also sogenannte *khâgneux* oder ›Faulpelze‹, wie in unserem Land die Schüler heißen, die sich für ein Studium der Geisteswissenschaften an der ENS präparieren. Und durch die Person unseres verehrten Lehrers Jean Hyppolite, dessen Nachfolger am Collège de France, diesem Allerheiligsten des französischen Universitätswesens, der gute Louis jetzt sogar geworden ist, haben wir dort auch gemeinsam die ›Stimme Hegels‹, also die ›Stimme der Philosophie‹, vernommen. Louis und ich waren die besten Freunde, die ihr Euch vorstellen könnt, und beinahe so unzertrennlich wie siamesische Zwillinge!«

Wieder sprang der Mann, den Maillard zuvor Monsieur De Beuys genannt hatte, in die Höhe, stand stramm und sang nun laut:

> Montez de la mine,
> Descendez de la colline,
> Camarades!
> Sortez de la paille

Les fusils, les mitrailles,
Les grenades!

Dann setzte er sich sofort wieder hin, und Maillard sprach, ohne dem Zwischenfall irgendeine Beachtung zu schenken, weiter.

»Um das Jahr neunzehnhundertfünfzig beherrschten, wie ihr wißt, Männer wie Sartre und Merleau-Ponty das geistige Klima oder den *Diskurs,* wie man heute gehobener, wenn auch nicht unbedingt verständlicher sagt – sogenannte ›Meisterdenker‹, die einen humanistisch interpretierten Marx mit der Husserlschen Phänomenologie zu einer Philosophie der konkreten Existenz verbanden –, und auch Louis und ich konzentrierten unser Interesse während unserer Jahre als *normaliens* nun auf die Philosophie. Und über die Philosophie kamen wir dann natürlich auch zur Psychologie, zur Psychoanalyse und zur Psychiatrie – und der gute Louis war für kurze Zeit sogar Mitglied der Kommunistischen Partei, allerdings eher in einer dissidenten Position, in der er als sogenannter ›nègre‹ unter fremdem Namen politische Artikel schrieb.«

Zum zweiten Mal erhob sich der Mann, der wie Nostradamus aussah, und sagte:

Beklagt Männer, Frauen,
Unschuldig vergossenes Blut
Auf der Erde!

»Und damals«, fuhr Maillard, auch diesem Zwischenfall keine Bedeutung schenkend, fort, »unternahm ich in meiner jugendlichen Begeisterung für Francesco Petrarca – den Schöpfer der Sonettform, der in den ›Canzoniere‹ seine reine Liebe zu Donna Laura verewigte – eben auch jene für mich und nun für uns alle so folgenreiche Besteigung des

Mont Ventoux, die mich, nachdem ich dem pathogenen Milieu der Rue d'Ulm, diesem Treibhaus der absurdesten und exzentrischsten Verhaltensweisen, entronnen war, dazu bringen sollte, die Schwelle der Geisteswissenschaften zu überschreiten und noch ein Medizinstudium in Angriff zu nehmen, obwohl das in unserem Land, wenn man sich auf die *praktische* Psychologie und Psychiatrie spezialisieren will, im Gegensatz zu den meisten anderen Ländern der Welt und insbesondere der Vereinigten Staaten, ja merkwürdigerweise nicht unerläßlich ist. Ein Entscheid, der, wie sich zeigte, bereits die endgültige Trennung des so lange gemeinsam begangenen Weges von Louis und mir darstellen sollte – denn Sagot-Du verschrieb sich, sozusagen als ›Philosoph der Psychologie‹, weiterhin vor allem der *theoretischen* und mehr und mehr auch der historischen, ja, wie er sich ausdrückte, sogar der *archäologischen* Auseinandersetzung mit dem Wahnsinn und legte sich in der zweiten Hälfte der fünfziger Jahre, die er in Uppsala, Warschau und Hamburg verbrachte, dann auch jene Marotten zu, die zu seinen wichtigsten Markenzeichen wurden – den schwarzen Samtanzug, den weißen Rollkragenpullover, das grüne Lodencape und die selbst rasierte, seinem Image als intellektueller Eierkopf so genial und wunderbar entsprechende Vollglatze!«

Erneut erhob sich der Mann, der wie Nostradamus aussah, und sagte:

> Einen Adler
> Um die Sonne
> Sieht man tanzen!

»Das Jahr neunzehnhunderteinundsechzig«, fuhr Maillard unbeirrt fort, »in dem ich dieses Schloß erwerben und in eine Klinik umwandeln konnte, brachte, wie es der Zufall oft auf eine so merkwürdige Weise will, dann gleichzeitig auch für den guten Louis wieder eine entscheidende Wendung: den Anfang einer akademischen Karriere nämlich, die ihn für mehrere Jahre an eine französische Provinzuniversität führte – mit dem Erscheinen seiner *grande thèse,* dem tausendseitigen Werk ›Wahnsinn und Methode‹, gleichzeitig aber auch den Eintritt ins exklusive Geistesleben von Paris, wo er rasch zum Star literarischer Kolloquien und Autor weiterer philosophischer Bestseller avancierte und fortan in den Massenmedien nur noch mit seinem einprägsamen Namenskürzel zitiert wurde. ›LSD hat sich‹, wie man schrieb, ›in das Herz des Wahnsinns begeben, um von da aus nach dessen historischen Bedingungen, nach seinem Sprechen und Schweigen, nach ihn begrenzenden oder befreienden Gesten Ausschau zu halten.‹ Nietzsche, die Zwölftonmusik und der Zusammenprall mit Hegels Geschichtsphilosophie hatten Louis' dialektisches Universum erschüttert und ihn zu jenem ›Fremden‹ oder ›Touristen‹ im eigenen Land gemacht, dessen Konzeption des ›Ganz Anderen‹ und der ›Grenzüberschreitung‹ unter der Formel ›Der böse Blick des LSD‹ bald weit über die Landesgrenzen hinaus bekannt war!«

Nun sprang der silberhaarige Albinomann, der immer noch seinen Brillo-Karton in den Armen hielt, auf und rief mit seinem britischen Akzent erregt: »Der Aufstieg aus der Unterwelt!« – worauf die Musiker auf dem Podium sofort den berühmten Anfang von Richard Strauß' ›Also sprach Zarathustra‹ spielten und sich, zu Ribeaus erneuter Überraschung, in der freien, rechteckigen Fläche aus Kalksteinplatten zwischen den Stuhlreihen langsam der Boden zu öffnen begann.

»Nein! Halt! Noch nicht jetzt!« rief Doktor Maillard

verärgert von der Kanzel herab – aber sein Protest kam, wie es schien, zu spät.

Denn aus der rechteckigen Öffnung im Fußboden stieg bereits langsam ein langer, über und über mit Speisen, Geschirr, Besteck und brennenden Kerzen bedeckter Tisch empor – und nachdem der Schlußakkord des ›Zarathustra‹-Anfangs verklungen war, stand nicht nur der Tisch in seiner vollen Größe da, sondern hatte sich auch der Boden unter ihm schon wieder geschlossen.

Indem sie ihre Stühle hin und her rückten, versuchten jetzt alle, außer Linda und Ribeau, näher an den überreich beladenen Tisch heranzukommen, und die Mitarbeiterin des Direktors hatte Mühe, die andern an der Ausführung dieses Vorhabens zu hindern.

»Jedem Mörder seinen *Philosophen,* und jedem Philosophen seinen *Mörder!*« schrie der wie Nostradamus aussehende Mann, der sich bisher immer sehr würdevoll benommen hatte, wütend und schüttelte seine Fäuste dazu, und Maillard rief von der Kanzel herab: »Geduld, Teissier, Geduld!« – und dann, als der Mann sich wieder beruhigt hatte, wandte der Klinikdirektor sich noch einmal an alle, die im Saal versammelt waren.

»Ich komme nun zum Schluß! Nach einer Periode der Literaturfaszination, in der LSD sich mit Schriftstellern der Verausgabung und des Scheiterns beschäftigte, und nach einer intensiven, mit Attacken gegen Sartre und Merleau-Ponty verbundenen Beteiligung am Strukturalismusstreit, ist das dominierende Thema für ihn heute wieder die Politik – diesmal als Fahnenträger der sogenannten *luttes sectorielles,* jener Nach-Achtundsechziger-Kampfstrategie gegen die immer stärker und raffinierter werdende Repression des Überwachungsstaates und speziell gegen die Gefängnisse, die für LSD eine der ›Geheimzonen unseres Sozialsystems‹ und eine der ›Dunkelzellen unseres Lebens‹ sind, und erst *hier*« – er sah streng zum geknickt wirkenden Albinomann hinunter – »wären nun Sie an der Reihe gewesen, Monsieur Warpol!«

»Der Aufstieg aus der Unterwelt –«, sagte der kleine Mann leise und zerknirscht, während er den großen Brillo-Karton noch fester an sich preßte und seine Augen schuldbewußt zu Boden schlug.

»Sehr schön, wunderbar«, quittierte Maillard die schwache Reaktion lakonisch. »Kurz und gut, einer der derzeitigen Lieblingsstudenten und Lieblingsmitarbeiter von LSD – wenn ich mir das so doppeldeutig zu sagen erlauben darf –, ein Mitglied des berühmten ›Sagot-Duvauroux-schen Stammes‹ beziehungsweise ›Hofstaates‹, den der Meister wechselweise in seinem Büro oder in dessen Nähe in einem kleinen Café um sich versammelt, weilt zur Zeit eben unter uns – unser lieber Monsieur Edgar, Sie gestatten doch, daß ich Sie so nenne, liebster Freund!«

»Aber natürlich«, sagte der sich geehrt fühlende Doktorand aus Paris – alle um ihn herum klatschten in die Hände, und Linda wandte sich dem Mann, der inzwischen ihr Liebhaber geworden war, sogar direkt zu, nahm seinen Kopf zwischen ihre Hände und gab ihm einen herzhaften Kuß auf den Mund.

»Monsieur Edgar«, unterbrach der Direktor den daraufhin noch einmal anschwellenden Beifall, »hat Europas führende Kapazitäten auf dem Gebiet der Psychiatrie und der Bewußtseinsforschung besucht und beehrt zum Schluß nun auch noch unsere bescheidene, kleine Privatklinik mit seiner Anwesenheit – und ich glaube, ich darf im Namen von uns allen sagen, daß er da auf einer *guten* Spur ist!«

Um Ribeau herum brach ein allgemeines Gelächter aus, in das auch der auf der Kanzel stehende Klinikdirektor schallend einstimmte.

Dann beschwichtigte Doktor Maillard die Versammlung

ein letztes Mal: »Aber nun genug der Worte! Wir wissen ja – der Geist ist willig, aber das Fleisch wird kalt! Wenn ich also zu Tisch bitten darf!«

»Aber die Spiele, Mossjuh dairectar, the games!« rief der silberhaarige Albinomann jetzt gereizt, und die kleine, vogelhafte Madame Kurz schrie erregt: »Und die Marken! Die Marken!«

»Gleich, meine Lieben, gleich«, besänftigte Maillard die beiden, während er über die seitlich angebaute Treppe von der Kanzel in den Saal hinunterstieg und bereits den jungen Doktoranden ins Auge gefaßt hatte. »Wie gefällt Ihnen übrigens die Idee mit dem Tisch, lieber Edgar? Eine Erfindung von Louis XIV, die ich mir mit einigen meiner geschicktesten Patienten zu kopieren erlaubte. Eine Spielerei, bei der diesmal« – er warf dem Albinomann einen vorwurfsvollen Blick zu – »nur leider das *Timing* nicht ganz geklappt hat!«

»Eine phantastische Idee!« antwortete Ribeau begeistert.

»Hübsch, nicht wahr«, meinte der Klinikdirektor, der nun am oberen, dem Podium mit den Musikern zugewandten Ende des überreich gedeckten Tischs angekommen war, »und zudem auch sehr praktisch!«

Das, was dem Doktoranden hier geboten wurde, unterschied sich vollständig von dem, was er bisher erlebt hatte, und nach den Dingen zu schließen, die er auf dem Tisch sah, gab es, entgegen seiner Erwartungen, anscheinend doch genau das phantastische Menü, das Clicquot und Roquembert angekündigt hatten – ein Essen also, das in einem totalen Gegensatz etwa zu der Nahrung stand, die, wie Laing ihm in Saint-Tropez geschildert hatte, in Kingsley Hall üblich gewesen war, wo sich in schlechten Zeiten in der Küche leere Milchflaschen, aus denen noch die letzten Reste geschlürft worden seien, aufgetürmt und sämtliche Wände wie Jackson-Pollock-Gemälde ausgesehen hätten, für die statt Farbe Eigelb verwendet worden sei, dieweil in der Speisekammer gähnende Leere geherrscht habe.

Und zudem schien Maillard, wie Ribeau zufrieden feststellte, auch überhaupt nichts gegen die Beziehung zu haben, die zwischen ihm und seiner Mitarbeiterin entstanden war – denn der große Mann richtete seine Aufmerksamkeit nun nicht etwa auf die sich ostentativ eng an den Doktoranden schmiegende junge Amerikanerin, sondern voll auf die ihr gegenübersitzende Madame Rougemont, die nervös auf ihrem Stuhl hin und her rutschte und dabei ihren enormen, faltenreichen Busen immer wieder in beachtliche Schwingungen versetzte.

»Was ist denn, Madame Rougemont?« wollte er von der rothaarigen Dame wissen – und diese antwortete mit leicht pikierter Stimme: »Ich möchte meinen Platz wechseln, Mössjö lö tirektör!«

»Und wohin möchten Sie sich denn setzen?«

»Neben Edgar!« kam, wie aus der Pistole geschossen, die Antwort.

»Aber nein, Madame Rougemont, das geht doch nicht«, lachte Maillard. »Neben Edgar sitzt unsere liebe Linda!«

»Sa allorrs!« sagte die Sängerin entrüstet.

»Bitte?!«

»Sie müssen ja wissen, was Sie tun!«

»Sehr richtig, meine Liebe«, sagte Maillard ruhig. »Man kann alles verwerfen, was man will, auch das Wissen selbst, aber man muß wissen, was man tut!«

Dann ließ der große Mann sich von den Musikern auf dem Podium einen Stuhl hinunterreichen, ergriff diesen mit der rechten Hand, hob ihn in die Höhe und rief: »Und nun, Monsieur Roquembert und Monsieur Clicquot – darf ich bitten!«

Sofort sprangen am unteren Ende des Tischs der lange,

hagere und der kleine, dicke Mann auf und begannen, jeder zuerst auf seiner und dann auf der anderen Seite, um den Tisch herum von einem zum anderen zu rennen.

Der leichengesichtige Monsieur Roquembert schöpfte von den Speisen, die auf dem Tisch standen, flink einmal dieses und einmal jenes heraus, und der rotgesichtige Monsieur Clicquot schenkte, je eine Flasche in jeder Hand, einmal hier und einmal da ein, und ihr eifriges Tun kommentierten die beiden laut mit Rudimenten gastronomischer Fachausdrücke.

»Huîtres!«

»Tavel!«

»Écrevisses!«

»Château d'Aquéria!«

»Chou-fleur!«

»Appellation contrôlée!«

»Pissenlits!«

Der Wirbel, den die beiden so ungleichen Männer vollführten, war an Verrücktheit wohl kaum noch zu übertreffen – aber die Servierkünste, die sie dabei an den Tag legten, waren, wie Ribeau sich eingestehen mußte, schlichtweg Spitzenklasse.

Kein bißchen Sauce und kein Tropfen Wein gingen daneben – und die Anordnung der Speisen, die der hagere Roquembert auf die Teller zauberte, war von einer solchen optischen Raffinesse und Schönheit, daß der Appetit bereits über die Augen ungemein angereizt wurde.

»Wie eine wohlriechende Dirne, diese Küche«, schwärmte der Klinikdirektor, der sich ans Kopfende des Tischs gesetzt hatte, dem jungen Mann aus Paris mit verschwörerischer Kennermiene vor und bedachte dabei auch seine Mitarbeiterin, die zur Linken zwischen ihm und dem Doktoranden saß, mit einem kurzen, vielsagenden Blick.

»So *linde,* meinen Sie wohl!« stieß die zu Maillards Rechten sitzende Madame Rougemont spitz hervor – und links neben Ribeau rief die kleine Madame Kurz: »Es lebe die Slow-Food-Tradition!«

Am unteren Ende des Tischs hatten Clicquot und Roquembert, die mit ihrer Arbeit in Windeseile fertig geworden waren, bereits wieder ihre Plätze eingenommen, und Maillard sah sich in der ganzen Runde um und sagte fröhlich: »Bon appétit, Mesdames et Messieurs!«

Im Chor erwiderten alle: »Bon appétit, Monsieur le directeur!« – und außer Ribeau, Linda, Madame Rougemont und Maillard fingen alle unverzüglich an zu essen.

Der Doktorand schaute einen Moment lang belustigt um sich und streifte dabei auch verwundert die Musiker, die immer noch auf dem Podium saßen.

»Die *haben* schon gegessen«, sagte der Klinikdirektor, der den Blick bemerkt hatte, um sich dann leutselig an die historisch kostümierten Männer und Frauen zu wenden: »Und jetzt bitte etwas diskrete Tafelmusik – etwas Couperin, Lully, Rameau und so! Ihr wißt ja, aus der Zeit *vor* unserer Grande Révolution!«

Sofort ergriffen die Musiker ihre Instrumente und begannen in gedämpfter Lautstärke Gewünschtes zu spielen – und von nun an ertönten, mit kurzen Unterbrechungen, im Verlauf des ganzen Essens immer wieder muntere, aber nie zu laut vorgetragene, mehr oder weniger harmonisch klingende Melodien.

Endlich wandte sich auch Direktor Maillard dem vor ihm stehenden Teller zu und nahm einen der darauf liegenden, mit roter Sauce bedeckten Flußkrebse in die Hände, trennte den Schwanz vom Körper und schickte sich an, das lange Hinterteil lustvoll aus seiner Schale zu befreien.

»Das Thema der letzten Vorlesung von LSD war, soviel ich hörte, die ›Geschichte des Willens zum Wissen‹, von den Sophisten bis zum Positivismus«, sagte er – und der aus Paris angereiste Doktorand, der eine halbe Zitrone in die Hände genommen hatte und etwas Saft auf die in seinem Teller liegenden, einen herrlichen Duft ausströmenden, gratinierten Austern tröpfelte, verspürte bei dieser Gesprächswendung eine beinahe ebenso große Lust wie jene, die all die Köstlichkeiten in ihm geweckt hatten, die auf dem langen Tisch auf ihn warteten.

Denn es gab für ihn wirklich fast nichts, das ihn mehr erfreute und ihm ein größeres Vergnügen bereitete, als ein erstklassiges, in der Gesellschaft geistvoller Menschen eingenommenes Essen, in dessen Verlauf ein anregendes Gespräch geführt wird, in das jeder etwas von dem Wissen, das er sich angeeignet hat, einfließen lassen kann.

»Das ›Außen‹, in dem der Diskurs auftaucht und verschwindet«, sagte Ribeau deshalb begeistert und wandte sich, noch bevor er die erste gratinierte Auster kostete, Linda zu, »wird nun eben, wie Sie vollkommen richtig gesagt haben, politisch gesehen – bestimmt von Macht und Begehren, von Institutionen der Ausschließung und vom sogenannten ›Willen zur Wahrheit‹, der ja auch nur eine andere, eine getarnte Form des Willens zum Wissen ist.«

»Und eine *eigentliche* Wahrheit«, fragte der Klinikdirektor, während er sich, die Finger voller Sauce, genüßlich dem Zerlegen eines weiteren Flußkrebses zuwandte, »gibt es also gar nicht mehr?«

»Richtig«, sagte Ribeau, der in der aufgekratzten Hochstimmung, in der er sich befand, mit sich selbst sehr zufrieden war. »Alles ist theorieabhängig.«

»Sagt unser Freund LSD, der an dieser unvergleichlichen, aus Kalbsfond, Rahm, Fine Champagne und einem geheimen Tomatensurrogat zubereiteten Sauce andererseits sicher auch seine helle Freude hätte«, meinte Doktor Maillard mit einem schelmischen Augenzwinkern, bevor er sich die Finger abschleckte, das freigelegte Fleisch der beiden Flußkrebse zu einem einzigen Bissen auf die Gabel spießte und sich diesen, nachdem er ihn mehrmals in der roten Flüssigkeit auf seinem Teller gewendet hatte, in den Mund schob.

Linda Lovely, die zwischen ihm und dem neugewonnenen Liebhaber saß, den sie immer wieder bewundernd ansah, aß, wie dieser, höchst genußvoll eine gratinierte Auster nach der andern, dieweil die ihr gegenübersitzende Madame Rougemont lustlos in einer großen, mit einer dicken, gelben Sauce überzogenen Portion Blumenkohl und in den knackig aussehenden weißlichen Blättern eines Löwenzahnsalats mit Speckwürfeln herumstocherte – und als der stattliche Klinikdirektor das unzufriedene Gebaren der Sängerin bemerkte, hob er sein Glas und wandte sich noch einmal an die ganze Tischrunde: »Santé, tout le monde!«

»Santé, Monsieur le directeur!« antworteten, ihre Gläser erhebend, alle, ehe sie von der kühlen, im hellen Licht der Scheinwerfer und der auf dem Tisch brennenden Kerzen kupferfarben funkelnden, aus speziellen Trauben gegorenen Flüssigkeit tranken.

Als einzig wirklich ›männlicher‹ Rosé war der Wein, der ›Tavel‹ genannt wird, wie Ribeau wußte, nämlich weder ein falscher Weißwein noch ein falscher Rotwein, und die, laut Clicquots Ankündigung, vom Château d'Aquéria stammende Variante, die der Doktorand jetzt trank, schmeckte nicht nur hervorragend, sondern schien zudem noch eine ähnlich euphorisierende Wirkung zu haben, wie sie schon der weiße Côtes de Ventoux gehabt hatte – und nachdem die Tischrunde ihre zum Teil schon halb oder ganz leergetrunkenen Gläser wieder abgestellt hatte, lehnte sich der Mann im dunkelblauen Monteursanzug links neben Madame Kurz an dem fußballgroßen Schnurknäuel, den er auf den Tisch gestellt hatte, vorbei weit nach vorn und wandte sich an den auf der gleichen Seite sitzenden Doktoranden aus Paris.

»Wenn es Sie interessiert, Monsieur Edgar – wir hatten kürzlich ein Individuum hier, das sich, ob Sie es glauben oder nicht, für eine Teekanne hielt!«

»Wirklich?!« bemerkte Ribeau – worauf sich schräg gegenüber auf der anderen Tischseite Monsieur De Beuys über seinen Fetteimer hinweg an ihn wandte: »Und ebenfalls vor nicht allzu langer Zeit war ein anderer Mensch hier, ein Deutscher namens Himmelreich, der glaubte, er sei der Sohn einer irdischen Mutter und eines für kurze Zeit auf unserem Planeten zu Besuch gewesenen extraterrestrischen Vaters!«

»Ist es nicht sonderbar«, fragte nun der Mann im Monteursanzug wieder, »daß gerade eine so kuriose Vorstellung wie die, eine Teekanne zu sein, das Gehirn der Wahnsinnigen so auffallend oft beschäftigt?« – und De Beuys meinte: »Himmelreich war ein sehr unruhiger Patient, und wir hatten die größte Mühe, ihn vor Exzessen zu bewahren!«

»Ich glaube, es gibt in ganz Europa«, sagte jetzt der Overallmann wieder, »keine Anstalt, die nicht mit einer Teekanne aufwarten kann« – und De Beuys erklärte: »Der Sohn des Extraterrestrischen war, was man natürlich verstehen kann, untröstlich, daß er für seinen Ödipuskomplex nirgends ein Opfer finden konnte!«

»Unser Kannen-Herr«, sagte der Blaumann, während er die große, weiße Stoffserviette, die neben seinem Teller lag, in die Hände nahm, »nannte sich Mercantini und hielt sich für eine echt habsburgische k.-u.-k.-Stahl-Teekanne. Als effizienter Zersetzungsspezialist, der er schon lange war, polierte er sich jeden Morgen in einem Anflug von Todessehnsucht sorgfältig mit einem Stück feinstem Hirschleder und erstklassigem Wiener Putzkalk, bis er stilistisch so völlig rein und perfekt glänzte, daß er sich in sich selbst spiegeln und bewundern konnte. So, schauen Sie, so« – er sprang auf, eilte zu Edgar Ribeau und begann, wie wild mit der Serviette an ihm herumzuputzen. »Ein selbstgefälliger, tragischer und unglücklicher Mann, der zwar vorgab, den Faschismus zu bekämpfen, diesen in Wirklichkeit aber geradezu schürte und wiedererweckte, ja insgeheim vielleicht sogar herbeisehnte. Ein realitätsfremder, perfektionistischer Menschenverachter und Menschenhasser, dem jede Fehlerfreundlichkeit ein Greuel war.«

»Immer rannte der Sohn des Extraterrestrischen«, warf nun De Beuys wieder ein, während er zu seiner Serviette griff, »mit einem seidenen Schal herum, stets bereit, den überall gewitterten extraterrestrischen Vater zu erdrosseln. So, sehen Sie, so« – auch er sprang auf, eilte um den Tisch zu Ribeau, schlang ihm blitzschnell das weiße Tuchstück um den Hals, zog es heftig zusammen und rief dazu immer wieder laut: »E. T. go home! E. T. go home! E. T. go home!«

Obwohl sich die Schlinge immer stärker zusammenzog, erlitt Ribeau jetzt einen richtiggehenden Lachanfall, denn ihm schienen die Scherze, die man sich hier zu seiner Unterhaltung ausgedacht hatte, doch zu ausgefallen und zu komisch.

»Meine Herren«, schaltete sich in diesem Moment Doktor Maillard energisch ein. »Monsieur De Beuys, Monsieur Christobaldi! Ich muß doch sehr bitten! Ihre Plaisanterien gehen nun wirklich etwas zu weit!«

»Aber nein, Monsieur le directeur«, sagte Ribeau, für den kein Zweifel bestand, daß diese Kapriolen auch wieder Bestandteile von Behandlungsmustern waren, die entweder zum Beschwichtigungsmodell oder schon zu dem neuen System gehörten, das Maillard ihm vorzuführen versprochen hatte. »Lassen Sie doch! Ich unterhalte mich köstlich!«

Der kräftige De Beuys und der Mann, den Maillard Christobaldi genannt hatte, ließen vom Doktoranden ab und kehrten folgsam an ihre Plätze zurück – und der Klinikdirektor meinte zufrieden und großzügig: »Ich freue mich, lieber Freund, daß auch Sie, wie wir alle hier, Sinn für Humor haben. Und vergessen Sie doch bitte den ›Direktor‹, mein Name ist Maillard!«

Erneut fühlte der Doktorand aus Paris sich geehrt, aber als er sich bedanken wollte, wehrte Maillard lachend ab und meinte: »Schließlich sind wir ja bald Kollegen, nicht wahr!« – und dann rief er laut zum anderen Tischende hinüber: »Und nun die Trüffel und den Châteauneuf, s'il vous plaît!«

Was der leichengesichtige Roquembert jetzt auf die Teller brachte, war für Ribeau absolut neu – eine, wie Maillard erklärte, von einem leicht gebräunten Pergamentpapier umgebene luftige Halbblätterteigkugel nämlich, die zuvor in Aluminiumfolie gehüllt eine Stunde lang unter der Asche eines Holzkohlenfeuers gelegen habe und in deren Innern sich auf einer Gänseleberunterlage eine ganze, in rotem Portwein gekochte weiße Trüffel befinde –, und dazu gab es die sogenannte ›Sauce Périgueux‹, eine Ribeau ebenfalls noch nicht bekannte, auf Madeirawein und winzigen Trüffelwürfelchen basierende Geschmacksessenz, die ohne Zweifel zu den Spitzensaucen der französischen Küche gezählt werden muß.

Der ausgelassene Doktorand genoß jeden Bissen der einmaligen Köstlichkeit und fand, daß auch der dunkelviolett opaleszierende achtjährige Châteauneuf-du-Pape, den der kleine Clicquot ins erste von zwei kristallenen Rotweingläsern gefüllt hatte, wunderbar dazu paßte.

Noch einmal übertroffen – und zwar um jene entscheidende Spanne eben, die ihm zur absoluten Spitzenqualität fehlte – wurde dieser Châteauneuf dann aber natürlich vom nächsten Wein, den der rotgesichtige Mann, bevor er ihn mit höchster Sorgfalt und vor Eifer leuchtenden Augen im zweiten großbauchigen Kristallglas kredenzte, voller Stolz ankündigte: »Clos de Vougeot – mille neuf cent soixante et un!«

Mit Nachdruck bestand der Klinikdirektor, der von seinem Platz aus den Ablauf des Essens leitete und überwachte, nun darauf, daß zu diesem Wein jeder zunächst ein Hühnerbein ›Moulin Rouge‹ verzehre – »eine«, wie er maliziös meinte, »mit dem gehackten weißen Fleisch der Hühnchen und feinster Kalbsmilke gefüllte Delikatesse, die es wirklich verdient, mit den entsprechenden Körperteilen der Tänzerinnen in dem berühmten Etablissement an der Place Blanche in Paris verglichen zu werden!«

Nachdem alle ein solches Bein, das in der Tat sehr speziell schmeckte, gegessen hatten, erhob sich der Klinikdirektor und begab sich feierlich an die rechte Längsseite des Tischs, wo er sich zwischen den Herren Teissier und Warpol aufstellte, vor denen auf der reich beladenen breiten Tafel eine alle anderen Gegenstände an Größe übertreffende, von einem hohen Aufsatz bedeckte Platte aus massivem Silber stand.

»Gestatten Sie mir, mein Freund«, sagte er zu Ribeau, während er den kunstvoll, in der Form eines Adlers geschmiedeten Knauf der großen Silberhaube ergriff, »daß ich Ihnen nun ein Stück von diesem Kalbfleisch *à la Sainte-Menehould* überreiche – Sie wissen, die Flucht von Varennes während der Grande Révolution, der Ort, wo man Louis XVI schließlich doch noch festnehmen konnte! Es wird Ihnen sicher schmecken!«

Er hob die Haube, die ein erhebliches Gewicht haben mußte, blitzartig hoch, und darunter erschien ein ungewöhnlich kleines, noch fast embryohaftes, auf den Knien liegendes, unzerlegt gebratenes Kalb, in dessen Mund ein knallroter Apfel steckte.

»*Monstrum horrendum, informe, ingens, cui lumen ademptum*«, deklamierte das Nostradamus-Double, das Ribeau direkt gegenübersaß.

»Ich bitte Sie, Monsieur Teissier!« rief neben ihm Madame Rougemont empört.

»Vergil, Äneis, Buch drei, Vers sechshundertachtundfünfzig«, erklärte dieser gelassen: »›Gräßliches Monster, unförmig groß, mit geblendetem Auge‹!«

»Ein Stückchen Schulter oder ein Beinchen?« fragte der Klinikdirektor, der sich mit einer riesigen Zweizinkgabel und einem nicht minder großen Speiseschwert bewaffnet hatte, den jungen Mann aus Paris lächelnd.

»Du magst doch Fleisch!« sagte Linda, während sie sich einmal mehr eng an Ribeau schmiegte.

»Kein Kalbfleisch«, antwortete dieser listig, »ich möchte lieber etwas – «, er sah an Linda vorbei, »von dem Hammel da drüben. Das ist doch Hammel, oder?!«

»Roquembert!« rief der Direktor sofort. »Einen neuen Teller für Monsieur Edgar – und ein Stückchen von dem zweibeinigen ›Mouton Château Europe‹!«

»Wie bitte?!« fragte Ribeau verdutzt, denn hier machte man anscheinend nicht nur ausgefallene und unkonventionelle Scherze, sondern schreckte, wie es schien, auch vor gewissen Derbheiten und Zynismen nicht zurück.

»Eine chinesische Bezeichnung«, erläuterte Doktor Maillard hilfsbereit.

»*Zwei*beinig?!« fragte Ribeau.

»Ein Euphemismus«, gab der große Mann zur Antwort.

»Aus der Zeit der großen Hungersnöte«, beeilte sich die wohlbeleibte Madame Rougemont hinzuzufügen – und Monsieur De Beuys sagte: »Als es nichts mehr zu fressen gab!«

»Dann sollte ich wohl lieber – etwas von dem Schinken da nehmen, der hoffentlich von einem *vier*beinigen Schwein stammt!« versuchte Ribeau zu scherzen – denn durch den Wein und die unbekümmerte Ausgelassenheit seiner Tischgenossen fühlte auch er sich auf eine merkwürdige Weise entfesselt und frei.

»Aber natürlich, mein Lieber!« erwiderte der Klinikdirektor lachend und wandte sich an die anderen Bankett-Teilnehmer: »Denn wo wollten wir auch alle diese ›Zweibeiner‹ hernehmen, nicht wahr, liebe Freunde?!«

Unverzüglich stimmten die übrigen in das Lachen des großen Mannes ein, und auch Ribeau lachte mit.

»Ein englisches Sprichwort sagt, wenn Schweine Flügel hätten, wäre alles möglich!« meinte er übermütig – und wie auf ein Stichwort beugte sich jetzt schräg gegenüber Monsieur Warpol an seinem Brillo-Karton vorbei nach vorn und sagte: »Wir hatten einmal einen englischen Ignoranten namens Jumpinair hier, der sich allen Ernstes für einen atomaren Sprengkopf in Form eines Frosches hielt!«

Und kaum hatte der silberhaarige Albinomann das gesagt, erklärte die Nostradamus-Kopie neben ihm: »Und einen anderen unserer Patienten, einen Finnen namens Feierabend, hatte die Liebe so verwirrt, daß er nicht mehr bloß einen, sondern gleich *zwei* Köpfe zu haben glaubte!«

»Daß dieser Jumpinair kein Frosch war, war wirklich schade«, sagte dann Warpol wieder, »denn sein Quaken war das natürlichste der Welt! B-Moll!« – und schon quakte der kleine Mann einige Male auf eine so perfekte Weise, daß man tatsächlich hätte meinen können, es befände sich ein echter Frosch in dem Raum.

»Einer seiner Köpfe, behauptete der finnische Feierabend«, drängte sich Teissier dazwischen, »sei der unseres verehrten Staatsoberhauptes und der andere kein geringerer als der des Generalsekretärs der Vereinten Nationen!«

»Nach ein oder zwei Gläsern Wein stützte der englische Jumpinair seine Ellbogen *so* auf den Tisch«, sagte Warpol, wobei er das, was er sagte, gleichzeitig tat, »zog seinen Mund *so* auseinander, rollte seine Augen *so* nach oben und zwinkerte fabelhaft schnell mit den Lidern!«

Die Froschimitation, die er vorführte, war derart überwältigend, daß alle in ein lautes Lachen ausbrachen – bis die Nostradamus-Kopie sich von ihrem Stuhl erhob und dröhnend in den Lärm hineinrief: »Es ist nicht unmöglich, daß Feierabend sich mit allem, was er sagte, täuschte! Aber wenn dem auch so gewesen wäre, mit seinen zwei Köpfen konnte er mit Leichtigkeit jeden Mann und jede Frau davon überzeugen, daß er so oder so recht hatte! ›Anything goes!‹ verkündete er stolz!«

»Und wieder ein anderer Patient«, meldete sich vom unteren Tischende der hagere Monsieur Roquembert, »ein dünner, ungesund aussehender Herr aus Österreich, beharrte starrköpfig darauf, ein echter französischer Käse zu sein, ohne sich allerdings je für eine der unzähligen Sorten, mit denen dieses Land gesegnet ist, entscheiden zu können!«

»Feierabend nannte man Hofnarr, Dadasoph, Clown, Stechfliege Gottes, Bilderstürmer, Oberdada und Strohmannkünstler«, sagte Teissier, »aber dieser ließ das nicht auf sich sitzen und nannte seine Beschimpfer seinerseits Ratiomanen, Sonntagsleser, Analphabeten, Propagandisten und Handlungsreisende in Sachen Intellekt!«

»Der französische Käse«, fuhr Roquembert fort, »der ein Privatmystiker war, wie er im Büchlein steht, lief immer mit einem Messer herum und forderte alle seine Bekannten auf, einmal ein Scheibchen zu kosten, damit er endlich wisse, wer er sei!«

»Wirklich ein Narr«, unterstützte der kleine Monsieur Clicquot nun seinen Freund und Wirtekollegen, »der zuletzt sogar seinen Bauchnabel für die Mitte der Welt hielt! Nicht zu vergleichen mit dem charmanten und sympathischen Individuum, das glaubte, es sei eine Champagnerflasche!«

Die Sätze flogen wie ein Pingpongball kreuz und quer über den aufs Üppigste gedeckten Tisch, und der aus Paris angereiste Doktorand mußte immer wieder den Kopf drehen, um die Richtung zu orten, aus der das nächste Geschoß abgefeuert wurde – wobei er bei jeder neuen Übertreibung ein lautes Herauslachen oft nicht mehr unterdrücken konnte.

»Feierabend«, verkündete als nächster der immer noch stehende Teissier, während er seine schwarze Brille abnahm und damit ein Gesicht entblößte, das eine verblüffende Ähnlichkeit mit dem des längst verstorbenen Filmschauspielers Fernandel hatte, »sah die Reformation, Napoleon, Verdun, Lenin, Stalin und Hitler voraus und prophezeite für die Jahre neunzehnhundertneunundneunzig und zweitausendnullsiebenundsechzig den dritten und den vierten Weltkrieg – und für das Jahr dreitausendsiebenhundertsiebenundneunzig den Tag, an dem selbst der Tod sterben wird!«

Da erhob sich der kräftige Monsieur De Beuys von seinem Stuhl und sagte mit seinem belgischen Akzent: »Und ein Wallone, der hier war, aß am liebsten mit ranzigem Fett beschmierte Filzhüte, verehrte tote Hasen und Esel und schlug dauernd mit den Hinterbeinen aus! So, schauen Sie, so!« – und dann rannte er, in einer beinahe ebenso gekonnten Tierimitation, wie Warpol sie gezeigt hatte, schreiend um den Tisch.

»Mössjö Te Poys!« rief die rothaarige Madame Rougemont erbost. »Sie verderben mir ja mein ganzes Kleid! Sie sind wahrhaftig ein ebenso großer Esel wie der Unglückliche, von dem Sie sprechen!«

»Mille pardons, Madame«, entschuldigte sich der kräftige Mann, nachdem er seinen Lauf abrupt unterbrochen und sich der wohlbeleibten Dame zugewandt hatte. »Monsieur De Beuys nimmt sich die Ehre, auf Ihr ganz spezielles Wohl zu trinken!« – er nahm das Glas, das vor der walkürenhaften Sängerin auf dem Tisch stand, neigte den Kopf und küßte sich mit dem größten Vergnügen selbst die Hand, bevor er das Glas in einem Zug leerte.

»Ein gewisser Christobaldi dagegen«, mischte sich der Overallmann ein – und sprach damit offensichtlich von sich selbst –, »war aus dem Osten ins Konsumparadies des Westens geflohen und wurde hier stracks von einer unwiderstehlichen Manie befallen, alles, aber auch wirklich alles, was er sah, sofort in irgendein Material einzupacken und immer wieder in allen möglichen Richtungen zu verschnüren!«

»Und ein amerikanischer Schuhdesigner namens Warpol«, rief auf der anderen Seite des Tischs der Albinomann, »hatte panische Angst vor jeder Berührung mit einem lebenden Wesen und sagte von sich, er wäre am liebsten eine Maschine! Alles, was er um sich herum sah und hörte, registrierte er mittels Pocketkamera und Kassettenrecorder und speicherte es sozusagen, wie er glaubte, für die Ewigkeit! Alles, was er sagte, war immer wieder nur: Toll, wirklich fabelhaft! ›Nimm alles auf‹ war sein Wahlspruch, und ›Ich bin das Medium der Medien‹ seine Selbsterkenntnis!«

»Ihr Monsieur Warpol war verrückt, und zwar sehr blödsinnig verrückt!« schrie Madame Kurz mit ihrer piepsigen Stimme höchst empört. »Wer hat denn schon je von einer menschlichen Maschine gehört?! Da war die alte Dame, die sich der Schriftstellerei widmete, doch eine viel sensiblere Person! Sie hatte zwar auch ihre Grille, aber die war wenigstens eine voller gesundem Menschenverstand!

Nach reiflicher Überlegung fand sie zwar, daß sie ein junger Hahn geworden sei, aber wenigstens ein gallischer!«

Und höchst erregt begann die zierliche kleine Frau in dem pompösen gelben Kostüm und der rosaroten Weste mit ihren dünnen Armen immer wieder heftig auf und ab zu schlagen und dazu, so laut sie konnte, wie ein Hahn zu krähen.

»Benehmen Sie sich wie eine Dame, Madame Kurz«, machte jetzt mit Donnerstimme und bösen, zornigen Blikken unter den buschigen schwarzen Brauen vom oberen Ende des Tischs her der große Mann dem verrückten Gehabe und Hin-und-her-Gerede der Tischgesellschaft ein Ende, denn diese hatte offensichtlich nicht nur dem ungemein variantenreichen Essen, sondern auch den exzellenten Weinen schon aufs ausgiebigste zugesprochen. »Sonst müssen Sie diesen Tisch verlassen!«

Die kleine Frau verstummte augenblicklich und zog furchtsam ihren kurzhaarigen, mausgrauen Kopf ein – und auch die anderen, die neben Edgar Ribeau am Tisch saßen und eben noch so lebhaft gesprochen und agiert hatten, schauten schuldbewußt auf ihre Teller und wurden still.

Die einzige, die das nicht tat, war die neben dem Doktoranden sitzende Mitarbeiterin des Direktors, die nach einer Pause mit ihrem leichten amerikanischen Akzent ganz ruhig und völlig selbstverständlich sagte: »Die Hahn-Frau war auch eine Närrin. Von wirklich gesundem Menschenverstand zeugten nur die Ansichten einer jungen Amerikanerin, die ein sehr schönes, trauriges und bescheidenes Mädchen war, das die übliche Art, sich zu kleiden, für unanständig hielt und sich deshalb immer so anzuziehen wünschte, daß sie anstatt in die Kleider hinein- aus ihnen hinausschlüpfte, was übrigens sehr leicht zu bewerkstelligen ist, man braucht bloß so zu machen« – sie streifte seelenruhig zunächst den einen Träger ihres Abendkleides, dann den andern hinunter, so daß ihre festen, von keinem Büstenhalter bedeckten Brüste für alle völlig sichtbar wurden.

»Mon Dieu! Mademoiselle Lovely!« rief Madame Rougemont entsetzt. »Was machen Sie denn da?! Gott behüte, das genügt! Wir sehen ja klar genug, wie das gemacht wird! Wir sind hier doch nicht im babylonischen Avignon der Gegenpäpste! Halten Sie ein!«

Ohne durch die Intervention der Walküre im geringsten beeindruckt zu sein, hatte sich Linda Lovely inzwischen bereits erhoben und begann, ihr elegantes, schwarzes Abendkleid auch über die Hüften hinunterzustreifen – worauf die entsetzte Madame Rougemont um das obere Tischende herum auf die junge Frau zurannte, um das Kleid wieder heraufzuzerren.

»Edgar! Edgar!« schrie Linda laut – und wie ein Echo glaubte Ribeau gleich darauf, weit entfernt noch einige Schreie zu hören, die von irgendwo aus dem Hauptgebäude her bis in diesen Saal dringen mußten, und obwohl das Schreien nur sehr gedämpft erklungen war, schienen es auch die anderen, die am Tisch saßen, gehört zu haben, denn sie erstarrten in ihren Bewegungen und horchten angestrengt.

Auch Doktor Maillard verhielt sich einen Moment lang völlig still und lauschte aufmerksam in die Ferne – als aber nichts mehr zu hören war, fuhr er mit der rechten Hand einige Male durch die Luft und rief laut: »Und nun den Champagner, Clicquot!«

Sofort sprang am anderen Tischende der rotgesichtige Kellermeister hoch, um der Aufforderung des Direktors nachzukommen – und unverzüglich fand auch die übrige Gesellschaft ihre gute Laune wieder, schwatzte, aß und trank drauflos.

Madame Rougemont, die Linda beim Ertönen der Laute erschrocken losgelassen hatte, begab sich, wie wenn nichts geschehen wäre, an ihren Platz zurück, und auch die Mitarbeiterin des Direktors setzte sich, nachdem sie die Träger des Abendkleides hochgeschoben hatte, auf ihren Stuhl und kuschelte sich an ihren Liebhaber.

»Nehmen Sie doch etwas von dieser *Tarte Tatin*«, forderte Maillard den jungen Mann aus Paris mit besonderer Herzlichkeit auf, »und versuchen Sie unbedingt auch die *Charlotte*! Höchst exquisit, mein Lieber, höchst exquisit! Und dann sagen Sie mir bitte, was Sie von diesem Champagner halten!«

Edgar Ribeau, der in den Kliniken und Spitälern, in denen er bisher arbeitete, die verschiedensten Arten von Schreien und Heulen kennengelernt hatte, fiel es – möglicherweise, weil er schon recht viel getrunken hatte – schwer, die Laute, die eben zu vernehmen gewesen waren, irgendwo einzuordnen, und nachdem am Tisch alles wieder wie zuvor weiterging, so, als ob nichts geschehen wäre, war er plötzlich nicht einmal mehr sicher, ob es die undefinierbaren Geräusche überhaupt gegeben oder ob er sie sich vielleicht bloß eingebildet hatte.

»Was war das?« fragte er den Klinikdirektor deshalb, bevor er mit dem silbernen Kuchenheber ein Stück von der verführerisch aussehenden karamelisierten Apfeltorte nahm, die ihm auf einer weißen Keramikplatte angeboten wurde – und dieser antwortete jovial: »Eine Bagatelle. Sie kennen das sicher. Einige unruhige Patienten, die nicht schlafen können. Jemand schreit plötzlich laut auf, und einer steckt den andern an, wie die Hunde in der Nacht. Und gelegentlich folgt auf ein solches Konzert auch eine einmütige Anstrengung, loszubrechen, was für uns, wie ich zugeben muß, schon eine kleine Gefahr bedeuten kann.«

»Wie viele Patienten haben Sie denn zur Zeit?« fragte Ribeau, während er zusah, wie der große Mann mit bloßer Hand ein Stück *Tarte Tatin* ergriff und völlig ungeniert hineinbiß.

»Zur Zeit im ganzen nur zwölf«, antwortete der Klinikdirektor genußvoll kauend – und der kleine Monsieur Clicquot, der in diesem Moment mit dem Champagnereinschenken beim Doktoranden aus Paris angekommen war, konstatierte fröhlich: »Ein rundes Dutzend!«

»Hauptsächlich wohl Frauen«, meinte Ribeau nun und kostete einen ersten Bissen der Torte, die, wie alle übrigen Speisen auf dem Tisch, mit Ausnahme des embryohaften Kalbs vielleicht, nicht nur höchst appetitlich aussah, sondern auch so schmeckte.

»O nein«, widersprach Maillard, »im Gegenteil, vor allem Männer« – und der kleine Clicquot, der Ribeaus Glas inzwischen gefüllt hatte, aber noch dicht neben dem jungen Mann stand, fügte voller Freude hinzu: »Und zwar recht kräftige Männer, nicht wahr, Roqui!«

»O ja, mon cher Clicqui«, antwortete der Küchenmagier am anderen Tischende, dieweil er seine blutbefleckte weiße Schürze zurechtrückte, ziemlich sauer. »Sehr kräftige Männer!«

»Aber laut Statistik gehört die Mehrzahl der Geisteskranken doch, wenn ich das so sagen darf, dem schönen Geschlecht an«, wandte Ribeau ein – denn obwohl er nicht von allem, was während seines Studiums gelernt hatte, überzeugt war, versuchte er sich doch an einige sogenannt harte Fakten zu halten.

»Ach, die Statistik«, lachte der Klinikdirektor und schleckte sich die Finger, mit der er das bereits verschwundene Tortenstück gehalten hatte, ab. »Die stimmt doch immer nur im abstrakten Raum der Theorie. Wir hatten, wie ich Ihnen jetzt sagen kann, vor einiger Zeit siebenundzwanzig Patienten hier, und darunter in der Tat nicht weniger als achtzehn Frauen. Doch dieses Verhältnis hat sich innert kürzester Zeit völlig geändert!«

»O ja, sehr geändert«, bestätigte die kleine Madame Kurz das Gesagte spontan – und wie aus einem Mund riefen alle, die neben Maillard und Ribeau saßen: »O ja, sehr geändert!«, und Clicquot fügte sogar noch hinzu: »Es lebe der Schnee!«

»Haltet den Mund!« fuhr der Direktor nun alle unwirsch an – und sofort war es in dem Saal wieder totenstill, wobei Madame Kurz den scharfen Befehl des großen Mannes sogar wörtlich befolgte, indem sie sich nämlich mit beiden Händen an die Lippen faßte und diese fest zusammendrückte.

Unter seinen buschigen, schwarzen Brauen hervor sah Maillard grimmig von einem zum andern, dann wandte er sich mit plötzlich völlig verändertem, äußerst freundlichem Gesichtsausdruck und in ebensolchem Tonfall an den aus Paris angereisten Doktoranden: »Kommen Sie, Edgar! Nehmen Sie Ihr Glas – wir wollen uns etwas die Beine vertreten!«

Er selber ergriff mit der linken Hand die halbvolle Champagnerflasche, die Clicquot neben ihm hatte stehenlassen – und dann ging der alternde Arzt, dessen Karriere sich unweigerlich dem Ende zuneigte, mit dem jungen Mann, der am Anfang einer, wie es schien, verheißungsvollen Laufbahn stand, zu den modernen Kunstobjekten hinüber, die am Fuß der linken Längswand des riesigen Saals aufgestellt waren.

Hinter den beiden Männern begann die Tafelrunde wieder munter und fröhlich drauflos zu schwatzen, zu essen und zu trinken – und Clicquot klaubte unter seiner schwarzen Küferschürze ein durchsichtiges Plastiksäckchen hervor, das am Tisch herumgereicht wurde und aus dem die einzelnen Individuen nun eines nach dem andern, von Maillard und Ribeau unbemerkt und ohne besondere Vorsichtsmaßnahmen, auf einen Teller, eine Serviette oder direkt auf den Tisch behutsam ein weißes Pulver rieseln ließen, das sie mit Hilfe eines aus Papier gerollten dünnen Röhrchens dann schnell in je eines ihrer Nasenlöcher hinaufzogen.

»Wie gefallen Ihnen unsere Kunstwerke?« eröffnete Maillard unterdessen neben dem Podium, auf dem die Musiker eben ein weiteres Stück von Jean-Baptiste Lully in Angriff nahmen, das Gespräch, das er mit dem jungen Mann unter vier Augen zu führen beabsichtigte, und deutete mit dem hohen, schmalen Glas in der rechten Hand auf eine zusammengestauchte Version eines alten amerikanischen Automodells, auf dessen Rücksitz ein naturgetreu nachgebildetes Liebespaar kopulierte.

»Oh, sehr gut«, antwortete Ribeau. »Aber sagen Sie – das sind doch Kopien, oder?!«

»Meinen Sie?!« fragte der große Mann verschmitzt.

»Nun«, erwiderte Ribeau, der schon wegen der enormen Vermögenswerte, die sich ansonsten in dem recht primitiv abgesicherten Saal befunden hätten, überzeugt war, daß es sich hier nur um Nachahmungen handeln konnte, »ich habe diese Werke zwar noch nie im Original gesehen, aber Sie haben heute nachmittag ja schon erwähnt, daß Sie einige bastlerisch sehr begabte Patienten hier haben!«

»O ja«, sagte Maillard stolz. »Das haben wir in der Tat! Sie können sich gar nicht vorstellen, was diese Leute alles können! Darauf müssen wir trinken – kommen Sie, ich schenke Ihnen nach!«

Während er die Champagnergläser auffüllte, benutzte Ribeau die Unterbrechung, um zu versuchen, den großen Mann – nun, da auch dieser schon einiges getrunken hatte – dazu zu bringen, ihm einige weitere, diesmal allerdings nicht scherzhafte und fingierte, sondern echte Informationen über das Beschwichtigungssystem oder dessen, wenn es einen solchen überhaupt gab, geheimnisvollen Nachfolger zu verraten, von dem er bisher nur andeutungsweise und vage gesprochen hatte.

»Darf ich Sie etwas fragen, Monsieur Maillard?« sagte er – und der Klinikdirektor ermunterte ihn in liebenswürdigster Weise: »Aber natürlich, mein Lieber! Was immer Sie wollen!«

»Die Dame, die sich vorhin so ereiferte und den gallischen Hahn imitierte, Madame Kurz, ist doch harmlos, oder?«

»Harmlos?!« fragte Maillard erstaunt. »Was meinen Sie damit?«

»Nun, ein leichter Fall, nehme ich an – «

»Mon Dieu«, lachte der große Mann. »Was denken Sie denn, Edgar?! Diese Dame ist doch keine Patientin! Meine alte, spezielle Freundin Madame Kurz ist im Gegenteil nicht nur eine der hervorragendsten Schriftstellerinnen dieses Landes, sondern ganz Europas, ja vielleicht sogar der Welt, und so gut bei Verstand wie Sie und ich. Sie hat natürlich wie alle Kunstschaffenden ein paar exzentrische Angewohnheiten – aber das haben andere alte, sehr alte Frauen ja auch. Sie ist, wenn Sie so wollen, eine Madame Sévigné mit umgekehrten Vorzeichen, die ständig die ergreifendsten Briefe an ihren geliebten Sohn im Palais Royal in Paris schreibt!«

Er drehte sich zur Tafelrunde um, die ihre emsige Beschäftigung mit dem weißen Pulver augenblicklich unterbrach, und rief: »Sagen Sie, Madame Kurz – trägt ihr Sohn in Paris, der liebe Jacky, eigentlich immer noch so schöne rosarote Westen wie Sie?«

»Aber natürlich!« tönte es piepsig zurück. »Was denken Sie denn?! Sogar solche mit Schleifen!«

»Sehen Sie!« sagte Maillard, während er sich wieder Ribeau zuwandte. »Madame Kurz ist, wie Sie wissen müssen, zudem Mitglied des von Frédéric Mistral, unserem provenzalischen Nobelpreisträger, gegründeten Felibristenbundes und eine glühende Kämpferin für die Freiheit Okzitaniens – und ihr Sohn Jack in Paris, den sie so liebevoll ›Jacky‹ nennt, unterstützt sie in diesem Kampf, so gut er kann. Beide, Mutter und Sohn, leiden, trotz des englischen Vornamens, den der Filius erhalten hat, nur etwas übertrieben stark an einer Art – na ja, sagen wir USA-Allergie!«

»Und die übrigen Damen und Herren?« wollte Ribeau wissen.

»Alles Freunde und Mitarbeiter!«

»Auch – ich meine, auch die anderen Damen?«

»Madame Rougemont meinen Sie, und Linda?! Aber natürlich, mein Lieber! Die Rougemont war, als sie noch über eine Stimme verfügte, ebenfalls eine führende Repräsentantin der europäischen Kultur – Sie haben ihren Namen bestimmt schon gehört, Rita Rougemont, die Tochter eines Deutschen und einer Französin, die den Familiennamen ihrer Mutter als Pseudonym benutzte. Jahrzehntelang eine international gefragte Opernsängerin, die in den größten Häusern der Welt auftrat – der Scala, der Metropolitan Opera, dem Covent Garden, dem Bolschoi-Theater, der Deutschen Oper in Berlin, der Wiener Staatsoper und natürlich auch in unserem guten alten Palais Garnier in Paris. Und meine kleine Linda«, Maillard stieß Ribeau kurz mit dem rechten Ellbogen in die Seite, »haben Sie ja inzwischen schon aufs beste kennengelernt, nicht wahr, mein Lieber! Frauen sind, unter uns gesagt, eben doch immer noch die besten Irrenpfleger, die man sich vorstellen kann – denken Sie nur an die Kurtisanen im babylonischen Avignon, das der arme Petrarca als ›Schande der Menschheit‹ und ›Pfuhl des Lasters‹ zu bezeichnen wußte!«

Edgar Ribeau war von der Vitalität, die der um viele Jahre ältere Mann immer noch besaß, beeindruckt und genoß die detailreichen Charakterisierungen, die er ihm gab, sah diese jedoch – obwohl Maillard das sicher erneut bestritten hätte – zum größten Teil wieder als Rollenspielvorlagen an, die von dem humorvollen Mann jetzt entweder direkt, frisch und spontan für ihn improvisiert wurden oder schon früher zusammen mit den einzelnen Patienten erarbeitet worden waren.

Zweifellos spielte bei dem, was der Klinikdirektor sagte und tat, auch die Weinmenge, die er konsumiert hatte, eine nicht zu unterschätzende Rolle und mochte für gewisse Scherze und Übertreibungen mitverantwortlich sein – obwohl der Mann, wie Ribeau anerkennen mußte, eine erstaunliche Trinkfestigkeit bewies, die durch den Umstand, daß alles, was man hier zu sich nahm, durchwegs von hervorragender Qualität war, natürlich noch erhöht wurde.

Auf weitere Beispiele des speziellen Humors gespannt, mit dem der Mann ihn überraschen würde – ein Humor, in dem sich, wie in jedem echten, das glaubte Ribeau zu spüren, gleichzeitig auch eine große Toleranz und Menschlichkeit ausdrückte –, nahm der Doktorand einen weiteren Schluck aus seinem Glas und sagte: »Und die Männer – wie steht es denn mit den Männern?«

»Alles Frühpensionisten«, war die pauschale Antwort. »Freunde, die sich aus ihren Spitzenpositionen in Wirtschaft, Wissenschaft, Militär und Politik zurückgezogen haben, weil sie sich in diesen Stellungen, ob Sie es glauben oder nicht, schlicht und einfach zu langweilen begonnen hatten. Alle natürlich ebenfalls etwas – nun ja, sagen wir halt wieder ›exzentrisch‹, aber das sind wir doch, wenn wir ehrlich sind, heutzutage ja schon fast alle, oder nicht? Und dann darf man nicht vergessen, daß diese Herren inzwischen einiges an Wein intus haben – so wie Sie und ich ja auch!«

»Frühpensionisten«, wiederholte Ribeau ungläubig.

»Richtig. Zigarre?«

Die Champagnerflasche und das Glas in der linken Hand haltend, zog der Klinikdirektor mit der rechten zwei Havannas aus der Brusttasche seines weißen Mantels und bot Edgar Ribeau eine davon an, aber dieser schüttelte den Kopf und hob abwehrend die linke Hand.

»Ach ja, Nichtraucher! Hier, halten Sie mal!«

Maillard übergab dem Doktoranden die Flasche und das Glas, steckte eine der beiden Zigarren in die Brusttasche zurück und bereitete die andere zum Rauchen vor.

»Unser belgischer Freund exempli causa«, sagte er dann, während er zwischendurch immer wieder an der Zigarre zog und den Rauch spielerisch über die modernen Kunstobjekte hinwegblies, »dessen voller Name, wie Sie vielleicht schon erraten haben, De Beuys-Himmelreich lautet, war, bevor er zu uns kam, einer der höchsten Offiziere der North Atlantic Treaty Organization, der NATO oder OTAN also, der unser Land ja seit De Gaulles Zeiten nicht mehr angehört – zuletzt sogar im Generalsrang als Chef der Zentralen Armeegruppe Europa Mitte, kurz CENTAG.«

»Ein General«, resümierte Ribeau.

»Zuvor, ehe wir austraten, auch einmal Oberbefehlshaber sämtlicher NATO-Schießplätze in unserem Land«, sagte Maillard, »und das sind bekanntlich nicht wenige!«

»Und der Herr mit dem Silberhaar?« wollte Ribeau wissen.

»Unser lieber Freund aus England«, erklärte Maillard jetzt mit besonderem Stolz, »der gute Sir Warpol-Jumpinair, war, was Sie wahrscheinlich kaum vermuten, ein international anerkannter Atomphysiker, der jahrelang in der von Holland, Deutschland und Großbritannien gemeinsam betriebenen europäischen Atomfabrik URENCO im niederländischen Almelo arbeitete und danach im führenden englischen Atomwaffenforschungszentrum von Aldermaston maßgeblich an der Entwicklung der vierzehnfachen MIRV-Gefechtsköpfe beteiligt war – dieser wunderbaren *Multiple Independently Targetable Reentry Vehicles,* deren einzelne Sprengköpfe unabhängig voneinander in ganz verschiedene Ziele gesteuert werden können und mit denen das Vereinigte Königreich nun seine von den Amerikanern gekauften, U-Boot-gestützten Lockheed Trident II-D-5-Interkontinentalraketen bestückt.«

»Und der im Overall?« fragte Ribeau – worauf der hintergründig lächelnde Klinikdirektor, ehe er etwas sagte, genüßlich eine dicke blaue Rauchwolke über den Kopf des wißbegierigen jungen Mannes hinwegblies.

»Unser temperamentvoller italienischer Freund, Signor Christobaldi-Mercantini«, erzählte er dann, dieweil er langsam die Kunstobjektreihe abschritt, »war einer der Spitzenmanager in der europäischen Chemie-, Kohle- und Stahlindustrie, Verwaltungsratspräsident unter anderem des größten Unternehmens der italienischen chemischen Industrie, der sogenannten *Società Generale per l'Industria Mineraria e Chimica* – des berühmten MONTECATINI-Konzerns also –, und auch langjähriger Präsident der sogenannten Hohen Behörde der MONTANUNION, wie die Europäische Gemeinschaft für Kohle und Stahl ehemals hieß. So etwas also, wenn Sie so wollen, wie einer der größten Chemie-, Kohle- und Stahlmagnaten der Welt!«

Edgar Ribeau hatte seine helle Freude an den Details der Biographien, die der Klinikdirektor mit weltmännischer Nonchalance fallenließ – und er bewunderte nicht nur das unglaubliche Improvisationstalent, sondern auch den enormen Einfallsreichtum und die umfangreichen Kenntnisse fast aller Bereiche des menschlichen Lebens, über die der Mann zu verfügen schien.

Trotzdem reizte es den Doktoranden, einen weiteren Versuch zu unternehmen, den eloquenten Mann dazu zu bringen, sein Spiel wenigstens für einen Moment zu unterbrechen und ihm, damit er dieses noch besser hätte verstehen und genießen können, doch auch etwas über die Regeln mitzuteilen, nach denen es stattfand.

»Aber alle diese Leute benehmen sich doch irgendwie sonderbar und verdreht«, sondierte er vorsichtig.

»Verdreht?« wiederholte Maillard erstaunt und bemächtigte sich gleichzeitig wieder seines Glases und der schweren dunkelgrünen Flasche, die Ribeau immer noch neben ihm her balancierte. »Ach wissen Sie, wir hier im Süden nehmen die Dinge nicht so genau wie ihr im Norden. Wir tun einfach, was wir wollen. Das sind alles Leute, die lange genug sehr hart gearbeitet haben und sich für den Rest ihres Lebens noch etwas amüsieren wollen!«

»Verständlich und eigentlich auch vernünftig«, stimmte ihm der Doktorand entwaffnet zu – und der Klinikdirektor, dem klar war, daß der sportliche junge Mann gewisse Verhaltensprobleme aufbaute, sagte versöhnlich: »Und dann war dieser Clos de Vougeot natürlich schon etwas schwer! Kommen Sie, nehmen Sie noch etwas Champagner!«

Schwungvoll schenkte er den verbliebenen Rest in die Gläser, und einmal mehr prosteten der alte und der junge Mann einander freundschaftlich zu.

»Und der blinde Prophet?« setzte Ribeau nach – und zwar nicht nur der Vollständigkeit halber, sondern auch, weil er mit dieser Frage eine an Deutlichkeit kaum noch zu übertreffende Anspielung auf Maillards Beschwichtigungssystem machen konnte.

»Monsieur Teissier-Feierabend«, meinte nun sein Gegenüber mit einem ironischen Unterton, »sollten Sie als Franzose eigentlich kennen – aber vielleicht sind Sie dazu ja doch noch zu jung und gehören zu den Leuten, die statt dessen seine um etliche Jahre jüngere Frau kennen, die im Fernsehen ihre schon seit Jahren so unglaublich beliebte Astrologieshow präsentiert. Ihr Gatte dagegen, *unser* Teissier-Feierabend, war lange Zeit der führende Mann nicht nur in unserer Landespolitik, sondern in ganz Europa – ein Mann, der vom Kommunalpolitiker in Marseille bis zum Minister in Paris und zum Abgeordneten im Europaparlament in Strasbourg auf- und abgestiegen ist und jahrelang den Kurs der europäischen Integrationspolitik nicht nur bestimmte, sondern geradezu prägte. Im Krieg war er einer unserer mutigsten Widerstandskämpfer – obwohl oder gerade weil er im fürchterlichen Massaker, das die Nazis auf dem Gut des Marquis de Baroncelli-Javon veranstalteten, sämtliche Angehörigen verloren hat. Alles, was lebte, ist auf den Ländereien des ›ungekrönten Königs der Camargue‹ damals den Kugeln dieser Bestien zum Opfer gefallen – auch das jahrelange geduldige Bemühen, die ursprüngliche Pferde- und Stierrasse des Deltas zurückzuzüchten, ist in einem einzigen Augenblick einfach zunichte gemacht worden!«

Die anfängliche Ironie, mit der Maillard über den Nostradamus-Mann zu sprechen begonnen hatte, war bei der Erwähnung der schrecklichen Ereignisse plötzlich einer echten und tiefen Bewegtheit gewichen – und der Doktorand versuchte diesen ersten wirklich ernsthaften Augenblick des Abends für sein Anliegen, mit dem er hierhergekommen war, auszunützen: »Aber wo sind denn Ihre Patienten, und worin besteht Ihr neues System?«

»Die Launen der Irren, lieber Edgar«, antwortete ihm der große Mann mit wieder höchst vergnügt funkelnden Augen, »sind unberechenbar, und ich bin deshalb, wie ich

Ihnen sagen muß, zum Schluß gekommen, daß es bedenklich naiv, ja sogar gefährlich ist, sie völlig frei herumlaufen zu lassen. Es ist zwar wahr, daß ein Geisteskranker oder ein ›Psychotiker‹, wie man heute sagt, eine Zeitlang beschwichtigt werden kann, aber man muß trotzdem weiterhin auf seine Gewalttätigkeiten gefaßt bleiben, denn die List dieser Leute ist ja, wie Sie wissen, so groß, daß sie schon als sprichwörtlich gilt. Wenn ein Irrer etwas vorhat, verheimlicht er seinen Plan mit der größten Geschicklichkeit, die man sich vorstellen kann, und die wunderbare Verstellungskunst, mit der er dabei den geistig Gesunden beinahe perfekt zu imitieren imstande ist, bildet denn auch eines der sonderbarsten Probleme, das es in der psychologischen Wissenschaft überhaupt gibt. Wenn ein Wahnsinniger ganz vernünftig scheint, wäre es eigentlich höchste Zeit, ihn in die Zwangsjacke zu stecken!«

Ribeau und Maillard hatten den Saal inzwischen umrundet und waren auf der rechten Seite des Orchesterpodiums angekommen, wo sie vor einer Art Altar stehenblieben, der aus einer enormen Haarmenge, vier großen Frauenbrüsten, zwei Armen, zwei Händen und zwei senkrecht hochgehaltenen Messern bestand, und neben dem auf einem alten Tretnähmaschinengestell eine anscheinend zum Liebesakt bereite Frauennachbildung lag – und bevor er weitersprach, stieß der renommierte Klinikdirektor noch einmal eine dicke blaue Rauchwolke aus.

»Auch in diesem Haus«, sagte er dann, »ist vor kurzem, als das System der Beschwichtigung noch in Anwendung war und die Patienten sich völlig frei bewegen konnten, etwas, wie ich Ihnen gestehen muß, sehr Merkwürdiges passiert. Alle Kranken haben sich damals, bevor es zu diesen sonderbaren Vorfällen kam, während längerer Zeit zwar außerordentlich gut benommen – aber so gut eben, daß jedem vernünftigen Menschen eigentlich der Gedanke hätte kommen müssen, daß sich hinter dieser Bravheit irgendeine Teufelei verbarg. Und wirklich: eines schönen Morgens erwachten alle Ärzte und Pfleger, die erst jetzt einzusehen begannen, wie naiv und unvernünftig sie im Grunde gewesen waren, ob Sie es glauben oder nicht, an Händen und Füßen gefesselt in alten, schon lange nicht mehr benutzten Zellen, wo sie von den Irren, die sich alle für Ärzte und Pfleger hielten, so behandelt wurden, wie sie, die Irren, es für richtig empfanden.«

»Sie scherzen!« sagte der Doktorand seinem Gegenüber nun offen ins Gesicht, denn diese Art von Psychiater-Witzen kannte er inzwischen nur zu gut – und schlagartig war ihm auch klar, daß er von Maillard, der sich offenbar doch in einer weinseligeren Stimmung befand, als er angenommen hatte, an diesem Abend keine ernsthaften Auskünfte mehr erhalten konnte.

»Die ganze Sache«, fuhr der Klinikdirektor unbeirrt fort, »wurde durch einen Burschen herbeigeführt – einen, wie sich nun herausstellte, völlig Wahnsinnigen –, der sich einbildete, ein besseres System nicht nur als das hier angewandte System der Beschwichtigung, sondern sogar als alle übrigen bisher bekannten Systeme erfunden zu haben. Ein ›Regierungssystem‹, wie er später erklärte, das alle Probleme dieser Welt zu lösen imstande sei – eine Art, wenn Sie so wollen ›Irren-Regierungs-System‹ also!«

»Irre«, warf Ribeau ironisch ein.

»Ich nehme an«, erzählte Maillard mit zunehmendem Vergnügen weiter, »dieser Mann wollte sein Modell ganz konkret auf die Probe stellen, und er überredete deshalb die übrigen Kranken zu einer Verschwörung, um hier im kleinen den Sturz der regierenden Mächte durchzuexerzieren!«

»Und das gelang?« fragte Ribeau mit gespieltem Interesse, um dem großen Mann, der genußvoll an seiner Zigarre zog, die Freude an der abstrusen Geschichte, die er zum besten gab, nicht zu verderben – worauf der Klinikdirektor im Tonfall eines Siegers verkündete: »Total! Die Herrscher und die Beherrschten wechselten ihre Plätze – das heißt, die Irren, denen die Herrschenden ja schon zuvor eine größtmögliche Freiheit zugestanden hatten, sperrten diese nun, wie gesagt, kurzerhand einfach in die Zellen, die hier im Schloß einst für Verbrecher vorgesehen waren, wobei die neuen Herren die alten Herrschaften, wie man zugeben muß, zuvor noch einer höchst ehrenvollen Behandlung unterzogen!«

»Und die Ordnung?« wollte Ribeau wissen. »Wie wurde denn die Ordnung wiederhergestellt?«

»Eine Konterrevolution, meinen Sie?« fragte Maillard, in dessen Augen der Doktorand nun eine geradezu dämonische Freude zu erkennen glaubte. »Da irren Sie sich, mein Lieber – denn dazu war der Anführer der Rebellen nämlich viel zu schlau. Er wußte selber nur zu gut um diese Gefahr und ließ nach dem geglückten Umsturz deshalb, um jegliche Möglichkeit eines Gegenumsturzes zu verhindern, ob Sie es glauben oder nicht, ganz einfach niemanden mehr in diese Klinik herein – und machte dabei nur ein einziges Mal eine Ausnahme, und zwar im Falle eines ziemlich dumm aussehenden jungen Mannes, den er kommen ließ, um etwas Abwechslung zu haben und sich über sein ungeschicktes Benehmen zu amüsieren!«

»Und wie lange herrschte denn – dieser schlaue Bursche?« fragte Ribeau, dem der große Mann jetzt doch etwas unheimlich wurde.

»Dieser Verrückte?! Oh, lange, sehr lange. Und während dieser Zeit führten er und die anderen Verrückten hier alle auch ein höchst vergnügliches Leben. Auf den Dachböden fanden sie die Truhen voller Kleider aus einer vergangenen, wie man so schön sagt, besseren Zeit, die ich beim Kauf des Schlosses damals mit übernommen hatte, im Keller entdeckten sie meine kostbarsten und köstlichsten Weine, von deren kläglichem Rest sie eben noch ein paar genießen konnten, und in unseren Arzneischränken waren natürlich noch andere herrliche Dinge vorhanden – genau das richtige für sie. Und da ein Verrückter, wie man sieht, nicht immer auch dumm sein muß, führte der Rebellenführer dann eben ein Behandlungs- und Regierungssystem ein, das, wie ich zugeben muß, viel besser als das ist, das er über Bord geworfen hat. Ein vorzügliches System, einfach, sauber, ordentlich, ein wunderbares System!«

Während der Arzt und der Doktorand sich unterhielten, hatte die Tischgesellschaft, ohne daß die beiden dies bemerkten, von den eigenen Beschäftigungen abgelassen und ihre Aufmerksamkeit auf das Gespräch gerichtet, das vor den Reihen mit Kunstobjekten stattfand – und als der alte und der junge Mann auf der rechten Seite des Orchesterpodiums angekommen und stehengeblieben waren, erhoben sich der hagere Roquembert, der kraushaarige Christobaldi und der kräftige De Beuys langsam von ihren Plätzen und schlichen sich lautlos an sie heran, Roquembert mit dem großen Speiseschwert, das zur Zerlegung des Kalbs à la Sainte-Menehould gedient hatte, De Beuys mit seiner der Länge nach zusammengerollten weißen Serviette und Christobaldi mit dem Schnurknäuel in den Händen.

Aber gerade als die drei sich nach Maillards letzten Worten auf den ahnungslosen Doktoranden stürzen wollten, wurde von der Außenseite des Saals mit einer unglaublichen Heftigkeit nicht nur gegen die Tür, sondern auch gegen die Fensterläden geschlagen – so daß alle, die im Saal waren, erschrocken zusammenfuhren.

»Die Wahnsinnigen sind losgebrochen!« brüllte dann

der große Mann im weißen Ärztekittel, der sich als erster wieder faßte – und sofort schrien alle wild durcheinander.

»Edgar! Edgar!« rief Linda Lovely – und Teissier-Feierabend fauchte: »Les boches! Les boches!«

»Freiheit für Okzitanien!« kreischte die Kurz – und gleichzeitig geschahen im Saal die unterschiedlichsten Dinge.

Auf dem Podium begannen die Musiker eine wilde und verzerrte Version der ›Marseillaise‹ zu spielen – und am langen Tisch sprang die wohlbeleibte Rougemont in die Höhe und sang schmetternd und voller Mißtöne dazu:

> Allons enfant de la patri-i-e,
> Le jour de gloire est arrivé –

Warpol-Jumpinair riß sich seinen Silberschopf vom Kopf und entblößte damit eine bisher darunter verborgen gehaltene Glatze, warf die leere Perücke hoch in die Luft und schnappte sich den Brillo-Karton, um mit ihm wie ein Kreisel im ganzen Saal herumzuwirbeln – und De Beuys-Himmelreich holte sich Blecheimer und Holzspachtel und begann wieselflink Winkel um Winkel des Saals mit Fett vollzustreichen.

Die Kurz kletterte hurtig auf ihren Stuhl, schlug dort oben ihre dünnen Arme auf und nieder und schrie dazu unaufhörlich: »Kikerikiii! Kikerikiii!« – und Clicquot ergriff eine noch ungeöffnete Champagnerflasche, schüttelte sie, ließ den Korken durch den Raum fliegen und spritzte den kostbaren Inhalt wie ein siegreicher Autorennfahrer in langen Fontänen in der Gegend herum.

Roquembert dagegen ging mit dem Speiseschwert auf die nur mit Reizwäsche bekleideten, als Hutständer oder Tische herumstehenden Kunststoff-Frauen los und schnitt aggressiv und grausam an ihnen herum – und Christobaldi-Mercantini holte die lange Packpapierrolle und begann in größter Eile die weißen Gipsfiguren, die überall im Saal herumstanden, einzuwickeln und zu umschnüren.

Die schöne Linda schließlich zog sich in Rekordgeschwindigkeit völlig nackt aus und stürzte sich auf den verdutzten Edgar Ribeau, riß ihn auf den Fußboden und versuchte sich in aller Öffentlichkeit noch einmal mit ihm zu vereinigen – und Teissier-Feierabend stieg geschmeidig wie ein Affe auf die Kanzel, unter das Transparent À L'HAZARD BALTHASAR und die sechzehnstrahlige Metallsonne, breitete dort die Arme aus und rief laut in das Tohuwabohu hinaus:

> Ihr seht bald,
> Und doch zu spät,
> Wie große Veränderung
> Sich vollzieht!
> Extreme Schrecken
> Und Verfolgungen:
> Als ob der Mond
> Von seinem Engel
> Geholt würde!

Dann hielten die Türflügel und Fensterläden dem Schlagen und Hämmern nicht mehr stand – und durch die aufgesprengten Öffnungen drangen furchterregende, von oben bis unten mit schwarzen Federn bedeckte, wie Schimpansen, Orang-Utans und Paviane aussehende Ungeheuer in den Saal und stürzten sich sofort auf die im Raum verteilten Menschen.

Mehrere der Ungeheuer hielten große Zwangsjacken in den Händen, einige waren mit einsatzbereiten Spritzen bewaffnet.

Und erst jetzt bewegte sich auch der große Mann im weißen Ärztekittel wieder, der sich bisher als einziger nicht von der Stelle gerührt und überhaupt in keiner Weise reagiert hatte – blitzschnell rannte er zum langen Tisch in der Mitte des Saals, kroch mit einer Behendigkeit, die man ihm nicht zugetraut hätte, darunter und begann mit der fast leergegessenen, sich in arger Unordnung befindenden Tafel, wie ein wiederauferstandener Baron Münchhausen in einem U-Boot, unverzüglich im Fußboden zu versinken.

»Stoppt den Tisch!« schrie eines der Ungeheuer so laut, daß die Worte den gewaltigen Lärm, der im Saal herrschte, noch übertönten – es war zu spät, über dem langen Möbelstück hatte sich der weißgelbe Kalksteinboden bereits wieder geschlossen.

Drei der schwarzgefiederten Monster packten die nackte Linda und rissen sie vom total verwirrt auf dem Rücken liegenden Ribeau herunter, und zwei weitere Kreaturen eilten herbei und bemächtigten sich des Doktoranden.

Eines der Ungeheuer, ein Riesenexemplar mit enormen Kräften, hielt den jungen Mann fest, und die andere, kleinere, aber nicht weniger starke Bestie verpaßte dem wehrlosen Opfer unverzüglich eine Spritze – und dann versank das Bild, das dieser Mensch bisher von der Welt gehabt hatte, in einem dichter werdenden Schwarz ...

III

Als er aus dem Schwarz, in das er versunken war, auf-
tauchte und langsam zu sich kam, lag der Doktorand der
Psychologie Edgar Ribeau, in seinen seidenen Hermès-
Schlafanzug gekleidet, im großen Himmelbett mit dem
dunkelgrünen Baldachin, wo er, wie ihm schien, gerade
eben erst den intensiven Liebesrausch mit der völlig ent-
hemmten Amerikanerin erlebt hatte.

Er fühlte sich noch stark benommen, sonst aber, von
einem leichten Schmerz im Hinterkopf abgesehen, relativ
gut – und als er seinen Oberkörper aufrichtete und sich darüber klarzuwerden versuchte, was nach dem Erlebnis mit
Linda noch alles geschehen war, erhob sich im Halbdun-
keln auf der anderen Seite des Raums eine weißgekleidete,
mittelgroße, blonde Frau und kam auf ihn zu.

»Bonjour, Monsieur Ribeau«, sagte sie mit einem
freundlichen Lächeln. »Ich bin Schwester Catherine. Wie
fühlen Sie sich?«

»Etwas benommen«, sagte er. »Was ist denn passiert?«

»Warum? Erinnern Sie sich nicht? Läßt Ihr Gedächtnis
Sie im Stich?«

Die vollschlanke Frau, die dem Doktoranden in ihrer
Krankenschwesteruniform gegenüberstand, mochte, wie
er schätzte, etwa vierzigjährig sein und hatte warme, braune
Augen in einem bäurisch wirkenden, aber merkwürdig
blaß aussehenden und in dieser Blässe nicht recht zu ihr passenden runden Gesicht.

»Wo ist – ich meine, wo sind Doktor Maillard und seine
Mitarbeiterin?« fragte Ribeau.

»Lassen Sie mich Ihren Puls fühlen«, erwiderte die Frau – und während sie sein rechtes Handgelenk hielt und auf ihre Armbanduhr sah, kehrten auch die übrigen Bilder, die der junge Mann seit seiner Ankunft in der Provence und in diesem Schloß hinter dem Mont Ventoux in sich aufgenommen hatte, wieder in seine Erinnerung zurück und fügten sich sprunghaft in die Chronologie ihrer Entstehung.

Der Spätnachmittag mit Doktor Maillard und Linda in dem merkwürdigen Salon voller Pflanzen und Musikinstrumente – im Anschluß an den Zimmerbezug und das wilde Abenteuer mit Linda dann die Nacht in dem riesigen, hellerleuchteten Saal mit den bizarren Kunstobjekten und den verworren kostümierten, auf dem improvisierten Podium sitzenden Musikern, die sowohl pathetische wie ironische Ansprache des Klinikdirektors von der Kanzel herab, die aus der Unterwelt aufgestiegene Tafel mit der überbordenden Speisefülle und den phantastischen Weinen und die verrückten, wie als Nummern für ein Varieté-programm einstudierten Darbietungen der einzelnen Tischgäste, überhaupt dieser ganze überwältigende, einmalige und ihm jetzt beinahe wie ein unglaublicher Traum erscheinende Abend, der mit den von allen Seiten hereinbrechenden schwarzen Ungeheuern ein dermaßen abruptes und absurdes Ende mit Zwangsjacken und Spritzen genommen hatte, daß er sich ernsthaft fragte, ob das auch alles wirklich und tatsächlich so geschehen war, wie es sich in seiner Erinnerung nun darstellte.

Klar war, wie er sich sagte, jedenfalls, daß es sich bei den Monstern, wenn es sie tatsächlich gegeben hatte und sie nicht bloß ein Produkt seines übermäßigen Alkoholkonsums und des sich aus diesem ergebenden Euphoriezustandes gewesen waren, nur um Menschen hatte handeln können, die in schwarzen Federkostümen steckten – aber wer, fragte er sich, waren diese Menschen denn gewesen und warum hatten sie diese Kostüme getragen und sich allen Anwesenden gegenüber so brutal benommen?

Waren es die Patienten gewesen, die er zuvor, wenn er Maillards Aussagen auch jetzt noch Glauben schenken konnte oder sollte, nicht zu sehen bekommen hatte, und hatten diese tatsächlich so etwas wie eine Revolte gegen den Klinikdirektor und seine Mitarbeiter durchgeführt – oder war dies alles wieder nur ein ›Château-Europe-Rollenspiel‹ oder Teil einer noch größeren Inszenierung gewesen, deren tieferen Sinn und eigentliche Bedeutung er momentan noch nicht zu fassen imstande war, oder waren die verkleideten Parienten inmitten einer gespielten Revolte vielleicht doch wirklich aus ihren Rollen ausgebrochen?

Aber wer, fragte der verwirrte junge Mann sich weiter, mochte dann die blonde Frau sein, die ihm den Puls maß, und was war in der Zwischenzeit, seitdem er die Spritze erhalten hatte, wohl noch alles geschehen, hatte da möglicherweise bereits wieder eine Gegenrevolte stattgefunden, und war die blonde Frau also keine Patientin, die eine Pflegerin spielte, sondern eine echte Krankenschwester – und zutiefst erschrocken durchzuckte ihn schlagartig die Erkenntnis, daß nicht nur die letzten Ereignisse, sondern auch alle anderen Dinge, die seit seiner Ankunft in diesem Schloß geschehen waren, noch auf eine ganz *andere* Weise, als er das bisher angenommen hatte, zusammenhängen könnten, auf eine Weise allerdings, die so aberwitzig war, daß er sie in ihren Implikationen kaum zu Ende zu denken wagte.

Und im gleichen Augenblick, in dem ihn diese Erkenntnis durchzuckte, wußte Edgar Ribeau, daß deren Bewahrheitung, falls sie sich einstellen sollte, ihn zwingen würde, sosehr ihm das auch widerstrebte, die medizinische Geisteshaltung des ›nihil nocere‹, des ›Nichts-schaden‹, die er sich bisher zu eigen zu machen versucht hatte, mindestens für einige Zeit und vorübergehend aufzugeben – und daß er, da er nun allein nicht mehr zurechtkommen konnte, als erstes unbedingt, wie er sich sagte, auf irgendeine Weise würde versuchen müssen, so schnell wie möglich mit dem Professor in Verbindung zu treten, um diesen schonungslos und umfassend über das, was er hier erlebt hatte, zu unterrichten.

»Wieviel Uhr ist es denn, und was für einen Tag haben wir heute?« fragte er deshalb zunächst einmal vorsichtig die blonde Frau, die ihm seinen Arm wieder auf die Brust legte, nachdem er festgestellt hatte, daß die Edelstahl-Rolex sich nicht mehr an seinem linken Handgelenk befand und daß durch die dicken Vorhänge, die vor das Fenster gezogen waren, Helligkeit ins Zimmer drang.

»Es ist drei Uhr nachmittags und Mittwoch. Sie haben vierzehn Stunden geschlafen.«

»Geschlafen?« wiederholte er mißtrauisch.

»Nun ja – Sie haben eine Spritze erhalten. Erinnern Sie sich nicht? Doktor Anseaume wird gleich kommen und Ihnen alles erklären.«

»Doktor Anseaume ist hier?« fragte Ribeau verwundert.

»Er wird Ihnen alles erklären. Ihr Puls ist gut, aber lassen Sie mich nun noch Ihren Blutdruck messen.«

Während ihm die Frau mit professionellen Handbewegungen die Gummimanschette um den Oberarm wickelte und aufpumpte, schwieg Edgar Ribeau wieder, denn falls ihre Mitteilung, daß Doktor Anseaume sich hier befinde, stimmte, war dies bereits eine erste konkrete Bestätigung seiner schrecklichsten Vermutung – und zwischen Furcht und Hoffnung hin und her gerissen, stellte sich in ihm mehr und mehr die Gewißheit ein, daß das, was er bis zum Moment, in dem die schwarzen Monster ihm die Spritze verpaßten, als Wirklichkeit angenommen hatte, gar nicht die Wirklichkeit gewesen war.

Zusammen mit den sich an Stelle des falschen Wirklichkeitsbildes in rascher Folge formenden Vorstellungen über das, was in dieser Klinik wahrscheinlich *wirklich* passiert, von ihm aber ignoriert beziehungsweise eben völlig falsch interpretiert worden war, traf ihn diese Gewißheit nun so stark, daß er plötzlich eine tiefe, fast bodenlose und rational nicht mehr kontrollierbare Angst verspürte und instinktiv den Vorsatz faßte, sich von nun an, bis er sich wieder in einer sichereren Umgebung befinden oder mindestens mit dem Professor Kontakt aufgenommen haben würde, in seinen Äußerungen und Taten noch weiter zurückzuhalten, als er das, obwohl, wie er zugeben mußte, ohne großen Erfolg, schon bisher zu tun versucht hatte.

Er befand sich sozusagen in der Situation des in Deutschland sprichwörtlich berühmt gewordenen ›Reiters über den Bodensee‹, der im siebzehnten Jahrhundert während eines strengen Winters ahnungslos über die auf der zugefrorenen Wassermasse liegende Schneefläche gesprengt war – und der danach, auf dem jenseitigen Ufer angekommen, als er hörte, welcher Gefahr er eben entronnen, tot vom Roß gesunken sein soll.

»Hundertzehn und siebzig. Beides etwas niedrige Werte, aber in Ihrem Zustand normal«, erklärte die Frau mit den warmen braunen Augen und den kurzgeschnittenen blonden Haaren, aber ihre, wie es Ribeau schien, aufrichtige Liebenswürdigkeit vermochte an seiner Angst kaum etwas zu ändern. »Haben Sie Hunger, oder möchten Sie etwas trinken? Es stehen Früchte da und Tee, aber wenn Sie wollen, kann ich Ihnen auch etwas Kräftigeres bringen.«

»Darf ich aufstehen und aus dem Zimmer gehen?« fragte der Doktorand, ohne auf das, was die Frau gesagt hatte, einzugehen, worauf diese ihn wieder freundlich anlächelte und in einem beruhigenden fürsorglichen Ton meinte: »Aber natürlich, wenn Sie sich stark genug dazu fühlen. Wollen Sie wirklich nichts essen?«

»Ich werde eine Frucht nehmen«, wich Ribeau aus. »Aber zuerst möchte ich unter die Dusche.«

»Gut«, sagte die Frau, während sie den Blutdruckmeß-apparat zusammenpackte. »Und ich werde Doktor An-seaume Bescheid sagen, daß Sie aufgewacht sind. Ihre Uhr, die Sie, wie ich bemerkt habe, vermissen, befindet sich übrigens bei Ihren anderen Sachen auf dem Sessel da drüben.«

Die Frau verließ den Raum – und sofort, nachdem die Tür sich hinter ihr geschlossen hatte, griff Ribeau nach dem Hörer des Telefons, das neben dem Bett auf dem Nacht-schränkchen stand, und wählte die Nummer des Collège de France in Paris, aber die Leitung war, wie er enttäuscht feststellte, immer noch tot.

Dieser Umstand mochte, wie er sich einzureden ver-suchte, nichts zu bedeuten haben, aber in der Lage, in der er sich jetzt befand, vergrößerte sich sein Mißtrauen doch, denn wenn hier wirklich das vorgefallen war, was er an-nahm, hätte der Apparat eigentlich wieder funktionieren müssen, obwohl es, wie er sich sagte, ja auch sein konnte, daß bisher einfach noch niemand Zeit für dessen Wieder-instandstellung gefunden hatte.

Bevor er die dicken Gardinen zurückzog und das Fenster öffnete, kontrollierte er trotzdem rasch, ob die Frau die Zimmertür nicht etwa heimlich von außen abgeschlossen hatte, und erst als er feststellte, daß dies nicht der Fall war und daß sich auch draußen auf dem Korridor niemand be-fand, der die unverschlossene Tür bewachte, beruhigte er sich etwas.

Am offenen Fenster ließ er sich danach, die frische Luft tief einatmend, von den Böen des immer noch heftigen Mi-strals die Lebensgeister wachblasen und sah dabei über die farbenprächtigen, bunten Bäume des Parks und des Waldes hinweg in einen weiteren strahlenden sonnigen Herbsttag hinaus – auf die Haute-Provence-Landschaft, die sich vor den nun hell erleuchteten Höhenzügen der Basses-Alpes ausbreitete und unverändert unter einem tiefblauen Himmer dalag.

Diese einzigartige große Landschaft, die aus einem weißgrauen bis gelblichen, nur wenig fruchtbaren, mageren Kalkboden bestand, auf dem zwischen unförmigen Gesteinsbrocken und Felsen dennoch seit Jahrtausenden eine erstaunlich stabil bleibende, jetzt vom Wind gepeitschte Vegetationsgemeinschaft wuchs, deren Hauptbestandteile knorrige Steineichen, silberblättrige Olivenbäume, buschniedrige Kermeseichen, feingliedrige Stechginstersträucher, stachlige Zistrosen, unzählige Lavendel-, Thymian- und Rosmarinbüsche sowie ein überall anzutreffendes, äußerst widerstandsfähiges kurzes, trockenes Gras bildeten.

Und während er der kraftvollen, wilden Musik lauschte, die der Mistral zu diesem sich da draußen einmal mehr darbietenden urtümlichen Naturschauspiel beisteuerte, fragte Ribeau sich, wie lange es wohl noch dauern würde, bis der Mensch – der zu einem ausbalancierten Zusammenleben mit Pflanzen und Tieren, obwohl diese die Basis seiner eigenen Existenz bilden, anscheinend ebenso unfähig ist wie zu einer friedlichen Gemeinschaft mit seinesgleichen, der vielmehr, wenn man alles in allem nimmt, das, was er aufbaut, und überhaupt alles, was entstanden ist, letztlich nur immer wieder zerstören kann –, wie lange es wohl dauern würde, bis der Mensch auch diese noch relativ intakte Lebensgemeinschaft hier aus ihrem lebendigen Gleichgewicht gebracht und auf den Weg der Zerstörung und des Todes geleitet haben würde.

Als er einige Minuten später unter der heißen Dusche stand, mußte Edgar Ribeau allerdings auch wieder an Linda und an die unglaublich starken und lustvollen Gefühle denken, die er dank und mit dieser Frau erlebt hatte – er sah das feingeschnittene Gesicht der ihn mit ihrem ganzen Wesen anziehenden, rätselhaften Frau wieder vor sich, ihre hellen blauen Augen, das rabenschwarze Haar, ihre vollen Lippen und ihren wohlgeformten, sowohl bekleideten wie unbekleideten Körper, und er erinnerte sich an all die Liebesspiele, zu denen sie ihn, nachdem sie aus dem Badezimmer getreten waren, verführt hatte.

Und weil für ihn dabei, wie er spürte, mehr als nur erotische Anziehung im Spiel war, fragte er sich, wie er das in seinem noch relativ kurzen Leben schon oft getan hatte, ob die Kraft der Liebe, zu der die Menschen fähig sind, irgendeinmal nicht vielleicht doch stark genug sein würde, um das schreckliche Zerstörungspotential, das in ihnen auch vorhanden ist, wenn nicht ganz auszuschalten, so doch wenigstens in einer Art auszugleichen, daß die beiden einander diametral entgegengesetzten Kräfte sich gegenseitig die Waage hielten.

Ob und wie seine Beziehung zu der jungen Frau weitergehen konnte oder mußte, wußte Ribeau jetzt, da er noch keine Ahnung hatte, welches ihre tatsächliche Rolle in den wahren Begebenheiten war, die er vorläufig erst in den großen Umrissen erkannte, allerdings ebensowenig, wie er schon mit Gewißheit hätte sagen können, ob ihm nicht vielleicht doch das passiert war, wovor sich ein Psychologe ebenso wie ein Psychiater oder irgendein Arzt am meisten fürchten muß – daß er nämlich zuviel eigene und eigennützige Gefühle in das Verhältnis zu einem Menschen investiert hatte, bei dem er von Berufs wegen hätte erkennen müssen, daß dies kein gesunder, sondern ein kranker Mensch war und somit also eigentlich ein Patient, der von ihm nicht Gefühle erwartete, sondern seine Hilfe brauchte, wozu jedoch, wie er schon zu

Beginn seines Studiums gelernt hatte, eine distanzierte und selbstkritische Sehweise unabdingbare Voraussetzung war.

Nachdem das auf seinen nackten Körper prallende, zunächst heiße und anschließend kalte Wasser die Benommenheit vertrieben und das alte Körpergefühl einigermaßen zurückgebracht hatte, zog der junge Mann, ins Zimmer zurückgekehrt, wieder die verwaschenen Jeans und die alte Wildlederjacke an, die er bei seiner Ankunft getragen hatte, aß einen Apfel, der ihm, wie er fand, so gut wie schon lange nicht mehr schmeckte, trank dazu eine Tasse schwarzen Tee – und gerade als er den letzten Bissen hinuntergespült hatte, trat unvermittelt die blonde Krankenschwester wieder ins Zimmer.

»Doktor Anseaume läßt fragen, ob Sie, wenn Sie sich gut genug fühlen, nicht vielleicht lieber zu ihm herunterkommen möchten«, sagte sie – und ausgehfertig, wie er war, nahm Ribeau das Angebot um so lieber an, als er das dringende Bedürfnis verspürte, die ihm zugesagte Bewegungsfreiheit praktisch zu testen.

Auf den langen Korridoren und Treppen des weitläufigen Schlosses begegneten die Frau und der junge Mann noch zwei weiteren weißgekleideten Schwestern, einer grauhaarigen älteren und einer jüngeren, sowie einem bärtigen, vielleicht fünfunddreißigjährigen Mann in einem weißen Ärztekittel, die alle, wie Ribeau fand, recht blasse Gesichter hatten, und als die vollschlanke Blondine und er im Erdgeschoß in der eindrucksvollen Eingangshalle angekommen waren, fiel es dem Doktoranden der Psychologie einen Moment lang schwer, den plötzlich in ihm aufgestiegenen Impuls zu unterdrücken, nun einfach hinauszurennen, sich in sein Auto zu setzen und loszufahren – um diesen Ort, wo ihm in der kurzen Zeit, während der er sich hier befand, schon so viel Angenehmes, aber offenbar, ohne daß er es bemerkt hatte, auch viel Schmachvolles und für ihn womöglich Unehrenhaftes widerfahren war, also einfach so schnell wie möglich wieder zu verlassen.

Durch den Korridor, der, wenn man von der Treppe kam, rechts abbog, führte ihn die blonde Schwester, noch bevor er diesem Impuls hätte nachgeben können, zu seiner Überraschung erneut in den kostbar ausgestatteten Salon, in dem er vor nun genau einem Tag fast zur gleichen Zeit die am Klavier sitzende und Schubert spielende Linda Lovely zum ersten Mal gesehen hatte – wobei er sogleich, nachdem er zusammen mit der Frau durch den offenstehenden Türflügel eingetreten war, bemerkte, daß jetzt auch aus diesem Raum alle Pflanzen und bis auf das Klavier zudem noch alle Musikinstrumente, Partituren und Notenblätter sowie der Fernsehapparat mit dem zerbrochenen Bildschirm verschwunden waren.

Zwei kräftige junge Männer in weißen T-Shirts, weißen Hosen und weißen Tennisschuhen waren auf Anweisung eines danebenstehenden, unscheinbaren, mittelgroßen Manes in einem weißen Ärztekittel eben dabei, auch die riesige Kopie der Halsschen ›Vorsteherinnen‹ von der Wand herunterzuholen – und anstelle der Kübel mit den Papyrus- und Federspargelstauden, zwischen denen Linda Lovely sich am Tag zuvor ausgezogen hatte, standen links und rechts neben dem Mittelfenster jetzt zwei Nachbildungen moderner Kunstobjekte, von denen Ribeau im hellerleuchteten riesigen Saal, in dem das Abendessen stattgefunden hatte, schon eine beachtliche Anzahl hatte bewundern dürfen.

Das eine dieser Objekte war ein großer, zur Hälfte weiß belassener und zur anderen Hälfte mit braunen, blauen und orangen Farbstreifen bemalter Gipsabdruck eines antiken Frauentorsos, der in eine Art Drahtkäfigmodell eines

Himmelskörpers mit sphärischem Koordinatennetz gesperrt war – und das andere war ein sehr erotisch wirkender, überlebensgroß geformter rothaariger Frauenkopf, auf dessen einer Wange der Schöpfer oder die Schöpferin des Werks in höchst naturgetreuer Weise ein voll erigiertes männliches Glied gemalt hatte.

»Monsieur Ribeau – ich freue mich, daß Sie wohlauf sind!« sagte der unscheinbare Mann im Ärztekittel, nachdem er das Eintreten der beiden Personen bemerkt und sich umgedreht hatte, um dann mit ausgestreckten Armen gleich auf den Doktoranden zuzugehen. »Und entschuldigen Sie bitte die Behandlung, die wir Ihnen zukommen ließen! Aber wir konnten ja, wie Sie verstehen werden, wirklich nicht wissen, mit wem wir es da zu tun hatten!«

Die in Anbetracht dessen, was in diesem Schloß höchstwahrscheinlich geschehen war, erstaunlich gepflegt wirkende, wenn auch ungesund käsig aussehende Erscheinung, die dem jungen Mann nun gegenüberstand und die rechte Hand, die er ihr hingehalten hatte, zwischen ihren beiden, sich feucht und kraftlos anfühlenden Händen hielt und nicht mehr loslassen wollte, entsprach der Beschreibung, die der Professor seinem Schüler von Doktor Anseaume gegeben hatte.

Der magere, in den Endvierzigern stehende Mann mit der randlosen Brille und dem mittellangen, seitlich gescheitelten hellbraunen Haar, der etwa um einen halben Kopf kleiner als Ribeau war, trug unter dem weißen Mantel einen dunkelgrauen Schurwollanzug und ein hellblaues Buttondown-Hemd mit einer großgeknoteten schwarzen Krawatte – aber obwohl Ribeau sich durch die Anwesenheit dieses Mannes jetzt, wie er sich sagte, doch wenigstens bis zu einem gewissen Grad hätte erleichtert fühlen müssen, fand er ihn, wie er überrascht feststellte, vermutlich wegen der vom Professor bei seiner Beschreibung nicht erwähnten

eilfertigen und etwas servil wirkenden Art, sofort merkwürdig unsympathisch.

»Kommen Sie, setzen Sie sich, und entschuldigen Sie
mich nur noch einen Moment – wir müssen hier natürlich
wieder etwas Ordnung machen!« sagte der Mann dann,
bevor er Ribeaus Hand endlich wieder losließ und sich
noch einmal den beiden kräftigen, aber etwas abgeschlafft
wirkenden jungen Männern zuwandte, die bereits dabei
waren, die riesige und, wie es schien, auch entsprechend
schwere Hals-Kopie aus dem Salon hinauszutragen. »Wir
machen hier später weiter – Ihr wißt ja Bescheid. Die
beiden Objekte da drüben«, er zeigte auf den Torso und
den überdimensionierten, erotisch, wenn nicht gar porno-
graphisch bemalten Frauenkopf, »müssen noch hinaus,
und dann kommen die Pflanzen wieder zurück! Schwester
Catherine wird euch benachrichtigen, wenn wir soweit
sind!«

Ribeau, den nicht nur das Benehmen des Mannes, der ihm
vom Professor als Vertrauensperson für Notfälle empfohlen worden war, befremdete, sondern der sich darüber
hinaus den körperlich eher schwächlichen Menschen auch
kaum in der Rolle eines der Monster aus der vergangenen
Nacht hätte vorstellen können, wählte als Sitzplatz diesmal statt des Sofas denjenigen der beiden Sessel, der zur
Tür gerichtet war – und nachdem die jungen Männer das
sperrige Riesenbild endlich in den Korridor gebracht hatten und auch die blonde Schwester wieder hinausgegangen
war, setzte sich Doktor Anseaume dem Doktoranden in
den anderen Sessel gegenüber, das heißt dorthin, wo am
Tag zuvor Maillard die meiste Zeit gesessen hatte.

»Haben Sie sich einigermaßen erholt?« fragte er teil-
nahmsvoll, während die Finger seiner beiden feuchten
Hände sich unablässig betasteten – und als Ribeau meinte,

daß er ab und zu noch merkwürdig stechende Kopfschmerzen habe, sagte der andere mit einem schuldbewußten Unterton: »Die Spritze. Sie müssen wirklich entschuldigen! Aber gestern nacht waren hier alle so aufgeregt, daß wir unmöglich anders handeln konnten! Wobei natürlich auch noch erste Folgewirkungen der Kokaineinnahme im Spiel sein können –«

»Kokain?!«

»Sie brauchen nicht zu erschrecken«, versuchte ihn sein Gegenüber sofort wieder zu beruhigen. »Aber wir haben leider den starken Verdacht, daß dem Wein, den Sie getrunken haben, Kokain oder eine andere Droge beigemischt war. Die übrige Schar hat das Kokain zudem noch durch die Nase oder per Injektion eingenommen – von den Dingen, mit denen sie sonst experimentierte, ganz zu schweigen. Praktisch alle Medikamente, die vorhanden waren, sind verschwunden.«

»Alle haben *was*?« fragte Ribeau.

»Alle Personen, denen Sie hier begegnet sind, standen, so leid es mir tut, Ihnen das sagen zu müssen, unter Drogeneinfluß.«

»Alle?«

»Ausnahmslos, wie wir annehmen müssen.«

»Aber was war denn hier los?!« wollte Ribeau nun mit Nachdruck wissen, denn die unerwartete Eröffnung, die ihn plötzlich verstehen ließ, warum er nach seiner Ankunft so schnell in die für ihn ungewöhnlich euphorische, ja enthusiastische Stimmung geraten und seiner kritischen Fähigkeit so rasch verlustig gegangen war, beängstigte ihn trotz der beschwichtigenden Beteuerungen des Mannes zutiefst. »Ich begreife nicht –«

»Da muß ich etwas weiter ausholen«, sagte der andere. »Aber erzählen Sie zuerst. Weshalb sind Sie überhaupt hier? Und was ist Ihnen hier widerfahren?«

»Sie wußten doch, daß ich kommen würde«, meinte Ribeau verständnislos.

»Nein«, antwortete der Mann erstaunt. »Alles, was wir wissen, haben wir den Papieren entnommen, die wir bei Ihnen und in Ihrem Gepäck gefunden haben. Wir haben dann, nachdem wir wußten, wer Sie sind, natürlich sofort mit Professor Sagot-Duvauroux in Paris zu telefonieren versucht, ihn aber leider persönlich nicht erreicht. Inzwischen haben wir von der Sekretärin des Collège de France jedoch erfahren, daß er bereits auf dem Weg hierher ist.«

»Aber der Professor hatte doch mit Ihnen telefoniert, bevor ich kam«, sagte Ribeau.

»Mit mir?!«

»Sie sind doch Doktor Anseaume – Doktor Maillards Assistent?!«

»Natürlich«, beruhigte der Mann den Doktoranden. »Das heißt, ich war es.«

»Und jetzt?« wollte Ribeau wissen. »Was sind Sie jetzt?«

»Das erkläre ich Ihnen gleich«, sagte der zerbrechlich wirkende Mann in einer erneut fast allzu beschwichtigenden Weise. »Was hat Professor Sagot-Duvauroux denn mit der Sache zu tun? Was hat er Ihnen gesagt, bevor Sie hierherkamen?«

»Er erzählte mir, daß Sie ihm einen Brief geschrieben hätten, in dem Sie ihm mitteilten, daß sich das von Doktor Maillard entwickelte Beschwichtigungssystem zur Zeit in einer hochinteressanten Phase befinde, weshalb Sie deren Mitverfolgung durch einen außenstehenden Beobachter dringend empfehlen würden.«

»Ich?!« fragte Anseaume.

»Ja –«

»So einen Brief habe ich nie geschrieben.«

»Das verstehe ich nicht. Der Professor hat das doch nicht aus der Luft gegriffen!«

»Und sonst? Was hat er sonst noch gesagt?«

»Nur, daß er auf Grund Ihres Briefs mit Doktor Maillard telefoniert habe und daß dieser ihm das Angebot machte, einem Mitarbeiter einen Studienaufenthalt zu gewähren. Voraussetzung sei allerdings ein umgehender Kurzbesuch, damit er sich mit der Person einverstanden erklären könne. Dann beschrieb er mir noch Ihre Person und sagte, daß ich hier mit Ihnen Kontakt aufnehmen soll – und neben der Analyse des Beschwichtigungssystems sollte ich zur Schärfung meiner Selbstkritik auch das ganz persönliche Verhalten von Doktor Maillard beobachten und darüber einen möglichst ausführlichen, aber nicht zur Veröffentlichung, sondern nur für den Professor und mich bestimmten Bericht erstellen. Meine Doktorarbeit behandelt, falls Sie es nicht wissen sollten, Aspekte der ›Anti-Psychiatrie‹.«

»Und Sie faßten, nachdem Sie gestern hier angekommen waren, nicht schon bald einen Verdacht, daß hier etwas nicht stimmen könnte?«

»Nun, ich war mir einfach oft nicht sicher, wie weit es sich da um Scherze von Doktor Maillard handelte, für die er ja fast ebenso berühmt wie für seine Arbeit ist –«

»Und Sie nahmen an, daß alles, was hier geschah, ausnahmslos zu seinem, sagen wir einmal, unkonventionellen Beschwichtigungssystem gehörte«, meinte der Mann mit der randlosen Brille verständnisvoll.

»Alle äußeren Anzeichen schienen darauf hinzudeuten – obwohl mir sein Erfinder zwar immer wieder wortreich versicherte, daß dies nicht mehr der Fall sei, und mir die Demonstration eines neuen, noch wirkungsvolleren Systems, das er entwickelt habe, in Aussicht stellte.«

»Sie waren überzeugt, daß er Sie nur auf die Probe stellen wollte.«

»Ich wußte, ehrlich gesagt, schon bald überhaupt nicht

mehr recht, was hier eigentlich los war«, gestand der Doktorand offen ein.

»Ich verstehe«, meinte der ältere Kollege. »Ihre Arbeit über ein doch so heikles und schwieriges Gebiet, wie es die sogenannte ›Anti-Psychiatrie‹ ist, und Ihre bisherigen, wie ich vermute, total anders verlaufenen praktischen Erfahrungen – und dann wahrscheinlich eben noch der Wein und das Kokain!«

»Ich versuchte, nachdem Doktor Maillard mir gesagt hatte, Sie befänden sich nicht hier, sondern auf Urlaub in Neu-Kaledonien, den Professor anzurufen, und ließ ihm, als ich ihn nicht erreichen konnte, ausrichten, er solle zurückrufen.«

»Neu-Kaledonien, so, so«, bemerkte der magere Doktor Anseaume nun leicht sarkastisch. »So kann man das natürlich auch nennen. Zwangsurlaub sozusagen! Wenn ich recht verstehe, wußten Sie also nicht, daß *ich* die Leitung dieser Klinik nicht erst jetzt, das heißt während der letzten Nacht, sondern schon geraume Zeit zuvor übernommen hatte – wenn das nach außen hin natürlich auch nicht so aussah und außer meinen Kollegen und einigen anderen Eingeweihten jedermann, inklusive Maillard selber, das Gefühl hatte, daß immer noch er der Direktor sei!«

»Wie meinen Sie das?« fragte Ribeau verwirrt.

»Ich will damit ganz einfach sagen, daß das, was man gemeinhin als die ›Entwicklung‹ eines Menschen bezeichnet, bei meinem Vorgänger nach und nach in eine Veränderung überging, die man als krankhaft bezeichnen muß – und daß es in dieser Klinik deshalb eines Tages auch einen ›Fall Maillard‹ gab.«

»Sie meinen – Doktor Maillard wurde verrückt?!« sagte Ribeau auf diese Feststellung hin schlicht und einfach, ohne sich um die korrekte fachliche Terminologie zu kümmern, die er sich in so langen und mühsamen Lehrjahren angeeignet hatte, während ihm langsam klar wurde, daß er seine schlimmsten Vermutungen jetzt wohl Punkt um Punkt bestätigt bekam.

»Sie haben, nach allem, was Sie hier miterleben mußten, denke ich, ein Recht darauf, die Wahrheit zu erfahren«, erklärte Dortor Anseaume nun mit einer größeren Entschiedenheit in der Stimme, »und ich will deshalb versuchen, Ihnen, so gut ich kann, die momentane Situation zu schildern. Wollen Sie etwas trinken? Ich habe Tee hier, aber wenn Sie lieber Kaffee oder etwas anderes möchten, kann ich das natürlich kommen lassen!«

Ribeau, den die umständliche Ausfragerei bereits unruhig hatte werden lassen, meinte, daß er gern eine Tasse Kaffee trinken würde, worauf der merkwürdige Mann, der offensichtlich schon seit etlicher Zeit die Hauptverantwortung für das Geschehen in der Klinik trug und jetzt vermutlich sogar ihr neuer Direktor war, sich sofort erhob und zum modisch gestylten Telefon ging, das sich in der rechts neben dem Kamin eingebauten Unterhaltungselektronikanlage befand, in der an Stelle der zerborstenen Bildröhre jetzt ein großes Loch prangte.

Obwohl die Dinge, die er bisher von dem Mann, der, wie er sich immer wieder sagen mußte, kein anderer als Doktor Anseaume sein konnte, zu hören bekommen hatte, im wesentlichen mit seinen eigenen Vermutungen übereinstimmten, hatte Ribeau Mühe, sie in allen Einzelheiten zu glauben – vor allem die Sache mit dem Kokain schien ihm zumindest fragwürdig zu sein, denn er hatte noch nie gehört, daß man dieses Rauschgift auch mit Wein zu sich nahm, und bei der Beurteilung der Rolle, die der Professor in der Sache spielte, schien es ebenfalls einige ihm nur schwer begreifliche Unstimmigkeiten zu geben, wobei es aber natürlich durchaus hätte sein können, daß er selber tatsächlich unter Drogeneinfluß gestanden war und sich an das Geschehene gar nicht mehr richtig, sondern nur noch auf eine mehr oder weniger stark verzerrte Weise oder sogar überhaupt nicht mehr erinnerte, was insbesondere, wenn dies sein Verhalten gegenüber Linda Lovely betreffen sollte, fatale Folgen für ihn würde haben können.

Da er einerseits von der Persönlichkeit des jetzigen Klinikdirektors in Anbetracht dessen, was er zuvor über ihn gehört hatte, eher enttäuscht war und sich andererseits auch fragte, ob Maillard und den übrigen Menschen, denen er am Vortag begegnet war, so krasse Boshaftigkeiten wie die, von denen Anseaume sprach, überhaupt zugetraut werden konnten, wünschte Ribeau sich vor allem, daß der Professor so schnell wie möglich hier eintreffen würde.

Denn wenn sich seine Befürchtungen wirklich alle bestätigten, lief das, was sich hier ereignet hatte, nun doch auf das Grundmuster eines klassischen Psychiatriewitzes hinaus, was für ihn allerdings überhaupt kein Trost war, da er nur zu gut wußte, daß sich hinter der vordergründigen Fassade solcher Anekdoten meist sehr ernste Probleme versteckten, deren Wurzeln bis in die tiefsten Abgründe der menschlichen Natur hinabreichten.

Was für ihn feststand, war einfach, daß er sich in dieser Sache völlige Klarheit schaffen mußte und nicht eher ruhen durfte, als bis eine komplette Rehabilitierung seines beruflichen Ansehens zustande gekommen war – und dazu würde er eben auf die Hilfe des Professors und dessen loyale Unterstützung dringend angewiesen sein.

»Schön«, sagte Doktor Anseaume dann, nachdem er den Kaffee bestellt und sich Ribeau wieder gegenübergesetzt hatte, dieweil er die Beine übereinanderschlug und seine randlose Brille zurechtrückte. »Und nun also zum Fall Maillard, der, wie ich sagen muß, wirklich ein durch und durch tragischer, aber für unsere Zeit leider nicht unsymptomatischer Fall ist. Ich selber habe, wie ich voraus- schicken muß, mit meiner Arbeit in diesem Haus vor sechs Jahren begonnen, und ich hatte damals von Doktor Mail- lard vielleicht den gleichen Eindruck, den auch Sie hatten, als Sie ihm gestern, wenn ich recht verstanden habe, zum ersten Mal begegnet sind – ein höchst sympathischer und liebenswürdiger Mensch und ein sehr kompetenter und auch in seinem Alter noch idealistischer Arzt, der mit dem Aufbau dieser psychiatrischen Klinik und der Entwicklung des sogenannten Beschwichtigungssystems sein großes Le- bensziel erreicht zu haben schien. Die einzige wirkliche Leidenschaft, die er neben seiner Arbeit als Psychiater noch besaß, waren die Pflanzen – er war ein passionierter Hob- bybotaniker und interessierte sich insbesondere auch für die außergewöhnliche Flora des Mont Ventoux, auf dessen abgeschältem Gipfel, wie Sie vielleicht wissen, sogar Flech- ten und Moose des Polarkreises wie der *Saxifrage du Spitz- berg* oder der *Petit pavot velu du Groenland* anzutreffen sind. Maillard ließ mehrere neue Treibhäuser errichten und ordnete an, daß in den Räumen der Nebengebäude und des Schlosses überall Pflanzen aufgestellt wurden – und auch sonst liebte er im Leben, wie man sagen kann, alles, was schön ist. In der Kunst, der Musik, der Malerei, der Bild- hauerei und der Literatur war es vor allem das Klassische und Harmonische – und diese Veranlagung drückte sich na- türlich auch in seinem ganzen übrigen Lebensstil aus, vom Wohnbereich angefangen über die Gartengestaltung bis hin zu seiner Kleidung und seiner Vorliebe für die klassi- sche französische Küche. Philosophisch orientierte er sich hauptsächlich an den Griechen, an deren Suche nach dem persönlichen Glück, das mit dem Erlangen einer Harmonie der Persönlichkeit und eines Gleichgewichts zwischen Sehnsucht und Befriedigung erreicht wird – und einzig die Tatsache, daß er, obwohl er das Gespräch mit intelligenten, schönen und eleganten Frauen schätzte, ein eingefleischter Junggeselle zu sein schien, hätte man vielleicht als eine Merkwürdigkeit ansehen können, die sich aber auch damit erklären ließ, daß ihm seine Beschäftigung mit den Patienten und den Pflanzen bereits genügend Befriedigung verschaffte. Kurz, er lebte hier in diesem herrlichen historischen Ambiente, wenn Sie so wollen, mit der Natur und der Kunst in einer harmonischen Symbiose.«

Bevor er seine Ausführungen fortsetzte, machte Anseaume, auf dessen blasser Stirn Ribeau einige Schweißtröpfchen bemerkte, eine Pause und rieb sich die Innenflächen seiner feuchten Hände.

»Ich will Sie als jungen Kollegen«, meinte er dann, »jetzt nicht mit langen Erörterungen über den Stand unserer Wissenschaft langweilen, Sie haben da ja auch Ihre Erfahrungen – aber die Situation ist heute doch die, daß das Zuständigwerden der Medizin für die Geisteskrankheiten und Psychosen historisch gesehen zwar sicher eine Humanisierung der Betreuung und überhaupt erst den Anspruch auf Linderung und Therapie gebracht hat, daß andererseits die medizinischen Eingriffstechnologien bis anhin nicht sehr erfolgreich gewesen sind und wir immer noch keine klaren Ursachen der von uns definierten Geisteskrankheiten haben ausmachen können. Weit und breit liegt kein einleuchtendes Modell der Krankheitsentwicklung vor, und die universitärpsychiatrische Therapeutik ist, bis auf wenige Ausnahmen, ebenfalls kaum überzeugend. Genauer genommen: die Psychiatrie, die von einem rein naturwissenschaftlichen Denken ausgeht, hat versagt. Meines Erachtens spricht alles dafür, daß der Mensch in seiner Persönlichkeit immer und ständig zerrissen ist – indem in uns ein Unbewußtes spricht, das wir bestensfalls im nachhinein verstehen, über das wir aber nicht verfügen und das wir auch nicht steuern können. Es gibt ein Drittes in uns, das uns bestimmt und das nicht *wir* bestimmen. Wer sich mit Psychotikern wirklich auseinandersetzt, weiß, wie bedrohlich und schwer zu ertragen die Kluft ist, die sich durch ihre Andersartigkeit, ihre Fremdheit und die unverstehbare Eigengesetzlichkeit ihres Sprechens zwischen ihnen und uns auftut, und wie leicht man dabei ins gleiche Dilemma stürzen kann wie der Psychotiker selbst: entweder man bleibt ratlos, oder man baut ein eigenes, ich würde sagen, wahnhaftes System auf, um sich das Fremde beim Psychotiker anzueignen, es zu verstehen und dadurch in etwas zu verwandeln, was für uns wieder einen Sinn ergibt.«

Obwohl der Doktorand aus Paris fand, daß das Bemühen seines Gegenübers um eine möglichst wissenschaftliche Sprache in eine etwas allzu gespreizte Ausdrucksweise umzukippen drohte, konnte er mit dem primären Denkansatz des Mannes durchaus übereinstimmen, und er wartete deshalb um so gespannter auf das, was dieser weiter über seinen Vorgänger und vor allem über das, was in dieser Klinik tatsächlich geschehen war, berichten würde.

»Der Ausweg, den Doktor Maillard aus dem Dilemma fand«, fuhr Anseaume fort, »war nun aber eben sein sicher nicht anders denn als großartig zu bezeichnendes und in seinem Ansatz auch höchst humanes Beschwichtigungssystem, das sich nicht nur bei der Behandlung der Kranken als sehr erfolgreich erwies, sondern in der Folge auch seinen Schöpfer immer berühmter werden ließ – auch wenn sich diese Behandlungsart im Grunde nicht so sehr von dem unterschied, was Anfang der sechziger Jahre in den sogenannten ›therapeutischen Gemeinschaften‹ versucht wurde, die alle auf der erfolgreichen Arbeit von Maxwell Jones beruhten und in denen es darum ging, den Kranken mittels einer bewußten Manipulation seiner sozialen Umgebung zu behandeln, das heißt, das starre Verhältnis zum Pflegepersonal zu lockern oder ganz abzuschaffen und dem

Kranken ein großes Maß an Selbstbestimmung zuzugestehen. Man erkannte, daß die *Produktion* der Patienten, das, was sie *sagten* und *taten*, von Bedeutung und nicht nur Ausdruck einer fortschreitenden Krankheit war und daß ihre Erlebnisse, ähnlich wie bei einem Wachtraum, einfach einem andersgearteten Realitätsgesetz folgen. Kurz, es ging, wie Maillard sagte, darum, zwischen all den Egos und Ids und EEGs noch etwas menschliche Würde und Mitleid zu bewahren.«

Wieder machte Anseaume eine Pause, in der er seine randlose Brille zurechtrückte und sich anschließend mit dem rechten Handrücken kurz über die Stirn fuhr, bevor er die Innenflächen der Hände erneut einige Male gegeneinanderrieb.

»Das einmalige Gepräge, das es von den übrigen Versuchen dieser Art in entscheidender Weise abhob«, erzählte er dann weiter, »hat das Maillardsche System hier einerseits durch die historisch gewachsene Atmosphäre dieses Schlosses erhalten, in das, wie Sie feststellen konnten, mit aufwendigen Renovationen auf eine harmonische Weise nach und nach die Annehmlichkeiten des modernen Lebens integriert worden sind, sowie andererseits eben durch die noch relativ intakte natürliche Umwelt und das enge Zusammenleben der Patienten mit den Pflanzen auch innerhalb der Gebäude. Aber bei der praktischen Durchführung des Programms hing natürlich auch hier, wie bei den ähnlich gelagerten anderen Konzepten, alles wieder in hohem Maß, wenn nicht ausschließlich, von der Persönlichkeit des dafür verantwortlichen Arztes ab, also von Maillard selber – und nicht zuletzt wohl auch deshalb wurde dieser geniale Mann mit dem steigenden Erfolg seines Systems und seiner, wenn auch nur in Fachkreisen, rasch wachsenden persönlichen Berühmtheit nun leider in einem immer übersteigerteren Maße ehrgeizig, während er gleichzeitig das Gefühl für seine eigenen Grenzen mehr und mehr zu verlieren begann, was bei ihm schon bald zu ersten, wenn zunächst auch noch kaum als gefährlich erkennbaren Persönlichkeitsveränderungen führte. Wie das im Leben oft geschieht, ist auch er gerade seinem Erfolg zum Opfer gefallen. Es genügte ihm nicht mehr, nur seinen eigenen Patienten zu helfen, nein, er wollte mit seinem System der Behandlung psychisch kranker Menschen zudem noch alle anderen Methoden übertreffen – insbesondere auch die seines bislang erfolgreichsten Kollegen, des Italieners Franco Basaglia, der erreicht hatte, daß man in seinem Land per Gesetz die traditionellen psychiatrischen Kliniken zu schließen begann, und den er jetzt immer mehr als einen ganz persönlichen Rivalen ansah, den es nicht nur zu übertrumpfen, sondern zu besiegen galt. Maillard wußte, daß es bei seinem System vor allem noch *zwei* ungelöste Probleme gab – erstens, daß dieses zu kostspielig war, und zweitens, daß er selber als unabdingbarer und vielleicht sogar wichtigster Bestandteil davon immer älter wurde und mit seinem Ausfall eines Tages sein ganzes Werk gefährden würde –, und er wollte deshalb, um auch für diese Schwachpunkte noch eine Lösungsmöglichkeit zu finden, unbedingt, obwohl das für eine Einzelperson ein praktisch aussichtsloses Unterfangen ist, eine umfassende Analyse der Situation vornehmen, in der sich das Phänomen ›Leben‹ in seinen pflanzlichen, tierischen und menschlichen Erscheinungsformen auf diesem Planeten zur Zeit befindet. Er begann, sich auf intensivste Weise mit den neusten Erkenntnissen der Grundlagenforschung in Physik und Biologie zu beschäftigen, wandte sich dem Studium der fast ebenso kompliziert gewordenen Strukturen der Weltwirtschaft und des weltweiten Börsengeschehens zu, machte sich mit den jüngsten Ergebnissen auf den Gebieten der Kybernetik und der Informatik vertraut und befaßte sich schließlich sogar mit der sogenannten ›Esoterik‹

und den Hervorbringungen selbst der unbedeutendsten Tendenzen der modernen Kunst. Und als er eines Tages von den Experimenten des schottischen Kollegen Laing hörte, der, um zu sehen, wie sie funktionierten und sich im Innersten anfühlten, selbst in Psychosen abtauchte, begann auch Maillard sich sofort auf eine tiefere und bedingungslosere Weise, als er das bisher je getan hatte, in die Wahnwelten seiner Patienten *hinein*zuversetzen und sich sowohl mit deren unsichtbaren Innenräumen wie mit ihren sichtbaren äußeren Ausdrucksformen zu identifizieren.«

Ribeau hörte dem wenig sympathischen Mann jetzt mit größerem Interesse zu und ärgerte sich fast etwas, als eine weißgekleidete junge Schwester mit kurzgeschnittenem braunem Haar Kaffee brachte und den Fluß der Worte eine Zeitlang unterbrach.

»Das vermeintlich freie Leben, das Maillard seinen Patienten hier im Rahmen seines Beschwichtigungssystems ermöglichte, und zwar nicht zuletzt auch mit beträchtlichen finanziellen Opfern, die er, wie wir später erfuhren, durch oft sehr gewagte Spekulationen an den verschiedensten Börsen der Welt wieder wettzumachen versuchte«, setzte Anseaume, nachdem die Schwester wieder hinausgegangen war, seinen Bericht fort, »faszinierte ihn mehr und mehr, und er begann nun auch selber, in seinem eigenen Verhalten, wie er fand, immer freier zu werden, indem er zum Beispiel mehr und öfters, als er das zuvor getan hatte, dem Wein zusprach, bei seinen Scherzen jetzt mit dem größten Vergnügen auch über die Grenzen des Geschmackvollen oder Erlaubten hinausging und nicht nur während seiner Ausflüge in die nähere oder weitere Umgebung häufig wechselnde Damenbekanntschaften schloß, sondern zu seinem eigenen, ganz persönlichen Vergnügen ab und zu sogar eine oder mehrere Prostituierte hierherkommen ließ. Und bald begann Maillard hier in der Klinik einige Patienten zu bevorzugen und sich immer ausschließlicher nur noch mit ihnen zu beschäftigen – und mit diesen Leuten testete er dann noch einmal verschiedene neue, vor allem in Rollen- und Imitationsspielen bestehende Behandlungsmethoden, die, wie er hoffte, die Basis für sein alles übertreffendes ›System der Systeme‹ würden bilden können. In einer Art totalen, bis auf die höchste Weltebene hinaufreichenden Übertreibung der Funktionen, die sie vor ihrer Erkrankung etwa als Chorsängerin, Lokalchronistin, Kellner, Metzger, Ingenieur, Instruktionsoffizier, Buchhalter oder Kommunalpolitiker ausgeübt hatten, ließ Maillard diese Patienten erfolgreiche, durch die heutzutage alles dominierenden Massenmedien immer wieder hochgespielte und ins Zentrum des öffentlichen Interesses gerückte, sogenannt ›weltberühmte‹ Persönlichkeiten unserer Zeit imitieren – und obwohl sie zuvor in ihren Berufen alle in mittelmäßigen Positionen tätig gewesen waren, erwiesen die betreffenden Personen sich in dieser Hinsicht nun alle als sehr talentiert. Wobei die Anziehungskraft, die eine solche ›Weltprominenz‹ insbesondere auch als potentielle Attentatsopfer auf geisteskranke Menschen ausübt, heutzutage, wie Sie wissen, ja ein immer gravierenderes Problem darstellt.«

Während Ribeau einen Schluck Kaffee nahm, schenkte Anseaume sich Tee nach und wischte sich, bevor er davon trank, mit dem rechten Handrücken wieder einige neu auf seiner Stirn erschienene Schweißtröpfchen weg.

»Insbesondere das Imitieren von Persönlichkeiten aus dem Kunstbetrieb, der, wie Maillard immer wieder betonte, zum geschwätzigen Gesellschaftsspiel verkommen sei, hatte es ihm und seinen Lieblingspatienten angetan, ein Bereich, in dem, wie Maillard meinte, immer mehr nur noch die geschäftstüchtigen Kunstagenten, Galeristen und Verleger dominieren würden und das Kunstwerk schon lange durch die Person des Künstlers ersetzt worden sei. Vor allem die sogenannten ›Vermittler‹, die praktisch nur noch konspirativ tätig seien, waren ihm ein Dorn im Auge, und er scheute sich nicht, sie als ›Sensationsjournalisten‹, ›Zeitgeistsurfer‹, ›Trendsetterkreaturen‹, ›Feuilletonheinis‹ und ›Klatschspaltenverfasser‹ abzuqualifizieren. Mit einem Teil seiner Lieblingspatienten musizierte er nun kreuz und quer durch das Repertoire aller auf diesem Planeten bisher komponierten oder, wie er sagte, noch zu komponierenden Werke, und mit dem anderen Teil verfertigte er Kopie um Kopie von bekannten bis berühmten Werken der bildenden Kunst unserer Zeit, wie die beiden da drüben« – Anseaume wies auf die links und rechts neben dem Mittelfenster stehenden Objekte –, »›Kapitän Cooks letzte Reise‹ des Engländers Roland Penrose und ›Sex-Paralysappeal‹ des Dänen Wilhelm Freddie, oder die anderen Nachahmungen, die Sie gestern abend im großen Saal gesehen haben. Und gleichzeitig kümmerte er sich immer weniger um die vielfältigen Pflanzenarten, die überall wuchsen, ja ließ schließlich sogar diejenigen, die nur in den Treibhäusern gedeihen konnten, wieder aus ihnen entfernen, um die großen und hellen Glasräume als Ateliers und Werkstätten zu verwenden. Er selber begann im Rahmen dieser Experimente, wie wir zunächst meinten, ebenfalls verschiedene Rollen zu spielen, und gab sich einmal als den Guten König René aus, der im fünfzehnten Jahrhundert hier in der Provence sein Alter in philosophischer Ruhe und Heiterkeit verbracht hat, und trat ein anderes Mal wieder als Louis XIV, Louis XV oder Louis XVI auf und behauptete, die Sozialisten wollten ihn enteignen und ihm seine Kunstwerke wegnehmen. Und dann lud er, wie Sie wissen, ja auch seinen alten Jugendfreund, Ihren Lehrer

Professor Sagot-Duvauroux ein, um ihm die Ergebnisse seiner neusten Forschungsarbeit vorzuführen.«

»Der Professor hat mir von diesem denkwürdigen Besuch erzählt«, sagte Ribeau, der sich dank des starken schwarzen Kaffees wieder recht gut fühlte.

»Aber er hat Ihnen anscheinend nicht gesagt«, meinte Anseaume, »daß meine Kollegen und ich ihm gegenüber schon damals unsere Skepsis in bezug auf Maillards Aktivitäten und unsere Befürchtungen hinsichtlich seiner geistigen Entwicklung und seines Geisteszustands geäußert haben – eine Entwicklung, in der die Person des Professors übrigens, auch wenn er das selber möglicherweise nicht so sieht und Sie davon wahrscheinlich noch nichts wissen, eine sehr entscheidende Rolle gespielt hat, aber darauf werde ich gleich zurückkommen. Maillard war, als sein Freund sich von den Dingen, die er hier sah, relativ unbeeindruckt zeigte, jedenfalls maßlos enttäuscht und fuhr kommentarlos und ohne zu hinterlassen, wo er zu finden sei, für einige Tage weg – um dann plötzlich wieder in Begleitung einer jungen Amerikanerin hier aufzutauchen, die er uns als seine neue persönliche Sekretärin vorstellte, in der er, wie sich bald herausstellen sollte, nun aber sozusagen, und zwar nicht nur für seine Rolle als Louis XV, seine ideale ›Madame Pompadour‹ gefunden hatte.«

»Linda – ich meine Mademoiselle Lovely?« fragte Ribeau betroffen.

»Ja, seine Nichte«, sagte der blasse Mann, dessen Haaransatz inzwischen leicht verschwitzt war. »Die Tochter seiner in die USA ausgewanderten Halbschwester, auch wenn das, so wie die beiden hier zusammengelebt haben, kaum vorstellbar scheint. Jedenfalls begann Maillard mit dieser, wie man zugeben muß, höchst attraktiven jungen Frau an seiner Seite und einer ganz erstaunlichen neuen Vitalität aus seinen letzten Experimenten heraus nun eben das, wie er

meinte, völlig neue, von ihm aber zum größten Teil geheim-
gehaltene – und uns auch heute noch praktisch unbekannte
– System zu entwickeln, das alle anderen übertreffen und
nicht nur seinen Patienten und ihm, sondern schlechthin
allen Menschen auf der Welt die totale Freiheit verschaffen
sollte – mit der Konsequenz, daß hier bald Zustände geschaffen waren, wie sie in diesem Land vor der ›Grande Révolution‹ herrschten, auf die er und diese Miss Lovely sich
als bislang, wie sie meinten, letzten entscheidenden Wende-
punkt in der Entwicklung der Menschheit auch immer
wieder beriefen.«

Anseaume zog ein gefaltetes, sauberes weißes Taschentuch aus der linken Innentasche der Jacke seines dunkelgrauen Schurwollanzugs und tupfte sich damit ein paarmal
vorsichtig die blasse Stirn ab.

»Dies war nun aber auch der Punkt«, beeilte er sich
weiterzusprechen, »an dem meine Kollegen und ich uns
nach Rücksprache mit Professor Sagot-Duvauroux, der
uns als sein bester Freund und anerkannte Kapazität den
Rücken decken sollte, entschlossen, Maillard in seiner eigenen Klinik wenigstens einmal eine Zeitlang wie einen unserer Kranken zu behandeln – wenn zunächst auch natürlich
noch nicht offen, sondern versteckt, so daß er selbst gar
nichts davon merken sollte.«

»Im Rahmen des von ihm selbst entwickelten Beschwichtigungssystems also sozusagen, wenn ich das richtig sehe«,
präzisierte Ribeau, der trotz der überzeugenden und, wie es
schien, auch um Gerechtigkeit gegenüber der Komplexität
des Falls bemühten Darstellung, die ihm der ältere Kollege
gab, weiterhin Mühe hatte, das, was er hörte, zu glauben.

»Genau.«

»Und das gelang?«

»Völlig reibungslos und ohne Aufsehen zu erregen – wie
uns zunächst schien.«

»Aber Maillard hatte doch etwas gemerkt.«

»Das müssen wir jetzt wohl leider annehmen«, gestand Anseaume. »Denn vor nun genau sieben Tagen – einen Tag, nachdem der Mistral eingesetzt hat – kam es unter der Führung von ihm und dieser Miss zu einem für uns völlig überraschenden Aufstand der Patienten gegen die Belegschaft dieser Klinik. Auf irgendeine raffinierte Weise gelang es den beiden nämlich, dem Essen und den Getränken genau dieses Personenkreises Schlaf- und Betäubungsmittel beizumischen. Und in einem fatalen atavistischen Rückfall in einen vorzivilisatorischen Zustand der Barbarei wurden wir Ärzte, die Pfleger und das übrige Personal, nachdem wir, mit dicken Schnüren gefesselt aus unserem unfreiwilligen Schlaf erwacht waren, dann noch aufs gründlichste geteert und gefedert, das heißt, mit einem dünnflüssigen Kleister übergossen und danach mit Unmengen von schwarzen Federn überschüttet, und in diesem erbärmlichen Zustand schließlich in die Kellerräume des Schlosses gesperrt.«

»Die Geschichte der Rebellion des besonders schlauen Verrückten, die mir Maillard erzählte, war seine *eigene* –«

»Wir haben jetzt herausgefunden«, fuhr Anseaume fort, »daß die junge Amerikanerin vermutlich schon seit Jahren drogenabhängig ist und mit ihren erotischen, durch den Drogenkonsum wahrscheinlich noch potenzierten Verführungskünsten schließlich auch Maillard dazu brachte, Drogen zu nehmen, daß die beiden dann auch Maillards Lieblingspatienten Drogen verabreichten, damit diese ihre Rollenspielanweisungen noch besser und vor allem auch zuverlässiger, als sie das bisher taten, befolgten – und daß diese Kerngruppe dann, nachdem ihr sozusagen die Machtübernahme gelungen war, auch nicht davor zurückschreckte, die übrigen Patienten mit Medikamenten und Drogen vollzupumpen, um sie sich völlig gefügig zu machen und bedingungslos ihren eigenen verrückten Launen unterwerfen zu können.«

»Aber wie war das denn möglich?!« fragte Ribeau jetzt noch einmal vollkommen konsterniert.

»Hier muß ich«, sagte der seinem Vorgänger so völlig unähnliche neue Klinikdirektor im neutralen, farblosen Tonfall, der ihm eigen war, »wie ich schon sagte, wieder auf die Rolle zu sprechen kommen, die Ihr Lehrer in dieser Geschichte spielt. Denn psychiatrisch gesehen, stellt sich der Fall Maillard letztlich ja doch als ein klassisches Beispiel einer paranoiden Wahnentwicklung dar. Auf Grund von Schlüsselerlebnissen in Form von Kränkungen und Niederlagen entwickeln sich dabei, wie Sie wissen, wechselnde Wahnideen, die auch anderen Personen induziert werden können – und schließlich wird ein ganzes Wahnsystem aufgebaut. Das Motiv für eine solche Entwicklung liegt, wie wir wissen, meist tief in der Kindheit – und bei Maillard war, wie wir mit Hilfe von Sagot-Du oder LSD, wenn ich so sagen darf, herausgefunden haben, das entscheidende Ereignis, in dem, wie wir meinen, alles Weitere angelegt war, ein zwar etwas später in seinem Leben angesiedelter, aber dafür um so schrecklicherer und grausamerer Vorfall: die Ermordung seiner ganzen Familie nämlich, seiner Eltern und seiner um zwei Jahre älteren Schwester, in jenem berüchtigten Massaker, das die Nazis im Zweiten Weltkrieg auf dem Gut des Marquis de Baroncelli-Javon in der Camargue veranstaltet hatten. Maillards Vater war dort als Tierarzt für ein langwieriges Rückzüchtungsprogramm verantwortlich gewesen, mit dem man die ursprüngliche Pferde- und Stierrasse des Rhonedeltas hatte wiedererschaffen wollen – aber auch dieses ist dann zusammen mit ihm selbst den Kugeln der Nazis zum Opfer gefallen, die einfach alles, was lebte, vernichteten. Maillard, der damals knapp fünfzehn Jahre alt war, befand sich zu diesem Zeitpunkt zum Glück nicht auf dem Gut, sondern, weil er das Klima des Deltas schlecht vertrug, wie schon vorher die meiste Zeit bei einer Tante in Poitiers – und diese Frau, die ihn nach dem tragischen Tod seiner Familie bei sich behielt, war nun ihrerseits wieder eine Nachbarin der reichen Industriellenfamilie Sagot-Duvauroux.«

»Die Eltern des Professors«, sagte Ribeau, der begriff, daß Maillard ihm das Kernstück seines schrecklichen Schicksals in versteckter und übertragener Form schon während ihres Gesprächs über die anderen Festteilnehmer in der Nacht zuvor mitgeteilt hatte.

»Die beiden Nachbarsknaben«, fuhr der neue Klinikdirektor, dieweil er sich mit dem entfalteten Taschentuch die Innenfläche seiner feuchten Hände trockenrieb, in der Analyse der Persönlichkeit seines Vorgängers fort, »Maillard und der um ein Jahr ältere Louis Sagot-Duvauroux befreundeten sich nun noch stärker als zuvor – und LSD hat von da an den entscheidenden Einfluß auf Maillards weitere Entwicklung gehabt. Die biographischen Verknüpfungen, die Ihnen bekannt sein dürften, haben dazu geführt, daß sich aus der seit ihrer Kindheit bestehenden Rivalitätsbeziehung in Maillard nach und nach eine klassische Haßliebe zu seinem älteren Freund entwickelte, die sich fixierte und Maillard schließlich dazu brachte, sich die berühmte Sagot-Duvarouxsche These: ›Alles ist Macht‹ völlig kritiklos einzuverleiben und sich so viel vermeintliche Macht und Freiheit wie nur irgend möglich aneignen zu wollen. Daher wohl übrigens auch der Einfall, seinen Lieblingspatienten die merkwürdigen, nach dem Muster des Namens seines Freundes gebildeten Doppelnamen zu geben.«

Nur, dachte Ribeau für sich, daß der Professor die Macht nicht bloß als einzige Wirklichkeit ansieht, sondern von ihr gleichzeitig auch sagt, daß sie böse sei und bekämpft werden müsse – bevor er dem schwitzenden Mann dann die

Frage stellte, die ihm seit einiger Zeit nicht mehr aus dem Kopf ging: »Und der Brief?! Was ist denn mit dem Brief, den der Professor von Ihnen erhalten hat?«

»Den hat Maillard, der, wie Sie sicher bemerkt haben, ein begnadeter Imitator ist, vermutlich selber geschrieben.«

»Aber was bezweckte er damit?«

»Ich nehme an, daß er die Aufmerksamkeit des Professors wieder auf sich lenken wollte und vielleicht sogar hoffte, ihn damit noch einmal hierherzulocken, um ihm sozusagen zur Auswetzung der Scharte des mißlungenen ersten Besuchs nun triumphierend sein neuestes, alles andere in den Schatten stellende System vorzuführen und ihm die Macht und die Freiheit zu demonstrieren, die er mit dessen Hilfe erreicht zu haben glaubte.«

»Was er, als man sich statt dessen auf einen Studienaufenthalt für einen Mitarbeiter einigte, dann gestern abend für mich tat. Aber wenn ich recht verstanden habe, kommt der Professor nun ja doch auch noch selber her?«

»Das hat man mir ausgerichtet«, sagte Anseaume, während er das zerknüllte und nicht mehr ganz saubere Taschentuch, das er in den Händen hielt, wieder in seine ursprüngliche Form zusammenzufalten versuchte.

»Und wie geht es jetzt weiter?« wollte der junge Mann aus Paris wissen, der sich den Ablauf seines Vorbesuchs ganz und gar anders vorgestellt hatte. »Ich meine, was passiert mit dem Beschwichtigungssystem? Werden Sie einfach wieder repressivere Maßnahmen ergreifen – oder müssen vielleicht sogar die Polizei und die Justiz eingeschaltet werden?«

»Wenn wir im jetzigen Zeitpunkt die Polizei rufen, kommt das einem Eingeständnis unserer eigenen Unfähigkeit, Hilflosigkeit und Ohnmacht gleich und würde bedeuten, daß alles, was wir bisher getan haben, sinnlos war«, antwortete der blasse Mann, der doch weniger zerbrechlich zu

172

sein schien, als er aussah. »Und was die Rückkehr zum Beschwichtigungssystem betrifft – und zwar in seiner ursprünglichen Form –, so werden wir noch sehen müssen.
Nachdem es uns in der letzten Nacht, nach sieben langen
Tagen, endlich gelungen ist, uns zu befreien, mußten wir
zunächst natürlich, wie Sie verstehen werden, einfach wieder auf Zwangsjacken und Spritzen zurückgreifen – und
vielleicht war das ja, als Schocktherapie sozusagen, für unsere Patienten sowie für Doktor Maillard und diese Miss
Lovely auch gar nicht schlecht. Aber jetzt müssen hier
selbstverständlich auch noch alle Symbole ihrer Herrschaft
weggeräumt werden, wozu wir unter anderem« – Anseaume zupfte geniert am Revers seines weißen Kittels –
»auf längst abgeschaffte Hilfsmittel wie Uniformen und auf
die alte Taktik der Diskretion zurückzugreifen gezwungen
sind. Die ›Anti-Psychiatrie‹ ist, wie Sie nun wohl aufs ein-
drücklichste erfahren haben, eben ein ganz und gar janus-
köpfiges Phänomen, weil sie die traditionelle Psychiatrie
zwar in beträchtlichen Teilen überwindet, ihr in andern
aber unausgesprochen auch wieder recht gibt. Und die sogenannten ›aufwertenden psychiatriekritischen Positionen‹ wiederholen leider nur zu oft mit anderen Vorzeichen
jene Mißachtung der psychotischen Eigenart, die sich in
den klassischen Verfahren mit so beispielloser Grausamkeit gezeigt hat. Nichts als logisch also, daß es auch bei
sich noch so ›modern‹, ›wissenschaftlich‹ und ›aufgeklärt‹
gebenden Verfahren wie etwa den sozialpsychiatrischen
Eingliederungsprogrammen immer wieder zu unkontrol-
lierbaren, die Repression fördernden Prozessen kommt.«

Obwohl ihm eigentlich alles, was der wissenschaftlich ar-
gumentierende Mann bis jetzt gesagt hatte, einleuchtete,
hatte Edgar Ribeau das unbestimmte, aber hartnäckige Gefühl, daß dabei etwas nicht stimmte – denn irgendwie war

ihm die Geschichte zu rund, zu stereotyp und lief zu lehrbuchhaft ab.

Hauptsächlich irritierten ihn einige ihm bis vor seiner Reise unbekannt gewesenen Informationen über den Professor, die er bruchstückhaft schon von Maillard und ausführlich jetzt von Anseaume erhalten hatte – denn bis anhin hatte er geglaubt, in einem besonderen Vertrauensverhältnis zu Sagot-Duvauroux zu stehen und praktisch von allem Kenntnis zu haben, was es in dessen Leben an Wissenswertem gab, weshalb es ihm schwerfiel, sich vorzustellen, daß der Professor ihm gewisse Dinge absichtlich verschwiegen oder daß er ihn gar bewußt belogen haben sollte.

Und auch die Schnelligkeit, mit der die unheimlichen schwarzgefederten Monster der Nacht sich wieder in höchst zivilisiert und kultiviert erscheinende Menschen zurückverwandelt haben sollten, kam ihm merkwürdig vor – obwohl er nun andererseits eine Erklärung dafür gehabt hätte, warum die Personen, denen er seit dem Erwachen aus seinem Spritzenschlaf begegnet war, alle so blaß aussahen.

In seiner eigenen, wissenschaftlich-analytisch geschulten Denkfähigkeit herausgefordert, wollte Ribeau, der wußte, daß auch Wissenschaftler meist nur das herausfinden, was sie herausfinden *wollen*, deshalb unbedingt noch einmal mit Maillard sprechen, und zwar unter vier Augen, und wenn möglich auch mit der ihm trotz der Dinge, die er über sie zu hören bekommen hatte, nicht gleichgültig gewordenen Linda Lovely – und er fragte den schwitzenden neuen Klinikdirektor zunächst allgemein: »Und Ihr Vorgänger sitzt nun fest?«

»Wir haben alles unter Kontrolle«, gab Anseaume unpathetisch, aber trotzdem sehr bestimmt zur Antwort.

»Es wäre also möglich«, fragte Ribeau jetzt spezifischer, »daß ich mit ihm sprechen könnte? Ich meine, nach allem, was ich hier erlebt habe, wäre das wichtig für mich.«

»Wenn Sie wollen sofort«, sagte Anseaume, als ob es sich um die selbstverständlichste Sache der Welt handeln würde. »Allein ist er völlig ungefährlich« – und ehe Ribeau sich's versah, stand der magere Mann wieder am Telefon und erteilte die Anweisung, den Patienten Maillard ins Musikzimmer zu bringen.

»Sämtliche Fenster hier unten sind vergittert«, erklärte er, nachdem er den Hörer wieder aufgelegt hatte, »und wir lassen nun natürlich auch alle Ein- und Ausgänge des Schlosses strengstens bewachen. Aber solange wir unseren Freund von den übrigen Patienten fernhalten, sind auch die harmlos. Wissen Sie übrigens, was sie nach ihrer Rebellion als erstes getan haben?«

»Keine Ahnung«, gestand Ribeau – denn nach allem, was hier in nunmehr erst einem einzigen Tag geschehen war, konnte er sich das wirklich nicht vorstellen.

»Sie zertrümmerten den Fernsehapparat. Eine Tat, die in den USA, wo die elektronische ›Weltdorf‹-Illusion immer noch die meisten Anhänger hat, im letzten Jahr der häufigste Grund für die Einlieferung in eine psychiatrische Klinik war. Sonst hielten sie sich mit Zerstörungen zurück – und vom Kokain abgesehen, scheinen sie sich, wie wir bisher herausgefunden haben, auch Ihnen gegenüber im großen und ganzen ja anständig benommen zu haben, oder nicht?«

»Doch, durchaus«, meinte Ribeau bloß, während er an sein Abenteuer mit Linda Lovely dachte, von dem sein Gegenüber, wie er hoffte, nichts wußte.

»Sie müssen mir später natürlich alles noch im Detail erzählen«, sagte Anseaume – um nach einem kurzem Zögern hinzuzufügen: »Falls Sie allerdings Lust haben sollten, in Ihrer Doktorarbeit oder einer anderen Publikation etwas über das, was hier vorgefallen ist, zu *schreiben*, müßten wir uns darüber wohl auch unterhalten. Ich meine, damit wir uns einigen können, was davon überhaupt für eine Veröffentlichung geeignet ist und was im Interesse von uns allen, auch in dem von Professor Sagot-Duvauroux und Ihnen, besser unter uns bleiben sollte. Sie verstehen sicher, was ich meine.«

»Natürlich«, bestätigte Ribeau.

»Nicht etwa, daß gewisse Dinge unterdrückt werden sollten«, präzisierte der magere Mann, der ob den knappen Antworten des Doktoranden etwas mißtrauisch geworden zu sein schien. »Aber wir haben in dieser Angelegenheit, wie wir zugeben müssen, ja wohl alle eine nicht gerade überzeugende Rolle gespielt, nicht wahr.«

Bevor Ribeau etwas erwidern konnte, öffnete sich die Tür und begleitet von einem der beiden kräftigen jungen Männer, die eben erst die Kopie der Halsschen ›Vorsteherinnen‹ hinausgetragen hatten – einem, wie Ribeau schon zuvor aufgefallen war, im Gesicht, auf den Armen und den Händen dicht mit Sommersprossen übersäten, rothaarigen Muskelpaket, bei dem es sich, wie ihn durchfuhr, um das Monster hätte handeln können, das ihn in der Nacht, während ihm ein anderes Ungetüm die Spritze verpaßte, festgehalten hatte –, begleitet von diesem jungen Mann also kam immer noch oder wieder im dunkelblauen, inzwischen allerdings stark zerknitterten, klassisch geschnittenen Anzug, mit leicht verschobener roter Krawatte über dem nicht mehr völlig weißen Hemd, aber ohne Stethoskop und Ärztekittel ein höchst vergnügter Doktor Maillard in den ziemlich anders als am Vortag möblierten Salon spaziert.

»Wie geht es uns denn, cher ami?« fragte Anseaume nun auf eine etwas verkrampfte Weise den ihn um fast zwei Köpfe überragenden Gründer der Clinique Château Europe, der, wie Ribeau annahm, rechtlich wohl auch immer noch ihr Besitzer war.

»Oh, danke, Herr Kollege, ganz gut, ganz gut«, antwortete der große Mann aufgekratzt – um sich dann sofort an den Doktoranden aus Paris zu wenden: »Ah, da ist ja auch unser lieber Edgar wieder!«

»Bonjour, Monsieur le directeur«, sagte Ribeau – und ärgerte sich gleich darüber, daß er spontan noch einmal die wohl kaum mehr angebrachte Anrede benutzt hatte.

»Wir lassen Sie jetzt einen Moment allein«, sagte Anseaume zu Maillard und dem Doktoranden. »Georges« – er deutete auf den sommersprossenübersäten, hellhäutigen Muskelmann – »wird vor der Tür warten, und ich bin im Nebenraum, wenn ich gebraucht werde!«

Der neue Klinikdirektor und der Pfleger gingen hinaus, und sofort, nachdem die Tür sich hinter ihnen geschlossen hatte, begab Maillard sich, wie wenn in der letzten Nacht nichts geschehen wäre, zur Bücherwand, zog eine Zigarrenkiste heraus und setzte sich Ribeau gegenüber in den Sessel, den er schon am Vortag bevorzugt hatte.

»Eine Havanna?« fragte er mit freudig funkelnden Augen und einem spöttischen Lächeln um die Mundwinkel.

»Danke, nein.«

»Nichtraucher, richtig.« Über seinen Lapsus anscheinend zutiefst bestürzt, entschuldigte sich der Mann mit einer völlig übertriebenen Geste wegen seines, wie Ribeau sofort erkannte, nur gespielten schlechten Gedächtnisses. »Dafür lieben Sie ja unseren Spezialwein und eine bestimmte andere Dienstleistung unseres Hauses um so mehr, nicht wahr – zwei Dinge, die unser dänischer Freund Wilhelm Freddie in dem herrlichen Werk da drüben ja auf eine so wunderbare Weise symbolisch miteinander vereint hat!«

Der ehemalige Klinikdirektor, der dem Doktoranden trotz der krankhaften Züge, die dieser nun an ihm wahrnahm, immer noch nicht unsympathisch geworden war, wies mit der Zigarre, die er aus der Kiste genommen hatte, auf die rechts neben dem Mittelfenster stehende überdimensionierte Frauenbüste mit dem auf die Wange gemalten Glied, um deren Hals mehrmals ein mitteldicker Hanfstrick geschlungen war, an dem mit einzelnen dünnen Schnüren zwei Weingläser befestigt waren, die auf dem Brustoberteil standen und lagen. »Nur kann ich Ihnen solche Dinge, wie Sie verstehen werden, im Moment leider nicht mehr bieten!«

Genüßlich an ihr riechend, zog der große Mann die hellbraune Zigarre unter der Nase durch, bevor er sie fachgerecht zum Rauchen vorbereitete.

»Ein netter Mann, dieser Anseaume, nicht wahr«, fuhr er, als Ribeau nichts sagte, die Zigarre anzündend und den blauen Rauch ausstoßend, fort, »und ein hervorragender Arzt. Aber wer selber nicht Medizin studiert hat, kann sich ja, wie Sie mir sicher bestätigen, kaum vorstellen, was die Ärzte vom Rest der Menschheit trennt. Ein Kollege hat mir einmal erzählt, wie er im Traum einer Gruppe von Medizinstudenten die Anatomie des menschlichen Schädels demonstriert habe, indem er sich selbst den Kopf abgeschnitten, ihn auf den Boden gelegt und in zwei Hälften zerteilt habe, wobei ihm Rotz aus der Nase geflossen sei. Fasziniert und mit ungetrübtem Urteilsvermögen habe er den jungen Leuten nun in den kleinsten Einzelheiten die Zusammensetzung des Gehirns vorgeführt – bevor er seinem Kopf spielerisch und gelassen einen Tritt versetzt habe, weitergegangen sei und auf die Gesamtheit seines abgeschlossenen Lebens zurückgeblickt habe!«

»Warum haben Sie Doktor Anseaume und die anderen Mitarbeiter geteert und gefedert und in diesem Zustand eingesperrt?« fragte Ribeau unvermittelt, ohne auf das, was der Mann sagte, einzugehen.

»Und was haben denn dieser nette Anseaume und seine

Gehilfen alles getan?« fragte Maillard zurück, während er seine buschigen schwarzen Brauen hochzog. »Und was wird diese hinterlistige Bande weiterhin tun? Ich wette, der liebe Mensch hat Ihnen erzählt, ich hätte einen gefälschten Brief an den guten Louis geschrieben, in dem er, der gute Anseaume, als angeblicher Absender behauptet habe, ich plane hier etwas Unsauberes – und daß dieser gefälschte Brief der eigentliche Grund sei, warum Sie sich hier befänden!«

»Aber so einen Brief hat der Professor doch erhalten – das heißt, es stand darin nur, daß Ihr Beschwichtigungssystem sich zur Zeit in einer, wie er, Doktor Anseaume, meine, sehr interessanten Phase befinde, die die Beobachtung durch einen außenstehenden Zeugen verdienen würde.«

»*Das* hat Ihnen der gute Louis gesagt?! Dann ist er ja noch raffinierter, als ich gedacht habe!«

»Ich verstehe nicht, was Sie meinen.«

Ribeau war wirklich nicht sicher, ob der Mann jetzt einfach log – oder ob der Professor ihm, als er ihn hierherdelegierte, vielleicht doch nicht die ganze Wahrheit über seine Motive mitgeteilt hatte.

»Gewisse Leute«, erklärte Maillard und blies kunstvoll einen blauen Ring in die Luft, »halten den wissenschaftlichen Eingriff in die Lebensvorgänge für den destruktivsten, den der Mensch vornehmen kann, weil dabei, wie sie behaupten, alles, was das reibungslose Funktionieren von Familien, Gesellschaften und Normsystemen störe oder bedrohe, abgespaltet, verdrängt und vernichtet werde. Wer abweiche, werde ausgestoßen, wer ausgestoßen sei, werde eingeschlossen. Der bourgeoise Staat sei ein Beruhigungsmittel mit tödlichen Nebenwirkungen und der Schizophrene der erdrosselte Künstler unserer Zeit.«

»Und warum haben Sie die Patienten und mich unter Drogen gesetzt?« fragte Ribeau.

»Aber solche Experimente werden heute doch überall gemacht, mein Lieber«, entgegnete Maillard nun lachend, dieweil er sich erhob und zum Klavier hinüberging. »Es gehört doch schon zum guten Ton, daß Psychiater Erfahrungen mit Drogen haben – denken Sie nur an den wackeren Timothy Leary oder an Basaglia und Laing, die sich da in ihrer ›hohen Zeit‹ bestimmt auch bestens ausgekannt haben! Schließlich leben wir in unseren westlichen Industriestaaten heute ja alle so wie die Adligen bei uns vor der Grande Révolution – nach der Devise ›Après nous le déluge‹! Wollen Sie wissen, was wirklich passiert ist, nachdem man Ihnen die Spritze verpaßt hat?«

»Was meinen Sie damit?! Haben Sie denn keine gekriegt?!«

»O doch«, meinte der große Mann vergnügt, bevor er auf dem Klavier äußerst gefühlvoll das Schubert-Impromptu zu intonieren begann, das Ribeau bei seiner Ankunft gehört hatte. »Aber zuvor haben einige der schwarzgefederten Bestien vor unseren Augen noch die nackte Linda vergewaltigt – und zwar in einer Weise, die mich das Schlimmste für sie befürchten läßt.«

»Sie lügen«, entfuhr es Ribeau, denn er erinnerte sich genau, noch gesehen zu haben, daß Maillard unter den Tisch gekrochen war und sich in die Unterwelt hatte versenken lassen, so daß dieser Mann einen solchen Vorfall, wenn es ihn überhaupt gegeben hatte, also gar nicht selbst hätte beobachten können – und gleichzeitig spürte er in seinem Innern, wie ihm der Boden, den er zurückgewonnen zu haben geglaubt hatte, ruckartig wieder unter den Füßen weggezogen worden war.

»Im Grunde«, sagte Maillard, das Schubert-Stück ungerührt weiterspielend, »wäre doch alles nur eine Frage des gesunden Menschenverstandes – von Achtung, Höflichkeit, Güte, Wohlwollen, Rücksichtnahme, Mitgefühl und

Barmherzigkeit. Oder finden Sie nicht auch, mein Lieber? Gott steh uns bei!«

Dann hörte er abrupt mit dem Klavierspielen auf, erhob sich und meinte lakonisch: »Und nun können Sie den netten Doktor Anseaume wieder rufen, der uns sicher schon die ganze Zeit durch irgendwelche geheimen Gucklöcher beobachtet und über versteckte Mikrophone belauscht hat!«

»Sagen Sie, daß das, was Sie über Linda gesagt haben, nicht wahr ist«, forderte Ribeau – aber der ehemalige Klinikdirektor kümmerte sich überhaupt nicht mehr um ihn, sondern spazierte genauso nonchalant aus dem Raum, wie er hereingekommen war.

Der Doktorand, der sich bemühte, seine Gefühle unter Kontrolle zu halten, war zwar überzeugt, daß Maillard, was Lindas Schicksal betraf, log – und vermutlich also auch schon in bezug auf andere Dinge nicht die Wahrheit gesagt hatte –, wagte ansonsten aus dem Gespräch aber keine weiteren Schlüsse zu ziehen und fühlte sich bei der Einschätzung der Rollen, die Doktor Anseaume und der Professor in der Sache spielten, jetzt sogar noch unsicherer als zuvor.

Und nachdem er dem alternden und geistig wahrscheinlich eben doch, wie Anseaume richtig diagnostiziert hatte, ernsthaft erkrankten Arzt in den Korridor hinaus gefolgt war und dort sah, wie dieser zusammen mit dem weißgekleideten Krankenpfleger völlig gelöst zur Eingangshalle zurückspazierte, klopfte er sofort mehrmals heftig an die Tür des Nebenraums.

»Was ist denn?« fragte der magere Anseaume, der leicht erschrocken im Türrahmen erschien und zuerst den jungen Mann musterte und dann, dessen Blick folgend, ebenfalls in den Korridor schaute, wo Maillard und der muskulöse Krankenpfleger jetzt eben die Eingangshalle erreichten. »Haben Sie Ihr Gespräch schon beendet?«

»Ja«, sagte der Doktorand. »Aber ich möchte nun auch noch mit Mademoiselle Lovely sprechen.«

»Warum?« fragte Anseaume erstaunt und blickte noch einmal nach den beiden Männern, die inzwischen aber bereits aus dem Blickfeld verschwunden waren. »Was hat Ihnen Maillard denn gesagt? Ist er ausfällig geworden?«

»Nein«, sagte Ribeau. »Aber ich möchte jetzt auch noch einige der anderen Personen sehen, die ich gestern kennengelernt habe.«

»Schön«, meinte Anseaume und nahm den um einen halben Kopf größeren Doktoranden beim Arm. »Kommen Sie, ich werde mich erkundigen, wie es den Leuten geht und ob sie wieder ansprechbar sind.«

Ohne die Hand von seinem Arm zu nehmen, führte er Ribeau in den Salon zurück und meinte, während er sich ein weiteres Mal zum Telefon begab: »Was haben Sie denn mit Maillard besprochen? Sie wissen doch jetzt hoffentlich, daß man alles, was er sagt, nur mit äußerster Vorsicht aufnehmen darf!«

Aber gerade als er den Telefonhörer hochhob und eine Nummer wählen wollte, trat der kräftige Jägersmann ein, der immer noch oder wieder den verbeulten Filzhut und den alten Regenmantel trug, in dem er am Fest im großen Saal teilgenommen hatte.

»Wie kommen *Sie* denn hierher?!« fragte der neue Klinikdirektor verblüfft.

»Man hat mich geschickt«, antwortete der Mann und lächelte den Arzt und den bei der Sitzgruppe stehengebliebenen Doktoranden freundlich an.

»*Wer* schickte Sie?!« Anseaumes Stimme klang plötzlich erstaunlich scharf.

»Ein Pfleger.«

»Wieso? Was geht denn hier schon wieder vor? Sie beide bleiben hier – Monsieur Ribeau, Sie achten darauf, daß dieser Mann den Raum nicht verläßt, ich bin gleich wieder zurück!«

Anseaume legte den Telefonhörer auf und eilte hinaus – und sofort, nachdem sie allein waren, fragte Ribeau den Mann in Filzhut und Regenmantel: »Wo ist Linda?«

»Heute nacht erwachte ich um drei Uhr früh plötzlich aus einem traumlosen Schlaf und spürte ein leichtes, allmähliches Verschlicken des Blutes in den kleinen Gefäßen der Körperextremitäten«, erzählte De Beuys jetzt, während er mit gläsernem Blick an Ribeau und den beim Mittelfenster stehenden Kunstobjekten vorbei auf den sich wie am Tag zuvor weiß vom blauen Himmel abhebenden Gipfel des Mont Ventoux sah. »Es begann sowohl unter den Finger- wie unter den Zehennägeln, in den Ohrläppchen und in der Nasenspitze, aber allmählich wurde daraus ein verhängnisvolles Gerinnen des Blutes auch in allen größeren Gefäßen!«

»Was ist mit Linda geschehen?« fragte Ribeau. »Wo ist sie?«

»Ich spürte«, fuhr der kräftige Mann, ohne sich im geringsten irritieren zu lassen, fort, »wie ich diesem Erlebnis jederzeit durch meine eigene körperliche Auflösung ein Ende hätte bereiten können, indem ich davongeflogen wäre, fort von meinen Fingerspitzen, fort von meiner Nase –«

»Wo ist Linda?« unterbrach Ribeau ihn wieder, aber der Mann blieb unbeeindruckt.

»Die Bahnen in meinem Gehirn füllten sich mit gerinnendem Blut«, sagte er, »und die Zellen starben eine nach der anderen ab, bis sie schließlich kaum mehr ausreichten, um mein Herz in Gang zu halten –«

Erneut öffnete sich die Tür, aber es kehrte nicht etwa, wie Ribeau erwartet hatte, Anseaume zurück, sondern es trat der kleine Albinomann ein, der, wie sich am Ende des Festes gezeigt hatte, eigentlich glatzköpfig war, nun aber wieder seine wundervolle Silberhaarperücke trug – und dieser kleine Mann öffnete sofort auch noch den zweiten, bisher stets geschlossen gebliebenen Türflügel.

Dann ging er noch einmal in den Korridor hinaus, um gleich darauf zusammen mit dem im dunkelblauen Monteursanzug steckenden, schwarzgekrausten Christobaldi die riesige, eben erst weggebrachte Frans-Hals-Kopie wieder in den Salon hereinzutragen, auf der, wie Ribeau überrascht feststellte, von je einer Hand der schwarzgekleideten, gestrengen und gesitteten ›Vorsteherinnen‹ nun noch neu hinzugekommene, mit Schnüren und Reißnägeln befestigte Bildelemente hinunterbaumelten – rechteckige, weiße Kartonstücke nämlich mit der rotblauen Aufschrift: BRILLO – 24 GIANT-SIZE PACKAGES – NEW! WITH SHINE-O-MATIC DETERGENT! SOAP PADS WITH RUST RESISTER! SHINES ALUMINIUM FAST!

»Ein kleines Abschiedsgeschenk«, rief der silberhaarige Albinomann dem Doktoranden fröhlich zu – und Christobaldi meinte ebenso vergnügt: »Ich werde es gleich noch einpacken!«

Von ihm unbemerkt, öffnete sich hinter Edgar Ribeau völlig geräuschlos eine in der Wandverkleidung versteckte Tapeten- oder Geheimtür – und aus ihr trat, schnell und ohne ein Geräusch zu verursachen, Maillard, der, nachdem er die Tür hinter sich geschlossen hatte, mit verschränkten Armen stehenblieb und amüsiert den ahnungslosen Doktoranden beobachtete, der seinerseits weiterhin verblüfft zusah, wie Warpol und Christobaldi zusammen mit dem ihnen inzwischen zu Hilfe geeilten De Beuys die verfremdete Frans Hals-Kopie zum mannshohen Kamin trugen und an dessen Umrandung stellten.

Danach verbeugten sich die drei Männer lächelnd vor

dem verwunderten jungen Mann und gingen, die Tür hinter sich schließend, kommentarlos wieder hinaus.

»Na, Monsieur Ribeau?!« machte sich der ehemalige Klinikdirektor nun bemerkbar – und zutiefst erschrocken fuhr der Angesprochene herum.

»Maillard«, entfuhr es ihm. »Wie sind Sie denn hier hereingekommen?!«

»In diesem Schloß«, sagte der mit sich selbst äußerst zufrieden scheinende Arzt, »kennt sich keiner so gut aus wie ich, mein Lieber« – aber Ribeau fragte, nachdem er sich von seinem Schreck einigermaßen erholt hatte, nur: »Was ist mit Linda? Ich will endlich die Wahrheit wissen!«

»Sie meinen – die Wahrheit sei etwas Eindeutiges?« erwiderte der große Mann lächelnd.

»Ist Linda tot?«

In der Hoffnung, Maillard auf diese Weise vielleicht aus seiner Reserve zu locken, ging Ribeau aufs Ganze.

»Ein ›Tötungsdelikt‹ meinen Sie?!« fragte der andere spöttisch.

»Mord meine ich!«

»Jeder Tod ist ein als Selbstmord oder als ›natürlicher Lauf der Dinge‹ verkleideter Mord.«

»Ist Anseaume dafür verantwortlich?«

»Mord war stets ein Ritual, das die Reinigung des Mörders bezweckte und dazu diente, der Schuld aus dem Weg zu gehen«, antwortete Maillard orakelhaft – worauf Ribeau, ohne von dem Mann, der ihn weiterhin lächelnd beobachtete, daran gehindert zu werden, kurzerhand zum Telefon ging und eine Nummer tippte.

»Hallo«, sagte er, als sich eine weibliche Stimme meldete – und nach einer kurzen Pause fragte er überrascht: »Was heißt das: ›Diese Nummer ist vorübergehend nicht erreichbar‹?! – Hallo, Zentrale! Ich will telefonieren! – Nach Paris! – Wieso ›nicht möglich‹?! – Hallo, Mademoiselle!«

Der Doktorand drückte ein paarmal vergeblich auf die Gabel und wandte sich dann perplex an Maillard: »Anseaume läßt das Telefon sperren!«

»So?!« meinte der große Mann ironisch, ohne sich von der Stelle zu rühren oder die vor der Brust verschränkten Arme zu bewegen.

»Die Leitung ist unterbrochen, man kann nicht mehr telefonieren!«

»Und Sie glauben«, fragte der Mann, in dessen hellblauen Augen ein dämonisches Funkeln leuchtete, »Sie hätten das gestern noch gekonnt?«

»Ich habe doch –«

»Mit der Sekretärin des Collège de France, dieses glorreichsten Tempels der Wissenschaft an der Rue des Écoles in Paris, gesprochen?« ergänzte Maillard lustvoll.

»Woher wissen Sie das?!« fragte der Doktorand verblüfft.

»Oh, das ist eine hochinteressante Geschichte«, erwiderte der andere genüßlich – aber bevor er diese Geschichte hätte erzählen können, öffnete sich die Tür und der bleiche Doktor Anseaume, dessen nur noch im hellblauen Hemd steckender Oberkörper über und über mit fest zusammengezogenen Schnüren umwickelt war, wurde auf eine rohe und rücksichtslose Weise in den Raum gestoßen, und gleich danach trat zusammen mit dem rothaarigen Muskelpaket, das eben noch Maillard hergeführt hatte, eine sehr energisch wirkende Linda Lovely ein, die wieder das enganliegende, tiefausgeschnittene schwarze Abendkleid trug, das sie am erzwungenen Ende des Festes in der vergangenen Nacht ausgezogen hatte.

»Linda«, rief Edgar Ribeau erleichtert und erschrocken.

»Gesund und munter«, sagte Maillard. »Verzeihen Sie, daß ich Sie vorhin mit der Geschichte von der ›Vergewaltigung‹ etwas erschrecken mußte, mon cher! Aber nachdem in der letzten Nacht mein Versuch, mit dem Tisch in die Unterwelt zu entkommen, leider nicht ganz gelang, weil der schlaue Doktor Anseaume daran gedacht hatte, auch dort unten zwei seiner Leute zu postieren, brauchten wir – da wir uns inzwischen überzeugt hatten, daß Sie, mein Lieber, für unsere Zwecke nicht geeignet sind, obwohl Linda mit Ihren rein körperlichen Leistungen, wie ich gehört habe, recht zufrieden war – einfach ein kleines Ablenkungsmanöver, bis es dem wundervollen Wesen mit seinen unüberbietbaren Talenten gelungen war, unseren neuen Freund, den lieben Georges hier, davon zu überzeugen, daß es für ihn besser ist, bei *uns* mitzumachen!«

»Überlegen Sie, was Sie tun, Georges«, wandte sich der gefesselte Anseaume, von dessen Hemd, wie Ribeau nun sah, anscheinend gewaltsam der ganze Kragen weggerissen worden war, eindringlich an den muskulösen Krankenpfleger, worauf die neben diesem stehende Frau, die ihr schwarzes Haar wieder streng nach hinten gekämmt und dort zusammengebunden hatte, den mageren Mann scharf anfuhr.

»Hinsetzen!«, befahl sie – und der rothaarige Muskelprotz versetzte dem Gefesselten, der keine Möglichkeit mehr hatte, seine Arme in irgendeiner Weise zu bewegen, sofort einen so heftigen Stoß, daß dieser zum Sessel stolperte, der mit dem Rücken zur Fensterfront des Salons stand, und richtiggehend in diesen hineinfiel.

»Du auch, Edgar«, wandte sich die schöne Frau nun in einem etwas weniger scharfen Ton an den Doktoranden – worauf der sich ebenfalls, widerstandslos und vom energischen Auftreten der Frau und der Brutalität des Muskelmanns eingeschüchtert, sofort in die nächstbeste Sitzgelegenheit sinken ließ, das heißt, in den anderen, der Fensterfront des Salons zugewandten Sessel, in dem bisher nur Maillard und Anseaume Platz genommen hatten.

Ehrfurchtsvoll überreichte der kräftige Krankenpfleger dem ehemaligen Klinikdirektor, der, wie es schien, drauf und dran war, seine verlorene Position ein zweites Mal zurückzuerobern, dann den weißen Kittel, den er bisher in der linken Hand gehalten hatte, und half ihm hineinzuschlüpfen.

»Ich habe unserem Freund eben eine interessante Geschichte versprochen, liebe ›Collège-de-France-Sekretärin‹«, sagte Maillard mit diabolisch freudigen Seitenblikken, die Ribeau galten, zur schwarzgekleideten Frau, bevor er sich, den weißen Mantel, wie es seine Art war, wieder weit offenstehen lassend, zum Klavier begab, sich gegen dieses lehnte und in einem lockeren Plauderton auf den Doktoranden der Psychologie einsprach.

»Wie Sie wissen – und wie Ihnen unser tüchtiger Doktor Anseaume inzwischen sicher noch einmal bestätigt hat –, war das von mir erfundene und in dieser Klinik erprobte und weiterentwickelte System der Beschwichtigung, zu dessen Studium Sie, wie Sie vielleicht immer noch meinen, zu uns gekommen sind, von Anfang an ein überwältigender Erfolg. Wir führten hier alle, Belegschaft wie Patienten, ein sehr vergnügtes Leben, das auch unser lieber Doktor Anseaume durchaus genoß – so wie Sie das ja gestern abend, wenn Sie ehrlich sind, ebenfalls getan haben, nicht wahr, lieber Edgar!«

»Sie wurden langsam, aber sicher verrückt«, sagte der gefesselte Anseaume, der Mühe hatte, seine Erregung zu verbergen und die neutrale Ausdrucksweise, der er sich zuvor beflissen hatte, beizubehalten.

»Aber Herr Kollege«, meinte Maillard nachsichtig, »nur, weil Ihnen die Rollen- und Imitationsspiele, die ich danach noch dazu erfand, nicht gefallen haben?! Daß auch *die* bei den Patienten wieder ein ganz enormer Erfolg waren, können Sie jedenfalls nicht bestreiten, und ich selbst war von diesem Erfolg sogar so beeindruckt, daß ich nicht umhin konnte, auch meinen alten Freund, den guten Louis Sagot-Duvauroux aus Paris, einmal hierher einzuladen, um ihn das alles direkt miterleben zu lassen. Wir organisierten für ihn ein Fest, wie es dieses Schloß zuvor mit Sicherheit noch nie gesehen hatte und das seither wohl nur noch von dem übertroffen worden ist, daß Sie, lieber Edgar, gestern abend mitfeiern durften, und in meiner Euphorie schlug ich dem guten, wie Sie wissen, nicht unbegüterten Louis bei dieser Gelegenheit sogar vor, sich, zu seinem eigenen Vorteil, doch finanziell an unserem prosperierenden und florierenden Unternehmen zu beteiligen. Und Sie werden deshalb meine Enttäuschung verstehen, als er all diesen Bemühungen gegenüber – inklusive den Verwöhnungen durch unser doppeltbegabtes Wirte-Paar, dessen Talenten er doch ansonsten auf beiden Gebieten *mehr* als nur zugetan ist – so kalt und unberührt blieb wie Robespierre seinerzeit gegenüber dem armen Danton!«

»Sie steckten schon damals in den größten Schwierigkeiten – und die Klinik war ganz und gar kein prosperierendes und florierendes Unternehmen mehr!« sagte Anseaume.

»Aber, aber, wir wollen doch nicht übertreiben«, widersprach der Mann mit den hellblau leuchtenden Augen, bevor er sich wieder Ribeau zuwandte und in seiner Erzählung fortfuhr. »Die brillante Karriere hatte aus dem guten Louis, ob Sie es glauben oder nicht, einfach einen total anderen Menschen gemacht – und wirklich, wie hätte das auch zum kostbaren und so mühsam erworbenen Image gepaßt: ›LSD, der Geschäftemacher mit der Not der Menschheit!‹ Zum Glück traf kurz nach seinem Besuch, wie ein Geschenk aus heiterem Himmel, eine höchst interessante Nachricht von einer jungen Amerikanerin bei mir ein, von der ich bisher noch nie etwas gehört hatte und mit der ich mich deshalb für unser erstes Treffen in einem Hotel in Avignon verabredete – und Sie werden sich meine Überraschung vorstellen können, als ich dort auf ein so entzückendes Wesen traf, wie es unsere geliebte Linda hier ist! Sie und ich verstanden uns glänzend – wir verbrachten in diesem Hotel nicht nur den Rest des Tages, sondern auch die folgende Nacht sowie einige weitere phantastische Tage und Nächte, während derer wir das Doppelzimmer, das wir bezogen hatten, kaum noch verließen. Meine kleine Linda, die als Tochter einer aus Frankreich stammenden Mutter endlich wieder ins gute alte Europa heimgefunden zu haben meinte, erzählte mir ihr ganzes bisheriges Leben – woraus wir schließen mußten, daß sie die Tochter einer Halbschwester von mir aus einer ersten Ehe meines Vaters ist. Unser guter Doktor Anseaume beliebte, sie hintenherum zwar schon bald einmal als meine ›Pompadour‹ zu bezeichnen – aber auch da täuschte er sich, was er wohl kaum weiß, nur einmal mehr!«

»*Sie* ist an allem schuld!« fuhr der Gefesselte mit nur mühsam unterdrückter Aggressivität dazwischen.

»Weil *sie*«, fragte Maillard den jüngeren Kollegen mit hochgezogenen Brauen ironisch, »während ihrer Arbeit einen Brief abfing – und so das Komplott aufdeckte, das der gute Louis und Sie, lieber Anseaume, heimlich eingefädelt hatten?! Von *wegen:* ›Geschäften gegenüber abgeneigt!‹ Mit Ihnen als Strohmann wollte der gute Louis mich für verrückt erklären lassen, diese Klinik kurzerhand übernehmen und damit mein ganzes Lebenswerk zerstören!«

»Ihr völlig übertriebener, luxuriöser Lebensstil hat Sie ruiniert«, sagte der zum bewegungslosen Dasitzen verurteilte Doktor Anseaume, der sich nach der vorherigen heftigen Reaktion sichtbar bemühte, ruhig zu bleiben und die wenigen Erklärungen, die er abgeben konnte, so knapp und plausibel wie möglich zu halten. »Sie standen vor dem Bankrott – aber mit ihren Drogen schaffte es diese Frau, die

Illusion in Ihnen aufrechtzuerhalten, daß Sie in der Lage seien, ein System zu entwickeln, das die Erfüllung aller Wünsche, Träume und Utopien der Menschheit ermöglichen würde!«

»Die Menschheit, mein Lieber«, antwortete ihm Maillard, »ist heute an einem Punkt angelangt, an dem ihr ein System der Beschwichtigung im alten Sinn, wie Linda und ich erkannt haben und wie auch Sie und alle anderen Bewohner dieses Planeten noch werden einsehen müssen, nicht mehr weiterhelfen kann – denn wenn wir wirklich verhindern wollen, daß eine neue Sintflut über uns hereinbricht und auf diesem Planeten Zustände schafft, die uns tatsächlich noch alle wahnsinnig werden lassen, brauchen wir nämlich so schnell wie möglich ein System, das uns nicht einfach nur weiterhin ›beschwichtigt‹, sondern das uns endlich helfen wird, das Rätsel von Leben und Tod zu lösen, damit wir dann, wenn wir das Geheimnis des Übergangs von der toten zur lebendigen Materie entlarvt haben, endlich auch die von uns schon seit so langer Zeit ersehnte Unsterblichkeit erlangen können! Und um zu einem solchen System, einem *Unsterblichkeits-System* also, zu kommen, bleibt uns eben keine andere Möglichkeit als die Flucht nach vorn – und Linda und ich haben, ob Sie es glauben oder nicht, auch bereits einen absolut unfehlbaren, in acht Phasen unterteilten Plan ausgearbeitet, wie wir die Welt möglichst rasch mit diesem neuen System beglücken können, wobei wir Leute, die sich seiner Durchführung entgegenstellen, wie Sie verstehen dürften, natürlich rücksichtslos bekämpfen müssen!«

Obwohl er immer noch nicht wußte, was für eine Rolle Doktor Anseaume und Professor Sagot-Duvauroux in dieser Geschichte wirklich spielten, war Ribeau jetzt klar, daß Maillard einem extrem starken Verfolgungswahn und, wie es schien, einem noch stärkeren Größenwahn verfallen war, den er anscheinend in einer höchst gefährlichen Weise auch auf andere Personen zu übertragen imstande war – und fieberhaft überlegte er deshalb, was er tun konnte, um aus der bedrohlichen Situation, in die er geraten war, herauszukommen und auch Anseaume und den anderen Personen, die sich in der Gewalt von Maillard und seinem Gefolge befanden, wieder zu ihrer Freiheit zu verhelfen.

Sogar die Möglichkeit, einen überraschenden, gewaltsamen Ausbruchsversuch zu unternehmen, zog er in Betracht – schätzte seine Chance, sich in einer körperlichen Auseinandersetzung gegen drei Personen, und insbesondere gegen den Muskelmann an Lindas Seite, durchsetzen zu können, allerdings als gering ein.

»Wie Sie bestimmt wissen«, wandte sich Maillard, der Ribeaus Gedanken erraten zu haben schien, jetzt mit einem amüsierten Lächeln wieder an den rat- und sprachlos gewordenen Doktoranden, »hat, nachdem er für einige Zeit nach Japan und Sri Lanka entschwunden war, inzwischen auch der gute Ronnie Laing seine Haltung geändert und ist vom ›Anti-Psychiater‹ sozusagen zum ›Anti-Anti-Psychiater‹ geworden, der plötzlich sogar für Elektroschocks und solche Dinge gute Worte findet! Aber für den Plan, den Linda und ich entwickelt haben, sind öffentliche Äußerungen solcher Gedanken selbstverständlich noch ganz und gar inopportun – ja es ist, damit er in die Wege geleitet werden kann, sogar von entscheidender Bedeutung, daß er absolut geheim bleibt. Und auf der Suche nach der bestmöglichen Tarnung für unser Vorhaben haben wir uns deshalb – in einer, wie ich, glaube ich, sagen darf, beinahe schon genialen geistigen Volte – ganz einfach wieder für das von mir entwickelte gute alte System der Beschwichtigung entschieden, das heißt dafür, einfach so zu tun, als ob wir gar kein neues System hätten, sondern weiterhin nach unserem bewährten alten verfahren würden!«

»Wobei sich für diese *doppelte* Beschwichtigungsart, wie wir zu unserer Überraschung herausgefunden haben«, fügte Linda Lovely hinzu, »insbesondere die sogenannt ›fortgeschrittenen‹ oder ›avantgardistischen‹ Künste aufs beste eignen – da diese sich ebenfalls nur *scheinbar* gegen die in der Industriegesellschaft bereits vorhandenen Ansätze unseres neuen Systems richten, in Wirklichkeit jedoch, ohne daß sich ihre Protagonisten dessen bewußt sind, genau dem gleichen Zweck dienen, den auch wir verfolgen: Tabula rasa machen, die gesamte bisherige Geschichte auslöschen und auf einer rein rationalen Basis neu beginnen. Deshalb benutzen diese ›Künstler‹ ja auch die gleichen technischen Mittel wie wir – und deshalb weist ihre ›Kunst‹ auch die gleichen Eigenschaften wie unser neues System auf: uneingeschränkte Produktivität, sofortige Erfüllung und riesige Profite!«

»Was wie eine ›Absage‹ an die Industriewelt aussieht«, sagte Maillard vergnügt, »ist in Wirklichkeit nur eine andere Form des *Mitspielens* und dient ebensosehr der Rechtfertigung wie der Entstehung unseres neuen Systems. Nachdem der gute Anseaume aber trotz dieser Vorsichtsmaßnahmen unsere geheimen Absichten mitbekommen hatte, begann er mich und Linda in heimtückischer Weise als Patienten zu behandeln und uns in unserer Freiheit einzuschränken – und es blieb uns, wie Sie sehen, zur Rettung unserer Tarnung also gar nichts anderes übrig, als sofort zu putschen, Anseaume und seine Kumpane festzusetzen und die Klinik zunächst einmal hermetisch von der Außenwelt abzuriegeln, was uns im übrigen ein noch herrlicheres Leben als zuvor ermöglichte!«

»Die historischen Kostüme, die wir auf dem Estrich entdeckten, die tollen Weine, die im Keller gelagert waren –

und was wir in den Arzneischränken erst alles fanden, herrlich!« schwärmte Linda Lovely.

»Wir konnten«, sagte Maillard, während er auf die beidseits des Mittelfensters stehenden Gegenstände zeigte, »unsere ›Kunst‹-Produktion, von der Sie hier zwei besonders schöne Beispiele sehen, noch viel schneller vorantreiben – und es zahlte sich auch aus, daß wir unsere Pflanzenzucht in weiser Voraussicht schon zuvor rigoros auf Nutzpflanzen eingeschränkt hatten, so daß wir uns nun selbst ernähren konnten und weitgehend autark wurden. Aber wir mußten, wie Sie verstehen werden, natürlich auch so schnell wie möglich noch einmal versuchen, unseren anderen Gegenspieler, den guten Louis in Paris, hierherzulocken, um ihn ebenfalls seinen wohlverdienten Lohn empfangen zu lassen!«

»Damit wir«, unterbrach Linda Lovely den Mann, der nun auch noch ihr Onkel sein sollte, »wenn auch diese Gefahrenquelle ausgeschaltet ist, die Klinik wieder öffnen und unter dem Deckmantel des alten Systems der Beschwichtigung endlich die erste Phase unseres Großen Plans einleiten können!«

Maillard warf der jungen Frau, bevor er weitererzählte, einen zustimmenden, gleichzeitig aber auch beschwichtigenden Blick zu.

»Nach kurzem Brainstorming«, sagte er dann, »beschlossen wir, als Köder für unseren Freund einen gefälschten Express-Brief und einige fingierte Telefongespräche zu benutzen – ein Vorgehen, bei dem sich der Wert unserer Imitationsübungen übrigens einmal mehr aufs glänzendste bestätigte –, aber der gute Louis, dieser schlaue Eierkopf, muß die Gefahr trotzdem irgendwie gewittert haben, denn er schickte uns, was wir als besonders perfid empfanden, ohne den Betreffenden von der Schnüffler-Funktion, die er für ihn zu erfüllen hatte, in Kenntnis zu setzen, an seiner Stelle nun postwendend einen seiner Schüler, und das rauschende Fest, das wir für den jungen Mann veranstalteten, ermöglichte unserem tüchtigen Anseaume schließlich sogar die Befreiung und die Konterrevolution!«

»Der Professor wird Alarm schlagen«, wandte der verschwitzte blasse Mann ein.

»O nein«, entgegnete Maillard schmunzelnd. »Denn dank Ihrer liebenswürdigen Mitarbeit, Messieurs, sind unsere Fehlschläge nun ja alle wieder korrigiert – und unser lieber Georges und seine Freunde aus der Pflegerequipe werden dem guten Louis hier bestimmt einen seinem internationalen Renommée und Image entsprechenden Empfang bereiten!«

Linda Lovely legte ihrem Muskelmann liebevoll einen Arm um die Hüfte und schmiegte sich eng an ihn – und dieser legte ihr, anstelle einer verbalen Antwort, einen seiner von Sommersprossen übersäten prallen Arme um die Schultern.

»Und der gute Louis«, fuhr Maillard, der den beiden lächelnd zugesehen hatte, fort, »ist nun sicher vollständig davon überzeugt, daß seine Anwesenheit in diesen heiligen Hallen, die er wohl schon als die ›seinen‹ betrachtet, von einer unumgänglichen Notwendigkeit ist – so daß wir stündlich mit seinem Eintreffen rechnen dürfen!«

»Die Vorräte werden Ihnen ausgehen, das Geld«, versuchte der verzweifelte Anseaume noch einmal einzuwenden.

»Wir haben uns in der Tat, wie Sie, lieber Kollege, sehr richtig bemerkt haben, an einen Lebenswandel gewöhnt, der unsere Verhältnisse allmählich zu übersteigen droht«, gestand Maillard ein, »das gute Essen, der Wein und all die anderen Stoffe – aber die Karte, auf die wir unsere letzten Reserven nun setzen, wird uns, wie Sie mir glauben können, todsicher Gewinn bringen!«

Der große Mann löste sich vom Klavier und begab sich zum Telefon, von wo aus er, während er den Hörer hochhob, Anseaume ironisch fragte: »Sie gestatten doch, Herr Kollege?«

Dann tippte er eine Nummer und gab in einem kalten, militärischen Befehlston durch: »Die Operation ist abgeschlossen. Ihr könnt jetzt kommen.«

»Ich warne Sie, Maillard«, sagte Anseaume in einem nun ebenfalls wieder um Schärfe bemühten Ton. »Denken Sie an die Konsequenzen!«

»*Ignoramus et ignorabimus*«, antwortete der große Mann unbeschwert. »Wir wissen nicht und *werden* nicht wissen! Was wird schon geschehen? Ein Irrenhausinsasse hat sich auf eine völlig unerklärliche Weise ein Beil verschafft – ein paar zutiefst bedauerliche Tötungsdelikte eines durchdrehenden Risikopatienten. Ein Unglück, wie die unzähligen Verkehrsunfälle, die sich täglich auf unseren Straßen ereignen – nicht wahr, lieber Edgar! Obwohl wir natürlich, wie ich Ihnen zu Ihrer Beruhigung versichern kann, auch noch über andere, weniger spektakuläre, aber ebenfalls absolut unauffällige Methoden verfügen – wie beispielsweise Überdosen von Insulin, Schlaftabletten und Beruhigungsmitteln oder die sogenannten ›Mundspülungen‹, bei denen das Wasser, das unter Zuhalten der Nase und unter Zuhilfenahme eines kleinen Schlauchs mit leichtem Druck in die Lungen geflößt wird, ein Krankheitsbild ergibt, das sich von einem natürlichen Lungenödem überhaupt nicht unterscheiden läßt! Nein, nein, meine Herren, diesmal kommen wir Robespierre zuvor!«

IV

Im Korridor ertönten einige dumpfe Geräusche, Augenblicke später betraten der kleine Clicquot und der hagere Roquembert den Salon und öffneten beide Türflügel – und dann trugen die Herren Teissier, Warpol, De Beuys und Christobaldi, die alle noch so wie am Abend zuvor gekleidet waren, an Stangen, die über die oberen Kanten eines würfelförmigen Unterbaus hinausragten, feierlich einen etwa zwei Meter hohen schwarzen Kasten herein, der auf den ersten Blick zwar wie ein senkrecht stehender Sarg aussah, den Ribeau bei näherer Betrachtung aber wieder für die Kopie eines modernen Kunstwerks hielt.

Das glatt lackierte Holzobjekt, das sich nach oben hin leicht verjüngte und in einer pyramidenförmigen Spitze endete, glich einer stilisierten Rakete oder einem zusammengestauchten altägyptischen Obelisk – aber es hätte sich dabei auch um ein ganz direktes, geometrisches Phallus-Symbol handeln können.

Hinter den Männern, die das merkwürdige Gebilde trugen, erschienen, ebenfalls so wie am Vorabend kostümiert, die kleine Madame Kurz und die mächtige Madame Rougemont, die vor und zum Teil unter ihrem mächtigen Busen ein flaches violettes Kissen trug, auf dem, mit dem Rücken gegen die weichen Fleischmassen stoßend, ein dickes, etwa einen halben Meter langes, in helles, neu wirkendes Leder gebundenes Buch lag – und nachdem diese in den Salon eingetreten waren, schlossen Clicquot und Roquembert die Türflügel wieder und stellten sich mit verschränkten Armen davor.

Das hochaufragende schwarze Holzobjekt wurde von den Trägern rechts neben der Tür vor der Unterhaltungs-elektronikanlage abgestellt, und während De Beuys und Christobaldi dort stehenblieben, begaben sich Teissier und Warpol zur Kopie der Halsschen ›Vorsteherinnen‹, die an der Umrandung des mannshohen Kamins lehnte, und be-zogen beidseits Posten.

Maillard folgte den Damen Kurz und Rougemont zum Klavier, nahm dort das Kissen mit dem dickleibigen Buch an sich, begab sich damit hinter das Musikinstrument und legte es mitten auf den Kasten.

»Beginnen wir also mit der Erläuterung unseres Großen Plans«, sagte er – und die ungeduldig gewordene Linda Lovely, die sich mit dem rothaarigen Krankenwärter aufs Sofa gesetzt hatte, verkündete sofort triumphierend: »In der *ersten* Phase werden wir mit Börsengeschäften und mit Waffen- und Drogenhandel das enorme Privatvermögen des auf so unglückliche Weise von uns geschiedenen Louis Sagot-Duvauroux innert kürzester Zeit in die Milliarden-Höhe hinaufpushen!«

»Ihr könnt an dieses Vermögen doch gar nicht heran-kommen«, sagte Doktor Anseaume laut, aber mit einer Stimme, die schon einiges an Überzeugungskraft eingebüßt hatte.

»O doch«, erwiderte Maillard mit überlegenem Lächeln, »denn Sie haben sich, wie ich Ihnen schon sagte, nicht nur in Linda getäuscht, mon cher, sondern es gibt auch in *meiner* Lebensgeschichte noch einige Überraschungen für Sie. Die wichtigste dürfte wohl die sein, daß ich, entgegen der Ver-sion, die ich sozusagen aus Gründen des ›Persönlichkeits-schutzes‹ überall verbreitete, während des Massaker-Tods meiner Eltern und meiner Schwester in der Camargue gar nicht bei einer Tante in Poitiers gewesen bin, da es eine sol-che nämlich gar nicht gibt, sondern daß ich mich schon von

Anfang an bei der generösen, mit meinen Eltern befreundeten Familie unseres guten Louis Sagot-Duvauroux aufgehalten habe, die mich, nach dem Tod des Rests meiner Familie, dann auch adoptierte und sogar als Teil-Erben ihres beträchtlichen Vermögens einsetzte. LSD ist also, auch wenn er das heute nicht mehr gern hört, sozusagen mein Adoptivbruder! Und wenn der Anteil, den ich nach dem Tod von Vater und Mutter Sagot-Duvauroux erbte, auch nicht so groß wie der seinige war, so hat er immerhin gereicht, um dieses Schloß hier zu erwerben und es in die renommierte ›Clinique Château Europe‹ umzuwandeln. Und obwohl es inzwischen zwar durchaus möglich ist, daß mich der gute Louis in seinem Testament nicht oder nicht mehr als Erben eingesetzt hat, so haben wir auch diesen Fall vorgesehen. Denn neben mir kommt als LSD-Erbin ja nur noch seine jüngere Schwester in Betracht – und mit ebendieser Schwester, meiner Adoptiv- oder Ersatz-Schwester, hatte ich, was Sie, lieber Kollege, vielleicht überraschen wird, in ihrem zarten Jugendalter eine für sie erste, natürlich ganz und gar heimliche, aber eben doch nicht nur platonische Liebesbeziehung. Eine geistige und körperliche Vereinigung von einer außerordentlichen Leidenschaft und Wildheit, deren plötzliches Ende durch eine jähe Abreise meiner Geliebten nach Amerika ich nie verstanden habe – bis ich, zu meiner größten Überraschung, wie Sie sich sicher vorstellen können, vor kurzem erst erfahren habe, daß diese Liebe nicht ganz ohne Folgen geblieben ist. Meine Adoptivschwester blieb zwar zu meinem tiefsten Bedauern für immer in den Staaten und heiratete dort einen millionenschweren kalifornischen Medienzar – aber die Tochter, die sie ihm als erstes und einziges Kind gebar, ist, wie Sie inzwischen bestimmt schon erraten haben, *meine* Tochter und niemand anderes als unsere liebe Linda hier.«

»Sie lügen wieder –«, meinte der nun völlig fassungslose Anseaume.

»Im Gegenteil, mein Lieber«, sagte Maillard. »Dies ist, wie Sie eigentlich schon an den Augen von Linda und mir hätten erkennen sollen, die Wahrheit – die ganze Wahrheit und nichts als die Wahrheit, wie man so schön sagt.«

»Sie spielen wieder eine Ihrer übertriebenen Rollen! Sonst müßten wir uns jetzt ja über *Inzest* unterhalten!«

»Oh«, lachte Maillard. »Immer diese großen Worte und diese kleinbürgerlichen Moralbegriffe! Das ist doch nicht mehr als ein erster Schritt auf unserem Weg zur endgültigen Eliminierung der Fortpflanzung in der Menschheitsgeschichte. Denn wenn wir endlich die Unsterblichkeit erlangt haben, wird das Sexualleben nur noch zu unserem Vergnügen dasein. Und auch ansonsten ist alles viel phantastischer, als Sie sich das vorstellen können!«

»Vor allem, wenn ich dabei ohne Drogen auskommen will, meinen Sie wohl!«

»Ach hören Sie doch auf! Was wissen Sie denn schon von der armen kleinen Linda?! Weil die Mutter ihr die Wahrheit verschwieg und sie dafür mit materiellem Reichtum überschüttete, hat sie große Schwierigkeiten mit ihrer Identität bekommen und ist in der Pubertät auf die schiefe Bahn geraten. Sie nahm nicht nur Drogen, sondern wurde auch Darstellerin in unzähligen Porno-Filmen.«

»Es lebe die Promiskuität!« rief die schwarzgekleidete Frau.

»Eine berufliche Betätigung«, erzählte Maillard unbeirrt weiter, »bei der meine Tochter sich dann aber als derart talentiert erwies, daß sie in dieser weltweit immer stärker florierenden Kunstsparte schon bald in die internationale Spitzenklasse aufstieg und in Los Angeles und New York zu einem *so* beliebten Star wurde, daß sie vor ihrer eigenen Popularität sogar einmal für einige Zeit ins gute alte Europa flüchten mußte. In der soliden Schweiz gab sie, was Sie bestimmt wieder überrascht, in einem speziellen, vor allem von Politiker-, Juristen- und Finanzkreisen besuchten Privatklub an der sogenannten ›Goldküste‹ von Zürich ein kurzes, aber erneut sehr erfolgreiches Gastspiel als Domina – und auch jetzt hat sie dort noch die besten Beziehungen, die uns für die geplanten Finanztransaktionen, beim Reinwaschen der Gewinne aus dem Waffen- und Drogenhandel, aber auch mit diesem oder jenem Insidertip für unsere Börsengeschäfte zweifellos von größtem Nutzen sein werden.«

Edgar Ribeau war nun sicher, daß er mit den Vermutungen und Verdächtigungen, zu denen er sich hatte verleiten lassen, sowohl Doktor Anseaume wie dem Professor unrecht getan hatte und daß er weder von diesem noch von jenem absichtlich belogen worden war – sondern daß Maillard vielmehr jeden von ihnen in einer derart wahnwitzigen und raffinierten Weise getäuscht und manipuliert hatte, daß sie sich zu seinem Vorteil schließlich wohl alle drei gegenseitig mehr oder weniger zu mißtrauen begonnen hatten.

Denn daß Linda plötzlich nicht die Nichte, sondern die Tochter von Maillard sowie ein Porno-Star und eine Prostituierte sein sollte, die mit ihrem angeblichen Vater zudem noch ein inzestuöses Verhältnis eingegangen war, wollte er, obwohl auch ihn die verblüffende Ähnlichkeit der Augen der beiden irritierte, nicht glauben.

Hinter all diesen Behauptungen konnte, wie bereits bei den Veränderungen, die Maillard in seinem eigenen Lebenslauf vorgenommen hatte, einfach keine Wirklichkeit mehr stehen – das mußte alles, ohne eine tatsächliche Entsprechung in der Realität, einzig und allein im kranken Kopf dieses Mannes und, so schmerzlich die Erkenntnis für ihn war, in den Drogenphantasien dieser Frau entstanden und ausgedacht worden sein und konnte also auch nur dort, auf eine unfaßbare, völlig abstrakte, potentielle Weise herumspuken.

»Nach dem Tod ihres vermeintlichen Vaters bei einer der größten Katastrophen in der Geschichte der zivilen Luftfahrt«, erzählte der Mann hinter dem Klavier weiter, »hat Linda von ihrer Mutter schließlich aber doch die Wahrheit erfahren – worauf sie sich sofort auf die Suche nach mir machte, und von mir, nachdem sie mich endlich gefunden hatte, hier unter einer, wie Sie nun vielleicht merken, leichten Abänderung ihres filmischen Künstlernamens als meine Nichte eingeführt wurde. Wie schon ihre Mutter und ich, mochten auch wir uns vom ersten Augenblick an außerordentlich gut – ihr wirklicher Onkel ist jedoch, Sie dürften es bemerkt haben, niemand anders als unser lieber LSD. Und über ihre Mutter, die LSD's leibliche Schwester und einzige nahe Verwandte ist, wird Linda deshalb also nicht nur die Erbin des enormen Vermögens ihres vermeintlichen Vaters in Amerika werden, sondern höchst legal auch noch an das Geld unseres guten Louis im schönen alten Frankreich herankommen.«

»Und mit dem *big money* meines französischen LSD-Onkels und meines seligen US-Daddys«, sagte Linda Lovely, in deren Augen Ribeau jetzt ein ähnlich dämonisches Funkeln zu bemerken glaubte, wie es immer wieder in Maillards Augen erschien, »werden wir alles, was wir hier in der Klinik im Modell ausprobiert haben, endlich auch in den Weltmaßstab umsetzen können!«

»Und wie stellen wir das an?« fragte der Mann hinter dem Klavier, dieweil er das dicke Buch, das vor ihm lag, aufschlug. »Darf ich Sie, Monsieur De Beuys, nun vielleicht bitten, noch kurz etwas über die erste Phase unseres Großen Plans zu verraten?«

»Wir sorgen mit unserem Kapital, und zwar wenn nötig auch, indem wir kleinere oder größere Crashs produzieren«, sagte der rechts neben dem schwarzen Holzobjekt stehende kräftige Mann in einem militärischen Tonfall, »im Herzen des Casinokapitalismus, im diabolischen Duo der elektronisch vollintegrierten Kassa- und Terminmärkte von New York und Chicago, das die Börsen heute weltweit als Trendsetter akzeptieren, für Konvulsionen im Spekulationskreislauf, die sich unverzüglich auch nach Tokio, London, Frankfurt und Zürich übertragen und uns phänomenale Gewinne bringen!«

»Sehr schön«, bedankte sich Maillard, während er im großen Buch einige Seiten umblätterte. »Und nun Sie, Monsieur Christobaldi.«

»Wir machen uns«, referierte der links neben dem Holzobjekt stehende Mann, »aber natürlich auch in der realen Wirtschaft bemerkbar, indem wir uns in den als Basis für die Industrie lebenswichtigen Rohstoffmarkt einschalten und ein Handelshaus auf die Beine stellen, das die in diesem ohnehin schon korrupten Metier üblichen Praktiken auf die Spitze treibt!«

»Richtig. Und nun noch Madame Rougemont.«

»Anders als alle anderen«, sagte die rothaarige Frau, die rechts neben dem Klavier stand, »konzertieren – ich meine, *konzentrieren* wir unsere Aktivitäten zunächst nur auf wenige Länder, um deren Produktion des uns interessierenden Rohstoffs möglichst vollständig zu übernehmen, so daß wir ihnen problemlos unsere Bedingungen diktieren können!«

»Und um zu Verträgen zu kommen, die uns das gestatten«, meldete sich jetzt unaufgefordert die links neben dem Klavier stehende vogelartige Madame Kurz, »schicken wir einfach ein Team in diese Länder, das während einiger Wochen nicht mehr zu tun hat, als Geld auszugeben – die wichtigen Leute, wie etwa den Innenminister, den Justizminister und den Arbeitsminister, einzuladen, zu bewirten und zu beschenken –, wobei sich hier als immer noch wirksamstes Bestechungsmittel insbesondere auch der Einsatz von Frauen empfiehlt!«

»Vor allem die immer stärker gefragten Fertigkeiten, die Linda sich in der Schweiz angeeignet hat, werden Wunder wirken«, fügte Maillard, im Buch weiterblätternd, hinzu, »Praktiken oder besser gesagt ›Künste‹, die, nebenbei gesagt, ja auch der gute Louis, der sich ansonsten in der Öffentlichkeit doch immer wieder so extrem gegen jegliche Form von Macht ausspricht, als Privatmann aufs heißeste liebt, obwohl er das, wie seine Vorliebe für die Vertreter des sogenannt ›stärkeren‹ Geschlechts überhaupt, natürlich geflissentlich geheimzuhalten versucht! – Aber was müssen wir bei der Auswahl eines solchen Vorauskommandos denn sonst noch beachten, Monsieur Warpol?«

»Für einen guten *Trader*«, sagte der silberhaarige Mann, der rechts neben den modernisierten Halsschen ›Vorsteherinnen‹ stand, »zahlen wir fünfhunderttausend Dollar pro Jahr und mehr, und die gierigsten unter ihnen finden wir, indem wir sie gar nicht nach ihren Kenntnissen im Kupfer-, Aluminium- oder Rohölhandel, sondern nur nach ihrem Lebensstil fragen. Nach den Autos, die sie fahren, den Hotels, die sie frequentieren, den Orten, wo sie ihre Ferien verbringen, und auch danach« – er beugte sich nach vorn und fixierte Ribeaus linken Unterarm –, »wie unabdingbar für ihr Wohlbefinden etwa eine Rolex an ihrem Handgelenk ist. Denn je höher ihre Lebenskosten, desto williger werden sie für ein gutes Honorar auch etwas riskieren!«

»Ausgezeichnet rekapituliert«, beurteilte Maillard diesen Beitrag. »Und was geschieht weiter?« Er sah den links neben den Brillo-›Vorsteherinnern‹ stehenden Teissier an.

»Nachdem wir einige der weltweit am höchsten verschuldeten Kleinstaaten bearbeitet haben«, sagte der wie Nostradamus aussehende Mann nun beinahe automatisch,

»Jamaika und Simbabwe vielleicht, deren Regierungen wir einmal, sagen wir, fünfundvierzig und dann wieder zweihundert Millionen Dollar leihen, um uns den größten Teil der Weltproduktion an Aluminium und Blei zu sichern, wenden wir uns auch größeren Ländern wie etwa Mexiko zu, wo wir zunächst vielleicht einmal einer in Zahlungsschwierigkeiten geratenen staatlichen Kupfermine finanzielle Unterstützung anbieten, um so die Kontrolle über deren gesamten Output ausüben zu können.«

»Und als multinationales Unternehmen«, fügte der vor der linken Türhälfte stehende Clicquot hinzu, »das seinen Sitz in einem Steuerparadies wie etwa dem kleinen Kanton Zug in der Schweiz hat, manipulieren wir unsere Riesengewinne natürlich mit Steuertricks und dem sogenannten *Transfer Pricing* – der Unterfakturierung der Rohstoffexporte und der Überfakturierung der Importe von technischen Einrichtungen und Know-how. Denn die schweizerische Gesetzgebung verhindert ja in höchst verdienstvoller Weise das Aufdecken der wahren Besitzverhältnisse – und die Zuger Spezialität sind gerade die sogenannten ›Gemischten Gesellschaften‹, die mit den neuesten Mitteln der elektronischen Revolution operieren!«

»Wobei wir die Vorteile, die wir uns auf diese Weise verschaffen«, ergänzte Maillard, »in den Börsenspekulationen selbstverständlich wieder voll zu unseren Gunsten einsetzen. – Aber nun genug mit Phase eins. Monsieur De Beuys, Monsieur Christobaldi, darf ich bitten!«

Die angesprochenen Männer wandten sich dem zwischen ihnen stehenden schwarzen Holzobjekt zu, machten sich seitlich an seinem Aufbau zu schaffen und hoben dann die ganze, bis zum pyramidenförmigen Abschluß reichende Vorderseite ab.

Unter dem Brett erschien in der Mitte einer wiederum

schwarzen, leicht vertieft angebrachten Fläche eine senk-
rechte, etwa zwanzig Zentimeter breite, kalt glänzende
Chromskala mit übereinander eingestanzten Zahlen und
Querstrichen – und nachdem De Beuys und Christobaldi
den schwarzen Deckel gegen die Bücherwand zwischen
Tür und Unterhaltungselektronikanlage gestellt hatten,
stieg der Mann im Monteursanzug auf den würfelförmigen
Unterbau und löste das obere Ende eines mitten auf der
Platte liegenden Chromstahlstabs aus seiner Befestigung,
so daß dieser etwas nach vorn und dann ungefähr dreißig
Grad nach rechts fiel, bevor er mit einem knackenden Ge-
räusch zum Stillstand kam.

Das Holzobjekt war, wie Ribeau jetzt erkannte, also weder ein hochgestellter Sarg noch ein zusammengestauchter
Obelisk, sondern ein enormes, gut zehnmal vergrößertes
Metronom – ein normalerweise zur Angabe des musikali-
schen Zeitmaßes gebrauchtes Gerät, dessen Zweck hier jedoch wohl ein anderer sein mußte.

»Gute Arbeit«, bedankte Maillard sich, als die beiden
Männer wieder ihre Plätze beidseits des schwarzen Gebildes eingenommen hatten. »Und damit nun also zur Phase
zwei!«

»Wenn wir«, sagte der vor der rechten Türhälfte stehende Roquembert, »eines der größten Rohstoffhandels-
häuser der Welt besitzen – eine weitverzweigte Gruppe mit
Niederlassungen in fünfunddreißig oder noch mehr Ländern und einem Jahresumsatz von vierzig oder fünfzig Milliarden Dollar –, investieren wir in bestimmten Randnatio-
nen Europas, sagen wir zum Beispiel in Spanien, einige
hundert Millionen in Touristenzentren, in Luxushotels, in
Beteiligungen an Versicherungen sowie natürlich auch in
Ländereien und Fleischverarbeitungsfirmen.«

»Und dann«, erklärte mit einem höchst zufriedenen
Lächeln die Frau, mit welcher der Doktorand aus Paris vor

weniger als vierundzwanzig Stunden noch im Bett gelegen war, »kaufen wir in ganz Europa mehr und mehr Industriebetriebe und andere Firmen, die in Strukturschwierigkeiten stecken, nicht mehr rentieren oder marod geworden sind, reorganisieren und rationalisieren sie und bauen sie durch Zusammenschlüsse und Fusionierungen zu immer größeren Gruppen und Konzernen aus.«

»Und weil es«, sagte Clicquot, »bei den heutigen Kursen, da man Spitzenaktien zu Discountpreisen haben kann, billiger ist, Betriebe aufzukaufen, als neue zu bauen, steigen wir dann, selbstverständlich weiterhin so unauffällig wie möglich, mit immer wieder neuen Strohmännern und anderen Tricks, auch auf der höchsten Stufe ins Firmenfressen ein, in die von den Amerikanern *Mergers and Acquisitons* genannten *Mega-Deals,* und bauen durch *Unfriendly Takeovers* im klassischen Stil ein immer größeres europäisches Firmenimperium auf. Wie bei einem Mosaik behalten wir diejenigen Teile, die passen, und diejenigen, die nicht passen, stoßen wir wieder ab – und wir schrecken dabei auch vor bösartigen Kaufattacken nicht zurück, sondern sind, im Gegenteil, bereit, es zu regelrechten Börsenschlachten kommen zu lassen!«

»Wir sehen uns«, meinte Roquembert, »da heute kein Unternehmen mehr sicher sein kann, ob es nicht auf der Speisekarte eines anderen steht, jeden Tag nach zehn oder noch mehr neuen Übernahmekandidaten um und erreichen so, durch Aufkäufe, Mehrheitsbeteiligungen, Fusionen et cetera, anstelle von achtprozentigen Umsatzsteigerungen durch ein sogenannt ›natürliches‹ Wachstum solche von fünfundfünfzig und mehr Prozent!«

Je rationaler, logischer und somit also auch einsichtiger, nachvollziehbarer und scheinbar vernünftiger die Argumente der Leute wurden, die Ribeau und Anseaume umstanden, desto unheimlicher wurden sie dem Doktoranden

– und, so paradox es war, desto verrückter erschienen sie ihm.

»Wir machen«, schaltete sich jetzt die walkürenhafte Rougemont wieder in die Darlegung ein, »auch vor Chemieriesen wie Bayer, BASF und Hoechst nicht halt, und wir kümmern uns um das zum Technologiekonzern avancierte, inzwischen noch in den Bereichen Elektronik, Luft- und Raumfahrt sowie der Dienstleistungssparte tätige einstige Automobilunternehmen Daimler-Benz ebenso wie um die Gutehoffnungshütte oder die Deutsche Bank. Und nicht unbeachtet lassen wir natürlich auch die Multis in der Nahrungs- und Genußmittelbranche wie Unilever oder Nestlé, die führenden britischen Konzerne Lonrho, BAT und Royal Dutch/Shell sowie die französischen und italienischen Staatsholdings. Und vom High-Tech-Land Bundesrepublik dehnen wir mit sogenannten *Joint Ventures* unser westeuropäisches Imperium auch in den sogenannten *Ostblock* aus und bringen so endlich die Auswirkungen der Teilung Deutschlands und die anderen ungerechten Kriegsergebnisse zum Verschwinden.«

»Das lassen die Russen nie zu«, wandte der gefesselte Anseaume auf nicht besonders überzeugende Weise ein.

»O doch, mein Lieber«, meinte Maillard voller Freude. »Denn im Gegensatz zu dem, was Sie meinen, stehen nämlich nicht *wir*, sondern *die* vor dem Bankrott. Der gute Gorbi versuchte mit Glasnost und Perestroika zwar noch zu retten, was zu retten war, ist damit aber bereits zum Spielball der Geschichte geworden. Der real existierende Kommunismus hat versagt und ist mit seinem schlechten, gegen die Natur des Menschen gerichteten Management sowohl finanziell wie moralisch am Ende – und die Machthaber in diesen Ländern werden, um die auf die wirtschaftliche Katastrophe folgenden Bürgerkriege und anderen unvorhersehbaren gesellschaftspolitischen Umwälzungen zu beenden, wohl oder übel ebenfalls ein System der Beschwichtigung nach unserem Muster einführen müssen, um mit dem Reichtum an Bodenschätzen und Grundstoffvorräten, die sie in ihrer eigenen, noch wenig bevölkerten Landmasse haben, zu versuchen, noch einmal einigermaßen über die Runden zu kommen!«

»Wenn die Russen«, erklärte der rechts neben dem Riesenmetronom stehende De Beuys, »die Staaten, die mehr verbrauchen, als sie selbst produzieren, verlieren, ist das militärisch gesehen für sie kein Schaden, sondern ein Gewinn, denn sie verbessern damit ihre Vorratslage!«

»So oder so«, piepste die kleine Kurz nun enerviert, »werden wir schließlich auch mit den Russen ins Geschäft kommen und auf diese Weise nicht nur das große ›Alte Europa‹ von vor dem Ersten Weltkrieg wieder errichten, sondern zum ersten Mal auch den Traum von einem noch größeren Europa verwirklichen – den Traum von einem Europa nämlich, das vom Atlantik bis zum Ural reicht und von Napoleon und Hitler mit ihren relativ plumpen und grobschlächtigen Mitteln noch vergeblich zu schaffen versucht worden ist.«

»Europa«, sagte der schwitzende Anseaume, »wird keine neue Größe, sondern, im Gegenteil, eine Invasion durch die einst von ihm unterdrückten Völker in Übersee erleben, deren exponentiell anwachsende Menschenmassen es in den nächsten Jahrzehnten buchstäblich überschwemmen werden, um sich den Reichtum, der ihnen gestohlen wurde, wieder zurückzuholen!«

Ohne sichtbare Beeinflussung setzte sich der schräg über das Metronom hinausragende Chromstahlstab in Bewegung, durchschnitt die Luft und blieb nach einer Drehung um etwa sechzig Grad mit einem Knacklaut auf der rechten Seite hängen.

»Der *Finger der Zeit*«, sagte Maillard – und blätterte in dem Buch, das vor ihm auf dem Klavier lag, schnell eine größere Blätterzahl um. »Laßt uns also zur *dritten* Phase unseres Großen Plans übergehen!«

»In Phase drei«, sagte Linda Lovely, dieweil sie ihre Rechte sanft über den linken Oberschenkel des neben ihr sitzenden rothaarigen Mannes gleiten ließ, »verwandeln wir das ›Neue Europa‹ – nach dem Modell unseres Châteaus und dem der Schweiz, die so immerhin schon zwei Weltkriege, und zwar in deren Zentrum, unbeschadet überstanden hat – ganz einfach in eine Festung, in die wir niemanden mehr hereinlassen!«

»Wobei wir«, ergänzte De Beuys, »das heute allgemein üblich gewordene Auseinanderklaffenlassen von Worten und Taten natürlich einmal mehr voll ausnützen, indem wir nach außen, als Tarnung unserer wahren Absichten, immer wieder behaupten und vorgeben, daß wir um keinen Preis eine solche Festung wollen, sondern, im Gegenteil, eine totale Öffnung zur Welt und einen freien Handel mit jedermann anstreben würden!«

»Durch Bestechung, Infiltrierung der Parteien mit Strohmännern und Gründung eigener Organisationen«, fügte Teissier-Feierabend an, »bringen wir die Politiker dazu, einen einzigen, völlig freien europäischen Binnenmarkt zu schaffen, der dreihundertfünfzig Millionen Menschen umfassen und der größte Markt der Welt sein wird – ein Markt, der unter der Voraussetzung, daß in ihm nach außen hin die ›formale Demokratie‹ und das ›freie Unternehmertum‹ vorherrschen, mit dem Einbezug von Osteuropa und dem europäischen Teil der ehemaligen UdSSR aber sogar noch auf siebenhundert Millionen Konsumenten hinauf verdoppelt werden kann!«

»Und gleichzeitig«, deklarierte Warpol, »machen wir die europäische Wissenschaft wieder zur führenden Wissenschaft der Welt, indem wir nach dem Vorbild der diversen, völlig atomsicher gebauten Anlagen, die wir hier in der Klinik haben, private und später, über unsere Leute in der Politik, auch staatliche, europaweit vernetzte, mit den neuesten Computersystemen, Daten- und Gen-Banken ausgestattete Stiftungen, Forschungszentren und Denkfabriken gründen, die in kürzester Zeit technische Erfindungen und Wunderwaffen hervorbringen, die allen Bewohnern unserer Festung Wohlstand bescheren und uns, als den heimlichen Beherrschern des Ganzen, eine immer größere Machtfülle verleihen!«

»Sie lügen«, warf Anseaume dem Mann vor, »die Anlagen, von denen Sie sprechen, gibt es hier gar nicht!«

»O doch«, ließ sich jetzt Maillard wieder vernehmen. »Denn *alles,* was hier, vor allem während der sogenannten ›sanften Renovation‹ oder ›Modernisierung‹ des Schlosses, in seinem unterirdischen Teil unter strengster Geheimhaltung vorgegangen ist, haben Sie zum Glück ja nicht mitbekommen, lieber Kollege!«

»Dem Druck von Milliarden ausgehungerter, um ihr nacktes Überleben kämpfender Menschen«, entgegnete Anseaume, »wird das alles trotzdem nicht standhalten können!«

Der Stahlstab des Riesenmetronoms schnellte nach links zurück und erzeugte einen weiteren Knacklaut, worauf Maillard wieder mehrere Seiten seines Buchs überschlug.

»Mit Ihrem letzten Einwand«, sagte er dann zum gefesselt dasitzenden Anseaume, »haben Sie natürlich völlig recht – weshalb auf Phase drei ja eben auch Phase *vier* folgt. Jene Phase nämlich, in welcher wir unsere europäisch-russische Festung mit den bis dahin noch übriggebliebenen anderen Festungen, dem Wirtschaftsgroßraum Nordamerika, dem südostasiatischen Yen-Block und der Kontinental-Burg Australien, zu einer einzigen *Super-Festung* zusammenschließen, die rund zwei Komma acht Milliarden Menschen umfassen wird.«

»Mit unseren bewährten Methoden«, sagte die Frau, deren Augen so verwirrend gleichartig hellblau wie die von Maillard leuchteten, »errichten wir in den anderen Festungen als Stützpunkte zunächst überall Tochtergesellschaften – wobei wir in der momentan noch wichtigsten mit dem Medienimperium meines seligen US-Daddys ja bereits einen sowohl finanziell wie hinsichtlich der Beeinflussungsmöglichkeit der öffentlichen Meinung nicht zu unterschätzenden Fuß drinhaben. Und wenn nötig, helfen wir auch wieder mit unserer Drogen-Taktik nach und machen Washington D. C. vorübergehend zur Welthauptstadt des Kokains, des Cracks, des Ice und weiterer Wundererfindungen, die uns bis dahin zweifellos noch gelingen.«

»Und gleichzeitig«, erklärte der kleine Monsieur Clicquot schmunzelnd, »werden wir auch unseren völlig unauffälligen, jedermann ganz und gar harmlos erscheinenden Weißwein- und Rotweinhandel in die für uns strategisch wichtigen Gebiete ausdehnen!«

»Wie Sie sehen«, sagte Maillard, »ersetzen wir das brutale Machtsystem, mit dem bisher fast immer und überall Gehorsam gesichert und Gegenaggression unterdrückt wurde, durch *wissenschaftlichere* Methoden – und da die Religion ja schon lange nicht mehr das ›Opium des Volkes‹ ist, wird nun eben das Opium beziehungsweise das Marihuana, das Heroin oder das LSD zur Religion des Volkes.«

»Wenn es in den anderen Festungen aber trotzdem noch Widerstände geben sollte«, sagte Warpol, »brechen wir diese kurzerhand mit kontrolliert eingesetzten Epidemien oder mit von uns mittels subterranen Atombomben ausgelösten, garantiert wie echt aussehenden Erdbeben zum Beispiel in der kalifornischen San-Andreas-Spalte, auf einer der vier großen japanischen Inseln oder sonstwo in einer ohnehin schon gefährdeten Zone.«

»Das sind doch alles völlig unrealisierbare Hirngespinste«, wandte der gefesselte Anseaume sich nun an Maillard. »Eine Wirtschafts- und Wissenschaftsexpansion, wie Sie sich das in ihrem Festungsdenken ausmalen, kann es doch gar nicht geben. Sie wissen doch, daß es in der Welt des Organischen kein unbegrenztes Wachstum gibt – daß Organismen, im Gegenteil, gerade Vorrichtungen zur Regulierung von Energie sind, da zuviel Energie für das Leben ebenso gefährlich ist wie zuwenig. Das wissen Sie doch – oder wußten es zumindest einmal, als Sie sich hier noch mit ihren Pflanzen und den neuesten Erkenntnissen der Biologie befaßten.«

»Das ist alles sehr richtig«, antwortete ihm der große Mann vergnügt. »Und deshalb ist ja eben auch bereits im siebten vorchristlichen Jahrhundert das *Geld* erfunden worden, dessen spezifische Eigenart, wie schon der scharfsinnige Thomas von Aquin betonte, gerade darin besteht, daß es weder biologische Grenzen noch ökologische Einschränkungen kennt.«

»Physische Macht, die als Zwang auf andere Menschen ausgeübt wird«, sagte Christobaldi, »stößt, wie auch wir erkannt haben, in der Tat bald auf natürliche Grenzen – denn übt man zuviel Zwang aus, stirbt das Opfer. Und eine gleichartige natürliche Begrenzung existiert in bezug auf die materiellen Güter und die Sinnesfreuden. Aber wenn menschliche Funktionen in abstrakte, gleichförmige Einheiten, letztlich also in Einheiten von Energie oder Geld, verwandelt werden, gibt es für das Maß an Macht, die angeeignet, umgewechselt und gehortet werden kann, eben keine Grenzen mehr.«

»Und dank der schnellen Verkehrs- und Nachrichtenmittel«, fügte Warpol hinzu, »ist schließlich das Papiergeld

und das Kreditwesen im heute praktizierten Ausmaß möglich geworden – so daß aus der manuellen Arbeit jetzt Maschinenarbeit, aus der Maschinenarbeit Papierarbeit und
aus der Papierarbeit eine elektronische Simulierung von
Arbeit werden kann, die von allen organischen Funktionen
und menschlichen Zwecken losgelöst ist!«

»Mit Ausnahme jener Funktionen und Zwecke natürlich«, verkündete Linda Lovely mit Nachdruck, »die uns
und unserem neuen System förderlich sind!«

Das sozusagen auf dem Kopf stehende Pendel des Riesenmetronoms schnellte aus der linken Schräglage in die rechte
hinüber und verursachte wieder ein lautes Knacken – worauf der Mann im Overall ein zweites Mal auf das schwarze
Gebilde stieg und nun an dessen pyramidenförmigem Abschluß eine Manipulation vornahm, die zur Folge hatte, daß
dort im Frontdreieck unvermittelt ein mandelförmiges gel-
bes Licht in einem äußerst schnellen Rhythmus zu blinken
begann.

»Das *Auge des Horus*!« rief Linda Lovely – und Maillard
ergriff ein größeres Seitenbündel der rechten Hälfte des
dicken Buchs, klappte es mit einer einzigen Handbewegung nach links und fuhr mit dem Zeigefinger rasch über die
nun aufgeschlagenen Papierflächen.

»Die ganze Angelegenheit«, sagte er dann, »ist, wie man
leicht einsieht, ein Problem der Masse – und deshalb werden wir in Phase *fünf* unseres Großen Plans, wenn wir jenen
Verzweigungspunkt der Evolution erreicht haben, an dem
wir mit einer einzigen Tat den globalen Zustand ändern
können, die Beschwichtigungs-Tarnung, wie das hier, im
Modell der Klinik, ja auch passiert ist, für einen kurzen Moment noch einmal aufgeben müssen, damit wir, bevor der
Rest der Welt ebenfalls über Atomwaffen sowie über wirkungsvolle chemische und biologische Waffen verfügt, so

kurz, so schmerzlos und so wissenschaftlich wie möglich, vermutlich mit Hilfe einer Art stark verbesserten Neutronen-Bombe, die wirklich nur Menschen und nichts Materielles zerstört und auch keinerlei schädliche Verseuchungen und Verstrahlungen zur Folge hat, unter irgendeinem plausibel scheinenden Vorwand, der sich immer konstruieren läßt, total überraschend und konsequent noch ein letztes Mal auf das altbewährte, aber jetzt eben wissenschaftlich perfektionierte Rezept des Völkermords zurückgreifen können.«

»Ein Rezept«, ergänzte Teissier-Feierabend, »das in seiner primitiveren Form hier regional ja schon im dreizehnten und sechzehnten Jahrhundert gegen die Albigenser und Waldenser erfolgreich war – das aber auch in jüngster Zeit, beispielsweise von den Türken gegen die Armenier, von Stalin gegen die Bauern in der Ukraine, von den Deutschen gegen die Juden und von den Amerikanern gegen die Japaner, höchst wirkungsvoll eingesetzt wurde und nun auch uns, und zwar in einem einzigen Augenblick, erlauben wird, die viel zu groß gewordene Menschheit auf die wissenschaftlich berechnete Tragfähigkeit unseres Planeten zurückzustutzen, die in dieser Phase fünf, wie der verehrte Doktor Anseaume wohl schon erraten hat, bei rund zwei Komma acht Milliarden Individuen liegen muß.«

»Ein unumgänglicher chirurgischer Eingriff«, erklärte De Beuys kategorisch, »für den die ›Teeren-und-Federn‹-Praxis aus den USA, wo im letzten Jahrhundert der Nord-Süd-Konflikt auf nationaler Ebene vorweggenommen wurde, natürlich auch wieder bloß ein Modell war!«

»Aber das ist doch der totale Wahnsinn«, rief Anseaume jetzt seinem klar paranoid argumentierenden, offensichtlich völlig aus der Realitätsprinzip-Kontrolle geratenen Vorgänger zu. »Ihre Idee der totalen Freiheit kippt in eine Weltdiktatur um!«

»Ganz richtig«, pflichtete ihm der große Mann hinter dem Klavier gelassen bei. »Denn *Opfer* sind in der Entwicklung der Menschheit, seitdem diese Praktik zu Beginn der neolithischen Domestizierungsphase vom Matriarchat erfunden und institutionalisiert worden ist, als Mittel zur Wachstumssicherung periodisch immer wieder notwendig gewesen. Und wenn es zum wirklichen Kampf ums Überleben kommt, werden die Menschen zu allem bereit sein – und es werden sogar Leute wie Sie wieder zu den Waffen greifen!«

»Und zuletzt«, verkündete Teissier-Feierabend, »wird jene Vision Dostojewskijs aus den ›Brüdern Karamasow‹ Wirklichkeit, in welcher der Großinquisitor zum wiedererschienenen Christus über die Menschen sagt: ›Sie werden aber schließlich selber ihre Freiheit uns zu Füßen legen und zu uns sprechen: Knechtet uns nur, aber gebt uns zu essen‹!«

»Ohne ein *paar* Opfer wird es nicht gehen, denn zum ›laissez-faire‹ gehört auch das ›laissez-mourir‹«, sagte Maillard – um sich dann wieder einmal an den seit etlicher Zeit nur noch stumm dasitzenden Doktoranden der Psychologie zu wenden: »Was halten Sie übrigens von der zusätzlichen Tarnung unserer Kommandozentrale mit den OCCITANIE-LIBRE-Beschriftungen, mit denen wir die ganze Umgebung eingedeckt haben, lieber Edgar? Wirkungsvoll – wie ja auch die als Jäger verkleideten Wachtposten, nicht wahr!«

Ribeau, dem das gigantische, theatralisch-irreale Phantasiegebilde, das sich um ihn herum aufgebaut hatte, immer absurder vorkam, wußte nicht, wie er reagieren sollte – er fühlte eine bodenlose Angst in sich und war gleichzeitig über die Ernsthaftigkeit verwundert, mit welcher der gefesselte Anseaume auf das einging, was sein kranker Vorgänger und dessen Anhänger sagten –, aber da er annahm, daß der magere Mann für sein Verhalten gute Gründe hatte, entschloß er sich, diesen zunächst einmal verbal zu unterstützen.

»Am Ende Ihres neuen Systems«, sagte er also, »steht, wie es scheint, nicht das größtmögliche Glück für die größtmögliche Zahl, sondern das schnellstmögliche Nichts für die größtmögliche Zahl!«

»Aber keineswegs, mein Lieber«, konterte der große Mann diesen Einwand nun sofort mit ganz und gar unerschüttertem Selbstvertrauen – dieweil der Pendelstab des Metronoms ein weiteres Mal die Luft durchschnitt und in der linken Schräglage mit einem Knacken zum Stillstand kam. »Denn wenn wir die Erdbevölkerung endlich auf die Tragfähigkeit des Planeten reduziert haben, ersetzen wir in der *sechsten* Phase unseres Großen Plans auch den noch übriggebliebenen Rest der organischen Welt durch mechanische, chemische und elektronische Äquivalente – durch von uns geschaffene Substitute, aus denen alles Störende, Überflüssige und Unverständliche, jedes unlogische, irrationale Moment und alle anderen möglichen Fehlerquellen eliminiert sind, so daß, wie in einer Raumstation, welche die Erde letztlich ja ist, sämtliche physischen Parameter unter technischer Kontrolle stehen und wir endlich die äußere Umwelt nach den Bedingungen herstellen können, die wir für unser Vorhaben brauchen.«

»Das heißt«, fügte Christobaldi hinzu, »wir weiten das Industrie-System, das wir in der Zwischenzeit perfektioniert haben, über die ganze Welt aus und überziehen diesen Planeten mit einer einzigen, gleichartigen, aus Fabriken, Wolkenkratzern, Autobahnen, Raketenbasen und unterirdischen Kontrollzentren bestehenden Hülle, die schließlich eine neue, eine rein *künstliche* Welt bilden wird, in welcher der gesamte biologische Teil der alten Welt durch technische Vorrichtungen ersetzt ist.«

»Dadurch, daß wir die Erde in ein einziges, riesiges Laboratorium verwandeln«, erklärte der silberhaarige Warpol stolz, »in einen Raum also, in dem jede Verbindung zur bisherigen Naturgeschichte gekappt ist und kein Lebewesen, keine Pflanze, ja nicht einmal eine einzige Mikrobe mehr unserer Kontrolle entgeht, führen wir die *Megamaschine* ihrer Apotheose zu – jene Große Maschine nämlich, deren noch unsichtbare, weil ausschließlich aus menschlichen Teilen bestehende archetypische Form vor sechstausend Jahren schon die alten Ägypter erfunden haben und deren bis heute nie mehr erreichte Leistung im Bau der Großen Pyramide von Gizeh gipfelte.«

»Von einer solchen ›Zivilisation‹«, wandte Anseaume nun überraschend ruhig ein, »wird man sich ebenso wieder abwenden, wie man das vom sechsten vorchristlichen Jahrhundert an mit Hilfe der großen axialen Religionen und Philosophien getan hat, die den Gedanken des Werts und die menschliche Persönlichkeit in den Mittelpunkt zurückholten – schon damals kam es aus Enttäuschung über die Güter und Leistungen, die durch rigorose Arbeitsteilung, Klassenausbeutung und zentralisierte Kontrolle hervorgebracht wurden, zu Massenauszügen aus den städtischen Machtzentren!«

»Sie vergessen nur«, antwortete ihm der hinter dem Klavier stehende große Maillard schmunzelnd, »daß man danach gerade durch eine dieser Jenseits-orientierten, transzendentalen Religionen wieder zu den Maschinen zurückgekehrt ist. Nun allerdings nicht mehr zu menschlichen, aber zum alten Prinzip in einer neuen Form – zu den ersten effektiv arbeitssparenden *Kraft*maschinen nämlich, deren Vermehrung und kombinierte Anwendung vor allem in den Benediktinerklöstern vorangetrieben wurde. So daß also ausgerechnet die dem Überirdischen verpflichteten Klöster mit ihrer Regelmäßigkeit und Effizienz den Grundstock für die sich ab dem zwölften Jahrhundert durchsetzende kapitalistische Organisation und die weitere Mechanisierung gelegt haben – und nicht etwa erst, wie man vielerorts immer noch meint, der Protestantismus, der ja zunächst im Gegenteil ein vehementer Protest gegen den Kapitalismus und ein reuiger Versuch war, zur asketischen Lebensform der frühen Christen zurückzukehren.«

»So wie die klassische Theorie der ›kapitalistischen Akkumulation‹«, erklärte Christobaldi mit nachsichtiger Lässigkeit, »ja ebenfalls auf die rein theologische Doktrin von der ›Schatzkammer des Heils‹ zurückgeht – auf das Anhäufen irdischer Verdienste durch Enthaltsamkeit und Opfer, um im Himmel unermeßlichen Lohn zu erhalten –, und so wie das von den Scholastikern entwickelte System der logischen Abstraktionen ja ganz allgemein die stärkste Untermauerung für die ihren Triumphzug antretende rationale Wissenschaft lieferte.«

»Eine Entwicklung«, ergriff Teissier in gravitätischer Manier das Wort, »die letztlich aber wieder nur dank einer umfassenden religiösen Wende erfolgreich sein konnte – und zu einer solchen totalen Umwandlung der westlichen Lebensauffassung ist es ja dann im sechzehnten Jahrhundert gekommen, als mit Kepler, Tycho Brahe und Kopernikus in der Entbindungshelferrolle ein neuer *Sonnen*-Gott geboren wurde. Ein Gott, der in Tat und Wahrheit allerdings kein geringerer als der in neuer Form wiedergekehrte *Atum Re* war – der selbstgezeugte Sonnengott der Ägypter, der aus dem eigenen Samen, ohne Mithilfe des weiblichen Prinzips, das Universum und alle untergeordneten Gottheiten empfangen hatte. So daß, wenn Sie, verehrter Doktor *A,* so wollen, der Ostpreuße Kopernikus, indem er der

Sonne ihre zentrale Position zurückgab, in Wirklichkeit also ein besserer Ägypter als Ptolemäus war.«

»Und auf dieser Basis«, fügte Warpol hinzu, »auf der mechanischen Regelmäßigkeit der absoluten Ordnung des Planetensystems, dem Meßbaren, dem Wiederholbaren, dem Vorhersagbaren und dem Kontrollierbaren, ist mit Galileo Galilei als Zentralgestalt dann allmählich eben auch das in den Tiefen der Geschichte ruhende Geheimnis der *Megamaschine* wiederentdeckt worden, das Europa zum Mittelpunkt der Welt machte – und England, wenn ich das in aller Bescheidenheit hinzufügen darf, zum Zentrum des bisher einzigen wirklich globalen Weltreichs, das sich wahrheitsgemäß rühmen konnte, daß in ihm die Sonne niemals unterging.«

»Und ein solches Weltreich, in dem die Sonne niemals untergeht«, sagte Maillard, »errichten nun auch wir wieder – und zwar in einer Weise, die sich wohl noch kaum jemand richtig vorstellen kann. ›Wer am weitesten sieht, steht am höchsten‹, hat Galilei in seinem ›Dialog über die Weltsysteme‹ geschrieben – und das trifft auf uns und unseren Großen Plan heute ebenso zu, wie es in umgekehrter Form schon für unseren berühmten Vorgänger Petrarca galt, der den Mont Ventoux ebenfalls zu keinem anderen Zweck als um des Aufstiegs willen erklommen hat: um den Raum zu bezwingen und sich über die Erde zu erheben!«

»Das wahre Verbrechen, das Galilei beging und dessen Opfer wir heute, wie man sieht, alle zu werden drohen«, wandte der gefesselte Anseaume jetzt wieder ein, »wiegt unvergleichlich schwerer als jedes, dessen die Kirche ihn beschuldigte – und es besteht, wie ich meine, darin, daß er die erlebte Realität in einen subjektive und eine objektive Sphäre aufteilte und die Außenwelt dabei zur primären Realität erhöhte. Ohne zu wissen, was er tat, und ohne zu ahnen, was daraus folgen würde, hat er durch diesen krassen Dualismus und seine ausschließliche Konzentration auf die Quantität die reale Welt der Erfahrung disqualifiziert und das zentrale Subjekt der Geschichte, den mehrdimensionalen Menschen, exkommuniziert – ihn seines historischen Erstgeburtsrechts beraubt und aus der lebenden Natur in eine kosmische Wüste vertrieben.«

»Aber nur so«, meinte der Mann mit den hellblau leuchtenden Augen daraufhin sofort wieder höchst selbstsicher, »konnte anstelle der zwar reichen und vielfältigen, aber, wie auch Sie, cher ami, eingestehen müssen, vergleichsweise doch enorm unterentwickelten Polytechnik des Mittelalters via Absolutismus und kapitalistisches Unternehmertum schließlich unsere heutige superschnelle *Megamaschine* errichtet werden, die noch machtvoller ist, als es die des Pyramidenzeitalters war.«

»Wobei man nicht übersehen soll«, fügte der kräftige De Beuys hinzu, »daß Europa mit der Rodung der Wälder durch die Mönchsorden und mit der Errichtung feudaler Pioniersiedlungen und neuer Städte bereits vom zehnten Jahrhundert an eine Art Generalprobe für die nachfolgende Periode abgehalten hat.«

»Europas Kolonisierungs- und Zivilisierungsmission«, verkündete Teissier-Feierabend feierlich, »war ein notwendiges Erfordernis für seine eigene Entwicklung – der westliche Mensch *mußte* einfach den ganzen Planeten erforschen, um vollen Gebrauch von dessen technologischem Potential zu machen –, und die neben der ›Neuen Welt‹ der geographischen Entdeckungen gleichzeitig entstandene neue Welt der Maschine erwies sich dabei als ein der geistigen Kolonisierung offenstehendes Imperium, das noch viel größer und reicher ist als jenes, das durch militärische Eroberung und Besiedlung gewonnen werden konnte.«

»Und in der komplexen Weise, die wir Ihnen, verehrter

Doktor *A*, eben dargelegt haben«, erklärte Linda Lovely strahlend, »erfüllte sich so schließlich ein weiteres Mal der vielleicht ursprünglichste Wunsch des Menschen – der Wunsch nämlich, aus alten Fesseln und Grenzen auszubrechen, sich aus Beschränkungen, die als lästig empfunden werden, zu lösen und Grenzen, die einem gesetzt sind, zu überschreiten –, und gleichzeitig brachte dieser Befreiungsschub auch wieder eine befristete Lösung für das Problem des Bevölkerungsdrucks auf diesem Planeten. Ein Druck, der ja von Anfang an ein Hauptmotiv, wenn nicht die Hauptantriebsfeder für das Handeln der Menschheit war – und der dies wohl auch weiterhin bleiben würde, wenn wir ihn nun mit unserem Großen Plan nicht grundsätzlich zu ändern imstande wären.«

Wie es Edgar Ribeau schien, schauten all die merkwürdigen Leute, die um Anseaume und ihn versammelt waren, mit einem spöttischen Grinsen auf den mageren Mann, der seinen eng umschnürten, beinahe wie von einem Panzer umschlossenen Oberkörper einige Male ruckartig hin und her bewegte.

»Mit Hilfe des aus Kolonialismus, Kapitalismus und Militarismus entstandenen neuen Machtkomplexes«, sagte der Monteur Christobaldi mit einem mokanten Zug um den Mund, »unternahmen, in den Fußstapfen des Sonnenkönigs Louis XIV und Napoleons, nach dem Ersten Weltkrieg dann Stalin und Hitler erste ernsthafte Versuche, die alte, unsichtbare Große Maschine mit einer neuen, verbesserten mechanischen Ausstattung zu versehen – und es war ironischerweise gerade das Scheitern dieser noch sehr grobschlächtigen und rohen Prototypen im Zweiten Weltkrieg, das den Weg zur Explosion der absoluten Macht und damit auch zur erfolgreichen Modernisierung der Megamaschine ebnete. Den Weg zu jenen kosmischen Kräften nämlich, über die der Sonnengott gebietet – zum Himmelsfeuer in Form der Atomenergie –, und zum sogenannt ›souveränen Staat‹ – dem abstrakten Gegenstück zur konkreten, von der glorreichen Französischen Revolution endgültig gestürzten Königs-Person. Ein Staatsgebilde, das dank der Einführung der allgemeinen Wehrpflicht und der permanenten Einkommenssteuer noch weit größere absolute Machtbefugnisse und Machtmittel erhielt, als sie ein König je hätte haben können!«

»Und seither«, sagte der große Mann hinter dem Klavier nun wieder, »ist die Expansion der Megamaschine, ihres Reiches, ihrer Kraft und ihrer Herrlichkeit, zum Hauptziel des westlichen Menschen geworden und *Kraft, Geschwindigkeit, Massenproduktion, Reglementierung* und *Präzision* zu den Losungsworten der modernen Gesellschaft westlichen Stils, die wir mit Hilfe der acht Phasen unseres Großen Plans nun endlich ihrem Endzustand zuführen.«

»Was Sie letztlich wollen«, empörte sich Anseaume, »scheint mir nichts anderes zu sein als die Elimination der entscheidenden Hälfte des Menschen – das Ausschalten des Unterstroms des Subjektiven nämlich, der nicht nur die Basis unserer Kreativität bildet, sondern auch dafür sorgt, daß diese, obschon in nur geringem Ausmaß und auf lange Zeit hinaus gesehen, im Endeffekt schließlich größer als unsere Destruktivität bleibt. Aber wie die Geschichte zeigt, ist das ein völlig aussichtsloser Versuch – denn bevor er gelingen kann, werden ihm Rebellionen und Volksrevolten ein höchst unrühmliches Ende bereiten, wie dies ja schon dem Pyramidenzeitalter und der hellenistischen und der römischen Gesellschaft widerfahren ist, als diese zu Massengesellschaften geworden waren.«

»Affenaufstände, wie Sie hier einen zu inszenieren versuchten, meinen Sie!« warf Maillard höhnisch ein.

»So mögen Sie das nennen«, erwiderte Anseaume beherrscht. »Ich nenne es eine Revolte des inneren Menschen gegen den äußeren – und diese Revolte wird, je länger die Unterdrückung des Subjektiven dauert, um so schlimmer sein und einen Rückzug aus der Zivilisation zur Folge haben, der größer und gefährlicher ist als jeder, der bisher stattgefunden hat, da er nicht nur die negativen, sondern auch die positiven Errungenschaften Ihrer Megamaschine vernichten wird!«

»Oh, Sie geben also zu, daß die von Ihnen so heftig kritisierte Megamaschine auch Positives geschaffen hat«, rief der Mann im weißen Ärztekittel.

»Daß dem Sonnengott gebührt, was des Sonnengottes ist – die von ihm begründete Ordnung nämlich, die für alle Manifestationen des Lebens grundlegend ist –, bestreitet wohl niemand«, sagte Anseaume, »aber wir dürfen ihm nicht *mehr* geben. Denn es ist doch ebenso unbestreitbar, daß jeder neue Zuwachs an megatechnischer Ordnung und Reglementierung einen subjektiven Gegensturm von Ablehnung und Rebellion hervorbringt und als Ersatz für echte ästhetische Kreativität eine ungeheure Masse an gewollter Irrationalität, wahnwitzigem Dünkel, künstlich gezüchteter Idiotie und sinnloser Zerstörung erzeugt. Ein solcher, durch subjektive Reaktionen wie Desertion, soziale Rückentwicklung und gedankenlose Gleichgültigkeit, kurz, durch psychologische Absentierung herbeigeführter Zersetzungsprozeß schreitet nun ja schon seit mehr als siebzig Jahren voran und droht nicht nur die Produktivkräfte zu überholen, sondern selbst die Grundsätze der kosmischen Ordnung und der rationalen Zusammenarbeit, auf denen jede wahrhaft konstruktive Leistung beruht, zu untergraben.«

»Aber auch dafür«, konstatierte Maillard selbstzufrieden, »haben wir doch, ob Sie es glauben oder nicht, eine wissenschaftlich-technische Lösung bereit, mein Lieber!«

»Für menschliche Probleme«, sagte Anseaume, »gibt es, wie Sie wissen müßten, keine technische Lösung – und das von den ›Herren und Meistern‹ in ihrer Blindheit angewandte orthodoxe Heilmittel ›Brot und Spiele‹ beziehungsweise ›Sport, Fernsehen und Urlaubsreisen‹ anstelle von echter geistiger und kultureller Weiterentwicklung verschlimmert die Krankheit nur noch. Denn wenn dem Gewinn an Macht kein äquivalenter Reichtum an Geist gegenübersteht, geraten sowohl die Ausgebeuteten wie die Ausbeuter in eine Sackgasse. Die Herrscherklasse, die, wie man weiß, in keiner Zivilisation je mehr als fünf Prozent der Gesamtbevölkerung ausgemacht hat, entfremdet sich ihrer spezifisch menschlichen Anlagen und fällt auf die von Ihnen eben erwähnte ›äffische Stufe‹ zurück – das heißt, die Mächtigen reißen dann, wie bei den Affen, die Nahrung an sich, statt sie mit der Gruppe zu teilen, so daß jeder sich in einem ständigen Zustand gereizter Aggression gegen mögliche Rivalen befindet, während die Ausgebeuteten gleichzeitig eine immer größere Abscheu vor ihren Führern, dem Hof, dem Militär, dem Tempel und dem Markt entwickeln.«

Anseaume, der seinen verschnürten Oberkörper jetzt nach hinten lehnte und gelegentlich am Sessel rieb, sprach zu seinem ehemaligen Arbeitgeber wie ein geduldiger Lehrer zu einem uneinsichtigen Schüler, der mit seinen Gedanken ganz und gar falsch liegt, dies aber, trotz aller anderslautenden Unterweisung, einfach nicht merken will.

»Die zentrale Gegebenheit des menschlichen Seins zu ignorieren, weil sie innerlich und subjektiv ist«, fuhr er fort, »heißt, die größtmögliche Verfälschung vornehmen – denn nicht einmal theoretisch kann der Mensch sich auf das Beobachtbare und Kontrollierbare beschränken, ohne dabei von seinem eigenen Wesen und von der Welt ein falsches Bild zu erhalten. Zerstören Sie die undefinierbare subjektive Komponente des Lebens – und der ganze kosmische Prozeß wird bedeutungslos, ja unvorstellbar. Oder was glauben Sie denn, was dem Sein sonst Sinn und Zweck verleihen würde – wenn es nicht die auf der einzigartigen subjektiven Qualität der Organismen basierende symbolische Leistung des Menschen wäre.«

Ohne den erstaunlich ruhig wirkenden gefesselten Mann zu unterbrechen, aber vermutlich auch ohne den wirklichen Sinn dessen, was dieser sagte, zu verstehen, sah Maillard lächelnd zu seinem Kontrahenten hinüber – und der fügte dem bisher Gesagten, während er seine Beine übereinanderschlug, noch hinzu: »Aber die drohende Ausrottung des Menschen durch seine bevorzugten technologischen und institutionellen Automatismen führt nun ja, wie gesagt, zu einem Gegenangriff, der ebenso verheerend wie die Zerstörung der Subjektivität selbst sein wird – zu einem durch die Nihilisten der sogenannten ›Avantgarde‹ von *hinten* ausgeführten Angriff auf die gesamte menschliche Tradition nämlich, zu einem blindwütigen Kampf gegen alle organisierten Geistesschöpfungen, welche die kreativen Fähigkeiten des Menschen erhalten und entfalten. Im Sinn des Aphorismus ›Der Mensch wird zum Ebenbild dessen, was er haßt‹, führt die totale Negation zu einem *negativen* Machtsystem – und mit der bewußten Zerstörung und Demoralisierung nicht nur der Machtstruktur, sondern aller objektiven Kriterien und aller rationalen Urteile schließlich zu einem Kult des *Anti-Lebens,* der sich von dem, was Sie und Ihre Leute mit Ihrem ›Großen Plan‹ und Ihrem ›Neuen System‹ wollen, letztlich überhaupt nicht unterscheidet!«

Einen Moment lang herrschte totale Stille im Raum, und alles, was sich noch bewegte, war das unheimlich schnell blinkende gelbe Lichtauge im pyramidenförmigen Abschluß des schwarzen Riesenmetronoms – dann durchfuhr plötzlich wieder der kalt glänzende Chromstahlstab die Luft und blieb mit lautem Knacken auf der rechten Seite hängen.

»Wie Sie sehen und hören«, ergriff der Mann hinter dem Klavier jetzt erneut das Wort, »täuschen Sie sich auch mit dieser Interpretation der Dinge einmal mehr, mein Lieber – denn um derartige Probleme zu umgehen, geben wir in der *siebten* Phase unseres Großen Plans denjenigen Menschen, die bis dahin auf diesem Planeten noch übriggeblieben sind, den rund zwei Komma acht Milliarden Individuen unserer Superfestung also, nicht nur eine neue Religion und einen neuen Sinn für ihr Leben und ihre Arbeit, sondern auch das, was der Mensch in seinem Innersten wirklich will und was einst einzig und allein den Göttern und den Königen vorbehalten war, das heißt, wir erneuern für sie, sozusagen zur Vollendung der Demokratisierung alter aristokratischer Privilegien, die Verheißung der *Unsterblichkeit* und des *ewigen Lebens*!«

»Wobei diese Verheißung«, beeilte sich Teissier-Feierabend sogleich hinzuzufügen, »diesmal mit Sicherheit nicht bloß ein leeres Versprechen oder irgendein fauler Trick, sondern ein ganz und gar echter Zauber sein wird!«

»Das, was einst unmögliche Wünsche, vergebliche Hoffnungen und leere Prahlereien der alten Götter und Könige waren«, meinte die sich eng an den neben ihr sitzenden rothaarigen Krankenwärter schmiegende Linda Lovely, »wird jetzt ohne Hokuspokus Wirklichkeit werden – und das gilt für die nie verschwundenen archaischen Träume von einer Kraft, welche die natürlichen Grenzen des Menschen überschreitet, ebenso wie für das nie versiegende ›Füllhorn‹, das ›Allheilmittel‹ und die ›Wunderdroge‹.«

»Wir werden«, verkündete der silberhaarige Warpol, »eine Machtvollkommenheit erreichen, wie sie bisher nur die Götter der Bronzezeit beansprucht haben – und diese Machtvollkommenheit wird uns eine nicht mehr bloß magische und symbolische, sondern eine von uns allen gemeinsam geschaffene *echte* Himmelfahrt ermöglichen.«

»Da aber alles, was im Leben des Menschen passiert, ein religiöses Phänomen ist«, sagte Maillard, »brauchen wir für alles, was wir tun, eben auch eine theologisch-magische Konzeption!«

»Und weil in großen Bevölkerungen ein echtes Bedürfnis nach zentralisierender Autorität besteht«, fügte Linda Lovely hinzu, »war brutaler Zwang lange Zeit leider eine notwendige Begleiterscheinung jeder ausgedehnten Organisation und extensiven Ordnung – und diese sind für Massengesellschaften eben unabdingbar!«

»Schon die am Beginn der Zivilisation stehende Institution des Königtums«, sagte Warpol, »war ein Bündnis zwischen einem tributfordernden Jägerhäuptling und den Hütern des religiösen Schreins – zwischen der königlichen Militärgewalt und den Repräsentanten der übernatürlichen Mächte also –, und diese Verquickung von göttlicher und weltlicher Macht setzte bereits damals eine so enorme Menge an latenter Energie frei, wie es heute eine Kernreaktion tut, so daß man diese erste Vereinigung von kosmischen und irdischen Kräften, wenn Sie so wollen, eigentlich schon als die Atombombe *in nuce* bezeichnen könnte.«

»Die uneingeschränkte Befehlsgewalt und die strenge Bestrafung des Ungehorsams gegenüber dem Befehl des Führers in der paläolithischen Jägergemeinschaft«, sagte De Beuys, »bildeten die notwendige Reaktion auf die Unruhen, die sich mit der Bevölkerungszunahme vervielfachten – und auch die alten menschenfressenden Institutionen der Zivilisation sind eine direkte Folge des beschleunigten Bevölkerungswachstums.«

»Unter der Oberfläche«, resümierte Maillard, dieweil er

mehrere Bogen des vor ihm liegenden dicken Buchs überschlug, »durchzieht der Kampf zwischen einer demokratischen, für die kleine Gruppe hinreichenden, und einer
autoritären, für die große Bevölkerung unabdingbaren
Technik das ganze Zivilisationsgeschehen.«

»Jede zusätzliche Nutzung von Energie, sei das nun in
Form von Nahrung, Kohle, Erdöl oder Atomkraft«, erklärte Christobaldi, »sorgte immer wieder für ein stetiges
Wachstum der Bevölkerung und war damit sowohl Grund-
lage wie Antrieb für eine neue Gesellschaftsform – für eine
Veränderung der Struktur und des Maßstabes und natürlich auch für eine Zunahme an technischer Ordnung!«

»Und da jeder technische Fortschritt«, fügte De Beuys
hinzu, »mit psycho-sozialen Veränderungen verbunden
ist, war die wichtigste Entdeckung in der Menschheitsgeschichte eben die Entdeckung der Macht einer neuen Gesellschaftsform – ihre Fähigkeit, das menschliche Potential
zu steigern und Veränderungen in jedem Daseinsbereich zu
bewirken.«

»Von der militärischen über die monastische und die bü-
rokratische Reglementierung bis hin zum Fabriksystem
und zur Großindustrie«, sagte Maillard, während er von
seinem Platz hinter dem Klavier zum mittleren der drei vergitterten Fenster hinüberging, »ist alles, was seit der unbewußten Erfindung der Megamaschine durch die Ägypter
geschehen ist – von gewissen Unterbrechungen und Rückfällen abgesehen, die es, wie Sie, lieber Anseaume, sehr richtig bemerkten, in der Tat gegeben hat –, ein einziger Prozeß
einer kumulativen mechanischen Organisation, der zu
einer Ausdehnung der kollektiven Macht und zu einer stetigen Verbesserung der Lebensbedingungen von uns allen
geführt hat.«

»Aus dem kleinen neolithischen Schrein«, piepste die vogelhafte Madame Kurz, »wurde der gewaltige Tempel – das

berggleiche Haus, neben dem sich als erster Energie- und Kapitalspeicher die Kornkammer erhob –, und aus einem Haufen hinfälliger Lehmhütten, die ein paar Dutzend Familien Obdach gaben, entstand als heiliger Ort, der zugleich Heim eines Gottes und Ebenbild des Himmels war, die von Mauern umgebene Stadt – der Transformator, der die tödlichen Hochspannungsströme der Gottheit für menschliche Zwecke nutzbar machte.«

»Organisierte, durch Zwangsmittel unterstützte politische Macht«, sagte Teissier, »war immer die Quelle von Eigentum und Produktivität – zunächst bei der Kultivierung des Bodens unter Nutzung der Sonnenkraft und danach bei jeder anderen Produktionsweise. Mechanische Produktivität in Verbindung mit einer Erweiterung der Märkte bedeutete Profit – und Geldmacht als dynamischer Profitanreiz brachte nicht nur eine rasche Expansion mit sich, sondern auch die Verwandlung des bisherigen Machtsystems in ein Machtsystem des Geldes, da dieses als quantitative, in alles übersetzbare und gegen alles austauschbare Abstraktion zugleich auch das Endziel des Machtsystems ist.«

»Die pekuniäre Überreizung, einst auch ›Fluch des Midas‹ genannt«, meldete sich jetzt der gefesselte Anseaume wieder zu Wort, »hat, falls man das in dieser gelehrten Runde noch nicht wissen sollte, eine verblüffende Ähnlichkeit mit dem im menschlichen Gehirn entdeckten Lustzentrum – einem Organ, das keinerlei nützliche Funktion hat, dessen abstrakter Reiz aber so intensiv ist, daß er eine Art totale neurotische Gefühllosigkeit für Lebensbedürfnisse produziert, die so weit gehen kann, daß man, um diesen subjektiven Reiz zu genießen, bereit ist, freiwillig, bis hin zum Verhungern, auf jedes andere Bedürfnis und jede andere Aktivität zu verzichten. Und so wertlos wie die Stimulierung dieses Zentrums ist für das Wohlbefinden des menschlichen Organismus eben auch der Wunsch nach unbegrenzten Mengen von Geld – Geld ist, weil es, wie das Lustzentrum, das Abschalten des Lebens mit sich zu bringen droht, im Gegenteil sogar zum gefährlichsten Halluzinogen des modernen Menschen geworden. Und einem Kapitalisten, der dieses wahre Wesen des Geldes erkannt hat, bliebe deshalb eigentlich nichts anderes übrig, als Selbstmord zu begehen oder sich reuig dem Dienst an der Öffentlichkeit und der Philantropie zuzuwenden.«

»Aber gerade dem Dienst am Menschen«, sagte der zwischen dem Drahtgittersphärenmodell mit dem darin eingesperrten Frauentorso ›Kapitän Cooks letzte Reise‹ und dem erotisch bemalten Frauenkopf ›Sex-Paralysappeal‹ stehengebliebene Maillard vergnügt, »wenden wir uns mit unserem Großen Plan doch zu – indem wir der Megamaschine nämlich noch genau die beiden Komponenten hinzufügen, die ihr bisher stets gefehlt haben, und das sind eben ihre Ausrichtung auf moralische Werte und soziale Ziele! Und das Lustzentrum ist dabei für uns von ebenso unschätzbarem Wert wie das Geld, da es eine äußerlich völlig gewaltlose Konditionierung des Menschen und somit die Überwindung des unheilvollsten Fehlers aller bisherigen Formen der Großen Maschine zu ermöglichen hilft. Ein Fehler, den auch ihre sowjetische und nationalsozialistische Version noch aufwiesen und der, einfach gesagt, im Vertrauen auf den offenen physischen Zwang, auf den brutalen Terror und auf die systematische Versklavung der gesamten arbeitenden Bevölkerung bestand. Am deutlichsten sichtbar in der Darbringung von Menschenopfern, die den Zorn des blutrünstigen Herrscher-Gottes beschwichtigen und dessen Leben erhalten sollten – und im Umstand, daß sowohl Lenin wie Stalin nach ihrem Tod dem alten ägyptischen Prozeß der Mumifizierung unterzogen und zur öffentlichen Anbetung ausgestellt worden sind!«

231

»Das Resultat auch Ihres ›Neuen Systems‹«, erwiderte Anseaume ruhig, »wird nichts anderes sein als die Verwandlung der Welt in ein gut getarntes, möglichst unsichtbar gehaltenes, teils als Konzentrationslager, teils als Ausrottungslaboratorium angelegtes Gefängnis, in dem die einzige Hoffnung auf Flucht der Tod ist – denn der Alptraum des Terrors wird auch das verborgene Gesicht Ihres schönen Traums von einer ›Neuen Technologie‹ und einer ›Überflußökonomie‹ sein.«

»Aber keineswegs, mon cher«, widersprach Maillard, während sich am weiten, inzwischen heller und durchsichtiger gewordenen blauen Himmel, wie durch die vergitterten Fenster zu sehen war, erste Rötungszeichen zeigten, »denn das System, das wir entwickelt haben, ist, da die Menschen gar nicht merken und spüren, was mit ihnen passiert, nicht nur humaner als jedes bisherige System, sondern es wird endlich auch eine konkrete und reale Erleichterung des menschlichen Loses bringen.«

»Sämtliche mechanisierten Fertigkeiten, zu denen der Arbeiter einst unter Androhung des Verhungerns genötigt wurde«, sagte der vor dem linken Türflügel postierte Roquembert, »werden auf Maschinen übertragen – vom zentralen Kraftmotor angefangen bis hin zu den nur noch von Computern überwachten Arbeitsgängen, bei denen die automatische Maschine und das automatische System sich gegenseitig verstärken.«

»Und der Endpunkt dieses Prozesses der Mechanisierung und der Massenproduktion«, sagte der vor der anderen Türhälfte postierte Clicquot, »wird die totale Automation sein – ein Phänomen, das in der Evolutionsgeschichte, wie wir von unserem geliebten Doktor Maillard gelernt haben, im Geist des Menschen, noch bevor er sich dessen bewußt wurde, von Anfang an mit drei magischen Zielen verknüpft war: dem Ziel von übernatürlicher Kraft, dem

Ziel von materiellem Überfluß und dem Ziel von Fernwirkung – wobei der in ihrem Mittelpunkt stehende materielle Überfluß schon immer der ideale Köder gewesen ist, um darin den Angelhaken der äußeren Macht und der zentralisierenden Kontrolle zu verstecken.«

»Die Phantasie einer mühelosen Existenz«, verkündete mit ihrer pathetischen Stimme vom Klavier her die walkürenhafte Madame Rougemont, »findet sich als ›Fabel vom Goldenen Zeitalter‹ schon beim griechischen Dichter Telekleides – und im Grunde meint diese ja nichts anderes als die Lebensweise, deren sich bisher nur die Könige, die Adligen und die Reichen erfreuten.«

»Das Ergebnis einer mit Hilfe des Rationalisierungs- und Automatisierungsprozesses vollbrachten Zauberei«, wandte der magere Anseaume nun wieder ein, »ist nicht nur Überfluß, sondern auch ein absolutes System der Massenkontrolle, das sich unter dem Deckmantel pseudodemokratischer Selbstverwaltung heute ja schon bis auf die Gewerkschaften ausdehnt und die Menschen zu bloßen Servomechanismen herabwürdigt.«

»O nein«, widersprach Maillard, »denn wir treiben den Prozeß der Automatisierung ja bis zur totalen Automation und kybernetischen Kontrolle – und schaffen im letzten Stadium einen völlig selbständig funktionierenden mechanisch-elektronischen Komplex, der nicht einmal mehr solcher sklavischen Niemande mehr bedarf.«

»Ein derartiges Ziel als den höchsten Gipfel der menschlichen Entwicklung anzusehen«, antwortete Anseaume bitter, »wäre eine Endlösung der Menschheitsprobleme im gleichen Sinn, wie Hitlers Vernichtungsprogramm eine Endlösung des Judenproblems hätte sein sollen. Denn inzwischen hat man ja nachgewiesen, daß die Automation der Automation irrational ist – und zwar nicht bloß als eine Zufallserscheinung, sondern als ein Gebrechen, das jedem vollautomatisierten System anhaftet. Der Fehler solcher Systeme ist, daß sie niemandem gestatten, von ihren eigenen, vermeintlich perfekten Maßstäben abzuweichen – und daß sie deshalb den unterdimensionierten Menschen brauchen, der sich andere Systeme gar nicht mehr vorstellen kann. Sie werden zunehmend starrer und sind eigentlich das exakte Modell einer Zwangsneurose, mit letztlich vielleicht sogar den gleichen Ursachen, die, wie Sie wissen, Angst und Unsicherheit sind.«

»Aber gerade die Angst und die Unsicherheit«, sagte Maillard triumphierend, »beseitigen wir mit Hilfe unseres Großen Plans ja ein für alle Mal – denn technologische Möglichkeiten sind für den Menschen unwiderstehlich, und das, was er tun kann, das *wird* er auch tun!«

»Als Psychiater«, meinte Anseaume daraufhin im neutralen Ton, mit dem er am Nachmittag zu Edgar Ribeau gesprochen hatte, »sollten Sie doch wissen, daß auch ein ganz normaler Impuls als krankhaft angesehen werden muß, wenn er, bloß weil er existiert, unwiderstehlich wird – aber eine Methodologie, die vorgibt, alles Subjektive aus ihrem Weltbild zu eliminieren, hat ja eben auch gar keine Möglichkeit mehr, ihre eigenen subjektiven Eitelkeiten, Einstellungen und Perversionen wahrzunehmen, und der Umstand, daß die Krankhaftigkeit solcher Impulse nicht einmal von denjenigen Wissenschaftlern erkannt wird, deren Disziplin doch angeblich gerade als Schutz gegen irrationale Entschlüsse und Handlungen dienen soll, scheint mir nur ein weiterer Beweis auch für die Krankheit der Vertreter einer solchen Methodologie zu sein.«

»Durch die Zerstörung der Vergangenheit und die Errichtung einer besseren Zukunft mit Hilfe der menschlichen Vernunft und der Technik«, verkündete jetzt Teissier-Feierabend wieder, »machen wir den Weg für den menschlichen Fortschritt frei – und wer dagegen Widerstand leistet, trotzt dem Sonnengott und gefährdet die Weiterentwicklung der Menschheit. Mit dem endlich allen Klassen gemeinsamen Ziel von Erforschung, organisierter Eroberung und Erfindung schaffen wir eine wissenschaftlich perfektionierte Welt – und der Lohn für diese Anstrengung wird die Unsterblichkeit für uns alle sein.«

»Das höchste Produkt der menschlichen Evolution und die Inkarnation des wahren, vollkommenen Menschen«, sagte der silberhaarige Warpol, »sind der Wissenschaftler und der Techniker – und da Lernen und Wissen die einzigen Aufgaben sind, die dem Menschen bleiben, werden alle Menschen Wissenschaftler und Techniker!«

»Und anstelle der Könige, Despoten, Konquistadoren und Finanzleute«, sagte die neben dem rothaarigen Muskelmann sitzende Linda Lovely, »werden nun eben *wir* die Führer der Parade sein – und nach dem Modell des Klosters einen Wohlfahrtsstaat schaffen, wie er bisher noch nie dagewesen ist und vielleicht höchstens in einem Staat wie der Schweiz eine schon recht erstaunliche Annäherung erfahren hat. Denn dieses kleine Alpenland liefert heute ja schon den Beweis dafür, daß die Idee funktioniert – besitzen in ihm doch nur gerade drei bis vier Prozent der Bevölkerung mehr als die Hälfte des gesamten Reichtums, und trotzdem geht es allen seinen Bewohnern sehr, sehr gut!«

»Zum ersten Mal in der Geschichte«, sagte Maillard, »wird eine Minderheit mit dem Reichtum, über den sie verfügt, verantwortlich umgehen und auf ein Ziel hin arbeiten, das alle wollen und das tatsächlich auch allen zugute kommen wird – aber auch *unser* Wohlfahrtsstaat hat natürlich, wie Sie, lieber Kollege, sehr scharfsinnig und richtig erkannt haben, seinen Preis. Denn Sicherheit, Überfluß und Unsterblichkeit sind nun einmal nur gegen Unterwerfung zu haben – was aber bei uns, wie gesagt, ganz und gar nicht mehr brutal ablaufen wird. Wir umgehen die Notwendigkeit von Zwang und Bestrafung nämlich ganz einfach mit dem sogenannten Thorndyke-Skinner-Prinzip der ›Lenkung durch Belohnung‹ und machen die Gesellschaft mit dem auch nach kapitalistischen Prinzipien plausiblen Köder eines gesicherten Einkommens faktisch zu einem gigantischen Lernapparat – wobei die Egalisierung von Einkommen, Pflichten, Opfern und Chancen allen Menschen so gerecht, so demokratisch, so vorteilhaft und so ungefährlich erscheinen wird, daß sie dazu gar keine Alternative mehr sehen können.«

»Der Versorgungs- und Wohlfahrtsstaat, den Sie da mit derart verfeinerten und durch Massenbestechung gelockerten Zwangsmitteln erreichen wollen, lieber Maillard«, entgegnete Anseaume, »ist in Tat und Wahrheit nichts anderes als die heimtückischste und korrumpierteste Form der Diktatur – auch wenn er, wie ich vermute, sogar noch über ›allgemeine Wahlen‹ herbeigeführt werden soll. Organisation und Machtstreben gibt es, wie Sie richtig erkannt haben, nun zwar schon seit gut fünftausend Jahren – aber immer wieder sind die Versuche, Menschen auf den Status von Maschinen hinunterzudrücken, gescheitert, und deshalb ist die Hoffnung auf eine selbstlose ›Diktatur der Technik‹ ebenso naiv wie die Annahme, die wissenschaftliche Vernunft sei immun gegen Eingebungen aus dem Unbewußten, kenne keine psychologischen Verirrungen und habe weder psychotische Wünsche noch morbide Zwangsvorstellungen.«

»Der Mensch als Ganzes«, gab der Mann im weißen Ärztekittel seinem Gegner zur Antwort, »muß sich weiterentwickeln, um seiner besten Errungenschaften würdig zu sein – und wenn der Durchschnittsmensch die von der Wissenschaft erschlossene Welt nicht zu begreifen vermag, wenn er die technischen Mittel und ihre Auswirkungen nicht zu

verstehen lernt, wenn er nicht imstande ist, bewußt am großen Unternehmen der Menschheit teilzunehmen und in
einer konstruktiven Rolle echte Erfüllung zu finden, werden wir Mittel und Wege finden, auch ohne ihn auszukom-
men.«

»Was Sie anstreben«, warf Anseaume ein, »ist die Errichtung eines Bündnisses zwischen der Fortschrittsdoktrin
und der Evolutionstheorie, das unzulässig ist – denn Evolution bedeutet ja eben gerade *nicht* linearen Fortschritt, sondern lebt im Gegenteil von völlig gegensätzlichen Bewegungen, sie differenziert, stabilisiert, läßt aussterben und
baut wieder auf, und bei allen organischen Transformatio-
nen sind die Kräfte, die der Veränderung widerstehen und
Kontinuität sichern, deshalb ebenso wichtig wie die, die
Neues hervorrufen und Verbesserungen bewirken.«

»Die alten wissenschaftlichen Phantasien«, proklamierte
Maillard, ohne auf das Argument einzugehen, »werden uns
in ihr eigenes, spezifisches ›Tausendjähriges Reich‹ führen
– in ein Reich, das dank uns sogar ein *ewiges*, ein nicht mehr
nur imaginäres, sondern sowohl auf der Erde wie tatsächlich auch im Himmel angesiedeltes *Himmelreich* sein
wird –, und die Basis für ein solches Reich muß nun eben
einmal eine hochzentralisierte und hochdisziplinierte Welt-
ordnung sein, in der jeder Teil der Existenz, und vor allem
auch jede menschliche Entwicklungsmöglichkeit, unter
zentrale wissenschaftliche Kontrolle gestellt ist. Eine Kontrolle, die nicht nur die äußere Umwelt, sondern auch den
Menschen selbst umfassen muß – sowohl durch genetische
Umformung des Körpers wie durch biochemische Konditionierung des ganzen Organismus, inklusive des Geistes.
Denn dies ist der einzige Weg, auf dem wir uns endlich für
immer von Kummer, Schmerz und Unglück befreien können.«

»Die Fortpflanzung«, erklärte Madame Rougemont,

während sie den Doktoranden aus Paris ansah, »wird mit Hilfe von Spermabanken und künstlichen Gebärmüttern nur noch außerhalb des menschlichen Organismus geschehen, so daß der Geschlechtsverkehr ausschließlich der Lusterzeugung dient und jeder – oder *jede* – sich mit jedem oder jeder amüsieren kann, wie man heute zum Beispiel in allen möglichen Kombinationen miteinander Tennis spielt.«

»Und dies«, fügte Maillard mit freudig glänzenden Augen hinzu, »ermöglicht natürlich gleichzeitig auch eine strenge Zuchtwahl und eine absolut sichere Kontrolle der Bevölkerungszahl – denn von nun an wird es keinerlei *Rück*züchtungen mehr geben, wie sie meinem armen Vater, mit dem Resultat, daß er von den Nazis umgebracht wurde, noch vorgeschwebt haben, sondern einzig und allein immer bessere und bessere *Voraus*züchtungen!«

»Wir vereinigen«, erklärte Warpol, »die, wie Sie, verehrter Doktor *A*, vielleicht wissen, bereits heute existierenden humangenetischen Megaprojekte, das nordamerikanische ›Human Genome Project‹, das japanische ›Human Frontier Science Project‹ und das Projekt ›Prädiktive Medizin‹ der Europäischen Gemeinschaft, zu einem einzigen *Menschheits-Projekt* – und mit ihm werden wir nicht nur imstande sein, das Leben durch Organtransplantationen, sondern auch per Genmanipulation zunächst erfolgreich auf ein oder zwei Jahrhunderte zu verlängern, bis wir den organischen Zerfallsprozeß soweit abbremsen und aufhalten können, daß wir endlich die Unsterblichkeit erreicht haben werden!«

»Parallel zum wissenschaftlichen Weg«, sagte der vor dem vergitterten Mittelfenster stehende Mann im weißen Ärztekittel, »schlagen wir für den Fall, daß der Geist sich entgegen aller Erwartungen zunächst noch als etwas stärker als die Materie erweisen sollte, aber natürlich auch einen zweiten, den sogenannt *mystischen* oder *esoterischen* Weg ein – und die bei uns für diesen Bereich zuständige Kapazität ist, wie Sie, lieber Kollege, sicher schon erraten haben, kein anderer als unser spezieller, in der jahrtausendealten Tradition seiner Vorgänger an den Königshöfen in Europa, Ägypten und Babylon stehende Hofastrologe Monsieur Teissier-Feierabend!«

»Indem wir multidisziplinäre Arbeitsgruppen, die mit allen nötigen fachlichen und logischen Möglichkeiten ausgerüstet sind, auf Expeditionen in jeden Winkel dieser Welt schicken, um alle heiligen Stätten, alle verlorenen Länder, alle versunkenen Städte und alle symbolischen Landschaften zu finden und zu erforschen«, erklärte der rechts neben den Halsschen ›Vorsteherinnen‹ postierte, wie eine höchst reale Kopie des großen Nostradamus wirkende Mann, »tragen wir sämtliches esoterisches Wissen, das auf diesem Planeten noch irgendwo vorhanden ist, zusammen, entschlüsseln es und machen es für uns nutzbar.«

»Und mit systematischen Reihenuntersuchungen, wie dies die derzeitigen Großmächte, was Ihnen, verehrter Doktor *A* wohl unbekannt sein wird, unter Aufwendung von Millionenbeträgen und strengster Geheimhaltung schon seit Jahren tun«, fügte der rechts dem Riesenmetronom stehende De Beuys hinzu, »ermitteln wir innerhalb eines von uns nun weltweit ausgedehnten Sichtungsprogramms alle jene Erwachsenen und vor allem auch Kinder, die mit über- beziehungsweise außersinnlichen, *para*psychologischen Fähigkeiten ausgestattet sind, um diese in einer speziellen Schulung zu sogenannten ›Kampfmönchen‹ oder ›Kämpfern des Geistes‹ auszubilden – und im Rahmen einer paramilitärischen Organisation, der wir den Namen *Das erste Erdenbataillon* geben, werden uns diese Super-Medien dann mithelfen, alle esoterischen und wissenschaftlichen Rätsel und Geheimnisse nicht nur unserer Erdenwelt, sondern auch des Weltalls zu lösen.«

»Schließlich«, meinte Teissier, »werden wir auch wissen, wie man auf dem mystischen oder esoterischen Weg Unsterblichkeit erlangt – sei das nun, indem wir den unter dem Blutbaumwald im Massif de la Sainte Baume beginnenden und quer durch die Erde zum Agartha, dem unterirdischen Reich Tibets, führenden Verbindungsgang entdecken, oder sei das, indem wir, was immer er auch sein mag, den wundertätigen Heiligen Gral finden. Ob er nun der Kelch ist, in dem Josef von Arimathea das Blut Christi auffing – oder ob es sich dabei um die sogenannte Manna-Maschine handelt, jenes nahrungsspendende Gerät außerirdischen Ursprungs, das den israelitischen Stämmen nach ihrem Auszug aus Ägypten übergeben worden ist. Was wir schon mit Sicherheit herausgefunden haben, ist jedenfalls, daß dieses Objekt von seinen letzten Hütern nach Frankreich gebracht worden ist – und daß diese es, kurz vor der Verhaftung aller Mitglieder des Tempelordens auf französischem Staatsgebiet, noch irgendwo im riesigen Höhlensystem, das unseren geliebten Mont Ventoux durchzieht, haben verstecken können. Ein nicht unwesentlicher Grund übrigens, warum wir uns, wie wir Ihnen, verehrter Doktor A, nun verraten können, gerade hier, hinter diesem Berg niedergelassen haben – denn falls der Gral mit der Manna-Maschine identisch sein sollte, könnte das Projekt seiner erneuten Entdeckung wahrhaft kosmische Dimensionen besitzen und uns sogar helfen, noch einen *zweiten* Weg ins Universum hinaus zu öffnen.«

Der kalt glänzende Chromstab des schwarzen Riesenmetronoms schnellte von rechts nach links, verdeckte mit seinem oberen Ende während eines Sekundenbruchteils das immer noch schnell und kurz aufleuchtende gelbe Lichtauge und erzeugte im Stillstand wieder ein Knacken.

»So oder so«, meinte der große Doktor Maillard daraufhin höchst zufrieden, »werden wir, wenn wir unsere eigene biologische Natur erobert haben, endlich auch alles andere erobern können, und nachdem wir mit der Erneuerung der physikalischen und der menschlichen Natur und mit der Unsterblichmachung des Menschen durch die Übertragung des Lebens auf mechanisch-elektronische Gebilde, den Himmel sozusagen auf die Erde geholt haben, werden wir in der *achten* und *letzten* Phase unseres Großen Plans, am neuen *achten Tag der Schöpfung,* den unsterblichen Menschen nun auch noch wortwörtlich von der Erde in den Himmel heben, das heißt, uns tatsächlich und ganz konkret an die Eroberung des Kosmos machen – an ein Projekt also, das, wie Sie, lieber Kollege, sehen, unendlich und dem unsterblichen Menschen deshalb auch aufs perfekteste angepaßt ist, an ein sozusagen *letztes* Projekt, da dieses keine Grenzen mehr kennt und in seinen technischen Ansprüchen unersättlich ist.«

»Wir führen das Zeitalter, das sich mit Petrarcas Besteigung des Mont Ventoux ankündigte und im Mondspaziergang der Amerikaner Armstrong und Aldrin einen ersten Gipfelpunkt erreichte, seiner Vollendung zu, indem wir den einst, wenn auch nur in symbolischer Weise demselben Zweck dienenden, statischen Komplex der Ägypter in einen *dynamischen* Komplex verwandeln«, sagte Warpol, »denn eine Pyramide ist im Grunde ja nichts anderes als eine statische Rakete beziehungsweise ein himmelwärts gerichtetes Raumschiff, dessen innerste Kammer genau einer bemannten Raumkapsel entspricht – einem isolierten Gehäuse, in dem eine zeitweilige Mumifizierung beziehungsweise Suspendierung des Lebens stattfindet, die auch mit einer Art tausendjährigem Winterschlaf verglichen werden kann.«

»Die wissenschaftlich-technische Revolution«, wandte Anseaume dagegen ein, »hat mit der Mondlandung nicht, wie Sie meinen, einen ersten Gipfel, sondern mit symbolischer Treffsicherheit exakt das ihr gemäße sterile Ende erreicht – einen öden Satelliten nämlich, der für organisches Leben völlig ungeeignet und für den Menschen ebenso unbewohnbar ist, wie das die Erde bald sein wird, wenn nicht eine Gegenbewegung den uns Jahr für Jahr tiefer in die Sackgasse führenden automatischen Prozeß bremst oder umkehrt. Wir haben mit dem Spaziergang auf dem Mond einen natürlichen Endpunkt erreicht und die letzte Grenze geschlossen – denn die ›Unsterblichkeit‹, die Ihrer Meinung nach das Ziel dieser ganzen Entwicklung sein soll, ist nur eine andere Form des Todes. Ein Leben ohne Empfängnis, Wachstum, Reife und Verfall würde die Rückkehr in den Stillstand stabiler chemischer Elemente bedeuten, die sich noch nicht zu ausreichend komplexen Molekülen verbunden haben, um Neuerung und Kreativität zu ermöglichen – das heißt in eine Existenz, die genauso fixiert, steril, lieblos, zwecklos und unveränderlich wie die einer Königsmumie ist. Der Anspruch auf die lächerliche Erhabenheit des ›Ewigen‹ ist vom Standpunkt des menschlichen Lebens aus gesehen nichts als psychologische Unreife – und wenn die biologische Unvermeidlichkeit von Tod und Zerfall der infantilen Vorstellung absoluter Macht spottet, so spottet das Leben ihrer noch mehr.«

Alle, die um Ribeau und Anseaume herum standen und saßen, schienen für den mageren Mann jetzt nur noch ein mitleidiges Lächeln übrig zu haben – und der Doktorand der Psychologie, der sich durch das, was hier alles gesagt wurde, ausgeschlossen und zur Ohnmacht verurteilt fühlte, ja dem die geistigen beziehungsweise geistlosen Dimensionen, die sich da vor ihm auftaten, Schwindelgefühle verursachten, glaubte zum ersten Mal in seinem Leben wirklich zu verstehen, warum man den Größenwahn beziehungsweise das Paranoia-Syndrom als einen der am schwierigsten zu heilenden psychischen Zustände bezeichnet und warum das gefährlichste an dieser Krankheit wohl gerade der Umstand ist, daß der von ihr befallene Mensch sich in seinem Äußern, wenn man von ein paar Troglodyten absieht, in nichts von einem vernünftigen menschlichen Wesen unterscheidet.

Denn wenn man Maillard zum Beispiel nur nach seinem Aussehen und seinen wissenschaftlichen Publikationen beurteilte, so mußte einem dieser Mann als eine durchaus normale Persönlichkeit vorkommen, die frei von irgendwelchen neurotischen Zwängen oder Verirrungen war – und die attraktiven Wesenszüge, die er, wenn er in seiner imposanten körperlichen Erscheinung auftrat, an sich hatte, seine weltmännische Gewandtheit, sein burschikoser Charme und seine humorvolle Liebenswürdigkeit, verstärkten diesen Eindruck natürlich noch.

Und genauso konnte das eben auch bei anderen einflußreichen Persönlichkeiten des öffentlichen Lebens sein, die zwar immer noch wie Menschen aussahen und sprachen, in Wirklichkeit aber schon längst zu so etwas wie Robotermechanismen geworden waren, die Fleisch und Blut nur noch simulierten.

»Die Eroberung des Weltraums«, verkündete der kräftige De Beuys, »stellt, wie Sie, verehrter Doktor A, zugeben müssen, die atavistischen Gefühle, die schon zur Eroberung der ›Neuen Welt‹ geführt haben, zum allgemeinen Gebrauch wieder her – und für die Zügelung der immensen Konsumbedürfnisse und Zerstörungskräfte der Menschheit stellt dieses Unternehmen ja auch ein unvergleichlich besseres Kriegssubstitut dar, als es beispielsweise Fußballspiele und ähnliche lächerliche Vergnügungen sind. In Entsprechung zu den früheren Ozeanreisen ist nun die Zeit gekommen, da der Mensch das *Raum*-Meer befahren muß – als Wiederholung des alten Zyklus von Entdeckung, Erforschung und Kolonisierung, der jetzt einfach noch auf die anderen Planeten in unserem Sonnensystem, auf die übrigen Himmelskörper der Milchstraße und auf die Objekte in den praktisch unendlich vielen Galaxien im ganzen Universum ausgedehnt wird.«

»Dadurch, daß das Geheimnis der Atomspaltung entschlüsselt wurde«, sagte Teissier, »ist ein *zweites* Pyramidenzeitalter möglich geworden – und durch die Konzentration der ganzen Menschheit auf den neuen Pyramidenbau der Kosmoseroberung wird unser Globus schließlich sozusagen auf die Masse einer Billardkugel reduziert.«

»Der alte Traum von der Eroberung der Natur, der abstrakt gesprochen in der Aufgabe besteht, die Zeit und den Raum zu beherrschen«, sagte Christobaldi, »wird endlich vollendet – und mit der Ausweitung unseres ›Neuen Systems‹ von einem planetarischen zu einem *intergalaktischen* kehren wir aus der Randstellung im Universum, in die uns die ›Keplersche Wende‹ gebracht hat, endlich wieder in den Mittelpunkt zurück und werden aus Wesen, die für begrenzte Zeit eine seltsame, unverhoffte Besonderheit in ihm darstellten, endgültig zu den *Herren des Universums* werden!«

»Und damit«, sagte Maillard, »wären wir denn auch schon am Ende der kurzen Erläuterung unseres Großen Plans oder genauer gesagt eben an seinem *endlosen* Ende oder an seiner *Endlosigkeit* angelangt – so daß Sie, Madame Kurz und Madame Rougemont, und Sie, meine Herren, nun wie besprochen weitermachen können!«

»À vos ordres, Monsieur le directeur«, ertönte es ringsum – bevor die Angesprochenen einer nach dem andern hinausgingen und Ribeau und Anseaume der Gesellschaft des Mannes im weißen Ärztekittel, der schwarzgekleideten Amerikanerin und des rothaarigen Krankenpflegers überließen.

»Für das neue Pyramidenzeitalter, das Sie uns da in Aussicht stellen, lieber Maillard«, ergriff der magere Anseaume wieder das Wort, »scheint der ideale Ort erneut die Wüste zu sein – eine Umwelt, die im Maschinenprozeß umgestaltet und restlos unfruchtbar gemacht worden ist –, so wie ja auch der Atomreaktor, der an seinem Anfang steht, dem niederen Volk seine Macht zuerst einmal mit der Sofort-Vernichtung einer dichtbevölkerten Stadt, einem typischen Trick der Bronzezeit-Götter, demonstrieren mußte. Die Wunder, welche die technokratische Priesterschaft vollbringt, sind, wie ich zugeben muß, zwar echt – aber ihr Anspruch auf Göttlichkeit ist nichtsdestoweniger falsch. Denn die neue dynamische Weltraumrakete ist faktisch doch auch nur ein bewegliches Grab – so wie die Hülle unserer gesamten megatechnischen Zivilisation als das irrationale Endprodukt dessen, was man unkritisch ›Rationalisierung‹ nennt, dereinst unser kollektiver Sarg im technokratischen ›Grab der Gräber‹ sein wird. Und weder die Raumkapsel noch ihre möglichen Ziele haben die geringste Ähnlichkeit mit den organisch üppigen Lebensräumen, in denen allein Leben und Geist wahrhaft gedeihen – so wie das hier, in diesem herrlichen Schloß, unter Ihrer Anleitung, Maillard, doch vor noch nicht allzu langer Zeit auf eine so wunderbare Weise möglich war!«

»Aber nein, mein Lieber«, meinte der große Mann, hinter dem sich inzwischen weitere Teile des Himmels gerötet hatten, »das sehen Sie alles wieder ganz falsch – denn erst im Weltraum, angesichts einer Umwelt, die unwirtlicher und komplexer ist als irgendeine, die es auf unserem Planeten gibt, wird der *Geist* endlich zu seiner vollen *Entfaltung* kommen. Mögen die Spießer hier auf der gemütlichen Erde bleiben – der wahre Genius wird nur im Weltraum gedeihen, im Reich der *Maschine*, nicht im Reich von Fleisch und Blut!«

»Der Geist, den Sie meinen, Ihr ›wahrer Genius‹«, sagte Anseaume, »ist in Wirklichkeit der Genius der Entropie und der Lebensverneinung – der in nachfaustischer Form wiederauferstandene traditionelle Feind Gottes und des Menschen. Und er bietet demjenigen, der bereit ist, ihm seine Seele zu verkaufen, sein altes Bestechungsgeschenk an, die sogenannte ›unbegrenzte Macht‹ und die ›absolute Kontrolle‹ – aber nun nicht mehr nur über alle Königreiche und Fürstentümer dieser Welt, sondern über das Leben selbst!«

»Der Prozeß der zunehmenden Vereinheitlichung, Technifizierung und Vergeistigung unserer menschlichen Erde«, erklärte Maillard mit nachsichtiger Überlegenheit, »wird dazu führen, daß die Menschen als ›Personen‹ verschwinden und in spezialisierte Zellen umgewandelt werden, die dafür sorgen, daß das gesamte Bewußtsein auf ein allwissendes und allmächtiges ektoplasmisches *Supergehirn* übergeht.«

»So daß also aus Ihrer Sicht das Endprodukt der Evolution der sogenannt ›posthistorische Mensch‹ wäre – das heißt ein völlig geistloses Geschöpf, hervorgebracht ausgerechnet durch Hypertrophie des einst dominanten Wesenszugs des Menschen, seiner Intelligenz!«

»Die Große Maschine Menschheit«, meinte Maillard lakonisch, »ist zum Funktionieren bestimmt und *muß* einen Überfluß an Geist produzieren – und dieser wird, ob Sie es glauben oder nicht, aus dem Gefängnis der ›individuellen Persönlichkeit‹, die nur eine spezifisch körperhafte und vergängliche Eigenschaft ist, entweichen!«

Einer instinktiven Eingebung folgend, sprang Ribeau auf und rannte zur Tür – aber bevor er diese erreichte, ertönte ein hartes metallisches Schnappgeräusch, und als er die Klinke hinunterdrückte, ließ sich, so sehr er auch daran zog, keiner der beiden Holzflügel mehr bewegen.

Gleich darauf wurde er von hinten gepackt und trotz der Gegenwehr, die er leistete, vom rothaarigen Muskelmann innert kurzer Zeit mit einigen perfekt eingeübten Griffen überwältigt – und als er danach kampfunfähig vor dem Pfleger stand, während ihm dieser beide Arme auf eine äußerst schmerzhafte Weise ins Kreuz preßte, sah er, daß Maillard jetzt ein schwarzes Kästchen in der rechten Hand hielt, das etwas größer als eine Fernsehfernbedienung war, aber anscheinend einem vergleichbaren Zweck diente.

»Überrascht, lieber Anseaume?« fragte der große Mann mit einem überlegenen Lächeln.

»Technische Kinkerlitzchen«, stieß sein gefesselter Kontrahent jetzt in einem scharfen Ton hervor. »Lassen Sie den jungen Mann in Ruhe!«

»Was soll das«, rief Ribeau, »was geht hier vor, Anseaume?!«

»Oh«, meinte Maillard, »das weiß der Gute doch auch nicht. Er mag sich über unsere elektronischen Hilfsmittelchen zwar erhaben fühlen, aber auch sie bilden eben mikroskopisch kleine Bestandteilchen unseres Großen Plans – und wer hier, in diesem Schloß, bestimmt, was geht und was nicht geht, beziehungsweise *wer* geht und wer *nicht* geht, dürfte Ihnen doch inzwischen wohl klar sein!«

»Der Wunsch, *Herren des Universums* zu werden«, fuhr Anseaume seinen ehemaligen Chef an, »ist ein ebenso paranoides Hirngespinst wie der Wahn eines Irren, ›Kaiser der Welt‹ zu sein – ja er kann sogar als museumsreifes Beispiel für jenes archaische wissenschaftliche Denken dienen, das sich im Kreis dreht, weil es die erste Voraussetzung des Au-

tomatismus, etwas sei unvermeidlich, als Axiom setzt, so
daß jeder Punkt dieses Denkens letztlich unbewiesen und
unbeweisbar bleibt.«

»Erst wenn der Mensch sich seiner historischen Hülle ein
für alle Mal entledigt hat, wird er total frei sein«, verkündete
Maillard, »und der Weg, den wir einschlagen müssen, um
zu dieser generellen und endgültigen Befreiung zu kommen, ist klar erkennbar. Er hat mit der Vereinigung von
Macht und Autorität in der Person des Gottkönigs angefangen – und nun tritt an dessen Stelle eben die allumfas-
sende *Super-* oder *Giga-Megamaschine,* die dadurch möglich geworden ist, daß man einen völlig mechanischen
Herrscher erfunden hat, und das ist – als wahrer Stellver-
treter des Sonnengottes auf Erden, als ›Herr der letzten
Entscheidung‹ und Gottkönig in transzendenter, elektro-
nischer Form – der *Zentral-* beziehungsweise der *Omni-
Computer*! Das *Auge des Re* in seiner modernen Version
oder, einfacher gesagt, die *Höchste Macht,* der die phan-
tastisch schnelle Weltraumelektronik ihre echt göttlichen
Eigenschaften verleiht – kurz, das *Mysterium Tremendum,*
neben dem alle anderen Formen der Magie plumper
Schwindel sind.«

»Eine ›Befreiung‹ dieser Art würde das Erreichen eines
Punktes der totalen Abhängigkeit bedeuten«, warf Anseaume ein, »und das, was vom Leben des Menschen, wenn
immer zahlreichere seiner Komponenten auf die Maschine
übertragen werden, übrigbleibt, ist ein lobotomisierter
Zwerg, dessen ungeheure organische Fähigkeiten ampu-
tiert wurden, damit er den Anforderungen der Maschine
entspricht, was als *Biomord* bezeichnet werden muß. Die
tatsächlich *letzte* Errungenschaft des Menschen auf dem
Gipfel seines Fortschritts wäre dann, wie Sie das prophe-
zeien, die Schaffung eines unbeschreiblichen *elektronischen Gottes,* der das totale Menschenopfer fordert – die

vollständige Eliminierung des Menschen aus *dem* Prozeß, den er faktisch entdeckt und vervollkommnet hat. Und die Führer, die den Supermechanismus aufgebaut haben, werden die ersten Opfer dieses Gottes sein, für den sein bisheriger Hauptprophet Marshall McLuhan ja auch schon die entsprechend inkohärente und krampfhaft sinnlose ›Heilige Schrift‹ verfaßt hat.«

»Sie vergessen nur«, erwiderte der vor dem Mittelfenster des Salons stehende Mann im weißen Ärztekittel, »daß uns gar keine andere *Wahl* mehr bleibt. Denn heute wissen wir, daß unsere Sonne etwa zehn Milliarden Jahre alt werden kann – und daß dem Leben auf diesem Planeten somit also noch rund fünf Milliarden Jahre bleiben, um eine Möglichkeit zu finden, ihn zu verlassen, bevor das Hauptgestirn dieser Gegend zu einem den Himmel ausfüllenden *Roten Riesen* anschwillt, der die Erde, nachdem er ihre Ozeane zum Kochen gebracht und ihre Atmosphäre sich in Dampf hat auflösen lassen, verschluckt. Und das Auffinden eines erfolgreichen Auswegs vor einem solchen Schreckensszenario ist eben genau das, was der Mensch dank unseres Großen Plans nun schon viel, viel früher schaffen wird.«

Anseaume lachte laut heraus. »Das sind doch Größenordnungen und Maßstäbe«, empörte er sich, »die völlig außerhalb der menschlichen Möglichkeiten, des menschlichen Denkens und der menschlichen Vorstellungskraft liegen – totale Abstraktionen, wie Ihre sogenannte ›Unsterblichkeit‹, die ›Ewigkeit‹ oder das ›Nichts‹, die alle der maßlosen, durch die Verdrängung ihrer eigenen Geschichte zustande gekommenen Selbstüberschätzung von Wissenschaftlern entspringen, die *Gott spielen* und die Welt nach ihrem eigenen verkümmerten Ebenbild gestalten wollen. Ganz abgesehen von den in einem solchen Umfang noch nie verlangten Opfern an Geld und Energie, also an Naturzerstörung, Menschenzeit und Menschenleben.«

»Irrationale Blutopfer«, meinte der große Mann nun lakonisch, »hat es in der menschlichen Geschichte periodisch immer wieder gegeben – auch das Königstum ist von Anfang an von Massengräbern begleitet gewesen –, aber dank der *realistischen* Verheißungen, die wir ihnen bieten, werden die Menschen die gewaltigen Opfer, die der Sonnengott verlangt, auch diesmal wieder gern auf sich nehmen, ja sogar begrüßen und sehnsüchtig willkommen heißen!«

V

Maillard richtete das schwarze Kästchen, das er in der Hand hielt, auf die Tür, dort ertönte das scharfe, metallische Schnappgeräusch – und gleich danach wurden die beiden Flügel von Clicquot und Roquembert weit geöffnet.

Sowohl der Kellermeister wie der Küchenmagier waren nun, Ribeau traute seinen Augen nicht, in weiße Ärztekittel gekleidet, auch wenn der kleine dicke Mann darin eher wie der Inhaber eines Kolonialwarenladens aussah und der große hagere Mann wie ein Schlachthofgehilfe.

Dann trugen Teissier, Warpol, De Beuys und Christobaldi, ebenfalls in weißen Ärztekitteln, eine merkwürdige technische Konstruktion herein, in der Ribeau mit Schrekken eine zwar umständlich gebaute, doch vermutlich funktionsfähige Guillotine erkannte, bei der an Stelle des normalen Fallmessers ein riesiges Beil hing.

»Herrlich«, urteilte Maillard – und Linda Lovely rief begeistert: »Ein Meisterstück!«

»Die Witwe«, sagte der kleine Clicquot mit vor Bewunderung strahlenden Augen – und der schwarzgekrauste, unter dem weißen Ärztemantel immer noch im blauen Overall steckende Christobaldi konstatierte zufrieden: »Solid und kompakt!«

»Mit Filz gepolstert«, verkündete De Beuys selbstgewiß – und der silberhaarige Warpol fügte nicht weniger stolz hinzu: »Aus bestem Stahl!«

»Fehlerlos«, stellte Teissier apodiktisch fest – und der hagere Roquembert meinte mit einem düsteren Lächeln: »Unersättlich!«

»*Narrensicher*«, vollendete Maillard mit sardonischem Grinsen die Würdigung des Werks.

»Das könnt ihr doch nicht«, entsetzte sich der gefesselt dasitzende Anseaume, worauf Roquembert und Clicquot, den Satz je zur Hälfte übernehmend, lapidar erklärten: »Je länger ein Blinder lebt« – »desto mehr sieht er!«

Nachdem die weißgekleideten Träger auf der Unterseite des Gebildes vier etwa anderthalb Meter lange stabile Stützen ausgeklappt hatten, stellten sie die seltsam und deshalb um so bedrohlicher wirkende Todesmaschine in der Mitte des Salons ab, und Madame Kurz und Madame Rougemont, die zuletzt noch eingetreten waren – auch sie trugen über ihren pompösen Kostümen jetzt weiße Ärztemäntel –, begaben sich zu Maillard, um diesem ein schwarzes Barett und eine rotschwarze Robe zu überreichen.

»Christobaldi und De Beuys sind gottbegnadete Bastler«, sagte der vor dem Mittelfenster stehende Mann, während er sich den mit zwei Goldbändern versehenen, oben abgeflachten und verbreiterten Kopfschmuck aufsetzte, »und seitdem sie dieses herrliche Gerät fertiggestellt haben, arbeiten sie auch schon an einer Kopie der Brüderchen *Fat Man* und *Little Boy!*«

»Sobald wir genug Geld haben«, rief die Lovely, »besorgen wir uns auf dem internationalen Atom-Schwarzmarkt noch das notwendige Uranium zweihundertfünfunddreißig!«

»Und das Plutonium zweihundertneununddreißig«, fügte Roquembert hinzu.

»Und das Schwere Wasser«, ergänzte Cliquot.

»Dann wird es das nächste Mal noch lustiger als in Hiroshima und Nagasaki!« meinte Maillard vergnügt.

»Ihr seid total verrückt!« rief Anseaume.

»Keineswegs«, widersprach Maillard, während er in die vorwiegend rote, nur vorn in ihrem Mittelteil schwarze

Robe schlüpfte.»Wir befinden uns hier, im Gegenteil, in bester Nachbarschaft. Denn drüben auf dem nur fünfzehn Kilometer entfernten Plateau d'Albion sind, wie Sie eigentlich wissen sollten, ein Großteil der *offiziellen* Atomwaffen unseres Landes, die silogestützten SSBS-S-3-Mittelstreckenraketen mit je einer Megatonne Sprengkraft aufgestellt, die wir dank unseres Großen Plans natürlich auch bald unter unsere Kontrolle bringen. – Doch ich sehe, dem armen Georges wird's langsam unbequem. Befreien wir ihn also von seiner Aufgabe!«

Er richtete das schwarze Kästchen auf die von Clicquot und Roquembert inzwischen wieder geschlossenen Türflügel, das metallische Schnappgeräusch ertönte – und dann gingen Christobaldi und De Beuys zu Ribeau und dem Krankenpfleger, Christobaldi zog aus den Taschen seines weißen Mantels Schnüre, De Beuys und der Krankenpfleger zerrten Ribeau aus seiner alten Wildlederjacke, Christobaldi umwickelte den Oberkörper des Doktoranden fest, und De Beuys riß mit einem einzigen Ruck den Kragen von dessen Sporthemd.

Gemeinsam führten sie das in der gleichen Art wie Anseaume zugerichtete Opfer nun zum leeren Ledersessel und drückten es brutal ins Polster, bevor Christobaldi und De Beuys wie Boxer nach dem Gongschlag zur Guillotine zurückkehrten und der rothaarige Muskelmann sich wieder neben Linda Lovely setzte, die ihm mit der linken Hand anerkennend über Kopf und Schultern strich.

Edgar Ribeau konnte keinen klaren Gedanken mehr fassen, sein Blick pendelte, ohne daß er eine Erklärung dafür gehabt hätte, mit einer fast hypnotischen Intensität immer wieder zwischen dem blank polierten Beil in der Guillotinenkonstruktion und dem schnell blinkenden gelben Auge im pyramidenförmigen Abschluß des schwarzen Riesenmetronoms hin und her – und er mußte sich eingestehen, daß er trotz seiner Ausbildung überhaupt nicht wußte, was die Menschen, denen er hier jetzt wortwörtlich in die Hände gefallen war, dazu brachte, das zu tun, was sie taten.

Daß es angesichts des Guillotinenmonsters und seiner eigenen Fesselung nicht mehr um einen weiteren Rollentausch im sogenannten ›Psychodrama‹ gehen konnte, war evident – vielmehr mußte er wohl darauf gefaßt sein, daß sich hier eine echte, Anseaume und ihn betreffende Tragödie anbahnte und den unzähligen Worten Maillards und seiner Leute schon bald wieder Taten folgen würden, und zwar, wie zu befürchten war, noch weit gewaltsamere und grausamere als bisher.

Und plötzlich glaubte der Doktorand der Psychologie sogar einer regelrechten Halluzination zu erliegen, denn mit einem Mal waren die Wände und die Decke des großen Salons verschwunden, und an ihrer Stelle sah man die direkte Umgebung des Schlosses unter dem inzwischen weitgehend rötlich verfärbten Himmel, so als ob sich die Menschen und die Objekte, die eben noch im Innern eines Gebäudes eingeschlossen gewesen waren, nun im Freien befinden würden – auf einer Lichtung inmitten des buntgefärbten Waldes am Hang des Hügelzugs, der dem Mont Ventoux südöstlich gegenüberlag.

Der mit Perserteppichen belegte Parkettboden des Salons war zwar noch vorhanden, aber die modernisierte riesige Kopie der Hals'schen ›Vorsteherinnen‹ und der große schwarze Deckel des Metronoms, die zuvor an Kamin und Bücherwand gelehnt hatten, standen nun entgegen allen Gesetzen der Physik völlig frei im Raum – und als einzige Kunstbauten, die um das seltsame Inventargemisch des Salons herum übriggeblieben waren, präsentierten sich der Kiesplatz mit der langen steinernen Balustrade und die jenseits von diesem hinabsteigenden, prachtvoll angelegten hängenden Gärten.

»Was sagen Sie jetzt, Anseaume?« fragte Maillard, der zwischen den beiden Kunstwerk-Kopien ›Kapitän Cooks letzte Reise‹ und ›Sex-Paralysappeal‹ vor der rötlich leuchtenden Silhouette der Kalkstockpyramide stand. »Sind das für Sie immer noch ›technische Kinkerlitzchen‹?«

»Solche reißerischen Pseudoeffekte kann man heutzutage doch in jeder besseren Diskothek finden«, gab der Angesprochene dem Mann in der rotschwarzen Richterkleidung in einem abschätzigen Ton zur Antwort – und Ribeau fand diesen Vergleich zwar um so zutreffender, als ihn das schnell blinkende, grelle gelbe Licht des Metronoms in der rötlichen Umgebung jetzt noch stärker als zuvor an die Strobolight-Maschinen in den erwähnten Etablissements erinnerte, obwohl er die Gesamtbeurteilung des ungewöhnlichen optischen Phänomens durch seinen Leidensgenossen doch als eine allzu starke Verharmlosung ansah.

Maillard, der sich durch Anseaumes respektlosen Kommentar nicht aus der Ruhe hatte bringen lassen, tippte indessen einfach kurz eine Tastenkombination auf dem schwarzen Kästchen – und gleich darauf befand sich der Fußboden des Salons mit allem, was auf ihm war, nicht mehr im Hinterland des Provence-Hauptbergs, sondern in der Mitte des vielleicht schönsten, sicher jedoch eindrücklichsten Platzes von Paris, der völlig verkehrs- und menschenlosen, rechteckigen Place de la Concorde, die ebenfalls in eine rötliche Abendstimmung getaucht war, da auf ihrer Westseite am Ende der Champs-Elysées die Sonne gerade hinter dem Arc de Triomphe unterging.

Dort, wo sich eben noch der Mont Ventoux erhoben hatte, sah man auf die prachtvollen Kolonnadenbauten des Hôtel de la Marine und des Ministeriums für Verbesserung der Lebensbedingungen, zwischen denen die Rue Royale zur Madeleine weiterführte, auf der Ostseite des Platzes breiteten sich die Tuilerien aus, und im Süden schloß sich der über die Seine führende Pont de la Concorde an, auf dessen gegenüberliegender Seite sich das Palais Bourbon erhebt, in dem die Nationalversammlung untergebracht ist.

Auch die großen Pferdeskulpturen ›Chevaux de Marly‹ und ›Chevaux Ailés‹ auf der westlichen und auf der östlichen Seite fehlten nicht – das einzige, was logischerweise nicht vorhanden sein konnte, weil sich an seiner Stelle das Salon-Interieur befand, war der sich im Zentrum des Platzes erhebende dreiundzwanzig Meter hohe, dem Götterkönig Ammon und dem Pharao Ramses gewidmete Obelisk von Luxor –, und der gefesselte Doktorand hatte nun das Gefühl, entweder in eine Art Hologramm oder in eine von Computern generierte sogenannte ›Virtuelle Realität‹, in einen *Cyberspace*, geraten zu sein, obwohl man doch dazu, wie der junge Mann wußte, vorläufig immer noch einen 3-D-Kopfaufsatz mit eingebauten Flüssigkristallbildschirmen und sensorbestückte Datenhandschuhe hätte anziehen müssen.

»Das ist doch die viel passender Umgebung nicht nur für Edgar, sondern auch für das Meisterwerk von Monsieur Christobaldi und Monsieur De Beuys hier«, Maillard zeigte mit dem schwarzen Kästchen auf das Guillotinen-Ungetüm, »mit dessen Urmodell auf diesem wunderschönen Platz ja neben vielen anderen schon Louis XVI und Marie-Antoinette, Madame du Barry, Charlotte Corday und schließlich auch Danton und Robespierre Bekanntschaft gemacht haben, oder finden Sie nicht, Anseaume?«

»Wirklich sehr beeindruckend«, meinte dieser mit unverhüllter Ironie.

»Wie ich sehe«, sagte der als Richter verkleidete Mann, »halten Sie nichts von Zeitmaschinen, die mit Hochgeschwindigkeitsdatenverbindungen arbeiten – und genauso denken Sie sicher von Gehirnimplantaten, dem Einpflanzen von Mikrochips in die grauen Zellen, dank denen auch Leute, die für solche Dinge sonst eigentlich überhaupt nicht oder nur mittelmäßig begabt wären, sofort eine fremde Sprache oder ein völlig entlegenes Thema beherrschen.«

»Der Wunsch, eine perfekt simulierte künstliche Wirklichkeit zu schaffen«, erwiderte der gefesselt dasitzende Doktor Anseaume seinem Widersacher daraufhin wütend, »beruht auf der gleichen Illusion wie das Ausweichenwollen in das vermeintlich neue ›gelobte Land‹ des Weltraums – auf dem alten Plan, reinen Tisch zu machen und noch einmal von vorn beginnen zu wollen. Aber dieser Versuch, der Versuch, der Zeit und ihren kumulativen Wirkungen, der Geschichte, zu entfliehen, indem man sie gegen unbesiedelten Raum austauscht, ist eine Falle – denn um die Zeit zu überwinden und neu zu beginnen, darf man vor seiner Vergangenheit nicht davonlaufen, sondern muß ihr ins Auge sehen und ihre traumatischen Momente buchstäblich in sich selbst überwinden. Es gibt für uns heute keine räumliche Flucht in Form eines Auswanderns mehr – wir können nur noch unsere Lebensweise ändern und uns *geistig* weiterentwickeln. Alles andere, die Weltraumkolonisation und die globale ›Große Gesellschaft‹ et cetera, sind Illusionen – ein Abbruch vor der Vollendung, ein geistiger Coitus interruptus sozusagen, der uns um eine ganze geologische Epoche zurückwirft, da die Automation nicht das Ziel der menschlichen Evolution sein kann. Sie entspricht einer niedrigen Stufe organischer Perfektion und ist, im Gegensatz zu den höheren menschlichen Funktionen, unschöpferisch – so wie die Megamaschine im Grunde ja auch keine menschliche Erfindung ist, sondern das historische Produkt einer spezifischen Form sozialer Organisation, welche die Ameisengesellschaften schon vor sechzig Millionen Jahren entwickelt haben!«

»Wir können den Kosmos nur erobern, wenn wir uns

ihm *anpassen*«, rief Maillard nun verärgert, »und dafür müssen wir stets die neuesten wissenschaftlichen Erkenntnisse verwenden!«

»Und wenn die intergalaktische Raumfahrt möglich geworden ist«, ereiferte sich die schwarzgekleidete Linda Lovely, »können wir, um für die Kolonisation der unendlichen Räume des Kosmos überhaupt genügend Leute zur Verfügung zu haben, auch unsere Erdbevölkerung wieder in einem nun beliebig großen Ausmaß erhöhen – wobei die Fortpflanzung aus Kontrollgründen allerdings weiterhin vom menschlichen Körper *losgelöst* bleiben wird.«

Anseaume sah unverwandt zu Maillard, ohne die Lovely auch nur im geringsten zu beachten.

»Die Prinzipien«, sagte er, »die Ihrem sogenannten ›Neuen System‹ zugrunde liegen, sind nicht nur, daß dieses den größten Bedarf an Energie hat und die komplizierteste Planung erfordert, sondern auch, daß es am kostspieligsten in Herstellung und Betrieb und am zwecklosesten in bezug auf greifbare, nützliche menschliche Resultate ist. Denn nach der sogenannten ›Befreiung‹ des Menschen, die in Wirklichkeit eine Beraubung ist, werden nur *zwei* Komponenten von ihm übrigbleiben, die beide nicht mehr wahrhaft menschlich sind – und das sind der *Automat*, als Produkt der wissenschaftlich-technischen Abstraktion, und das *Es* der rohen, organischen Vitalität. Und als Schutz gegen den Endprozeß des Versinkens des Menschen in einen allgemeinen apathischen Winterschlaf werden dann, wie gesagt, primitive Kräfte wiedererwachen, die unbewußt und mit wilder Irrationalität das Fehlverhalten der kalten Vernunft korrigieren – denn der Automat war, wie wir heute sehen, schon immer von einem Zwilling, einem dunklen Schatten-Ich begleitet. Von einer aggressiven, ja mörderischen Zerstörungslust, welche die unterdrückten Lebenskräfte in Wahnsinnstaten oder kriminellen Akten freisetzt und alle höheren Attribute des Menschen zunichte machen will – wenn nicht ein ebenso totales Ende noch schneller durch wissenschaftlich gezüchtete Bakterien oder eine nukleare Götterdämmerung herbeigeführt wird, wie sie die nordische Mythologie voraussagt: eine Welt, die in Flammen aufgeht, wenn alle menschlichen und göttlichen Wesen von den listigen Zwergen des Mikrokosmos und den brutalen Riesen des Makrokosmos überwältigt worden sind!«

»Im *Gegenteil*«, protestierte der auf der Place de la Concorde stehende große Mann vehement, »denn wenn wir dem Leben alles Geheimnisvolle genommen haben, bereiten wir ja auch dem nun schon äonenalten Totentanz endlich ein Ende – und wenn wir den Menschen die Mühen des Denkens und sämtliche Lebensprobleme ersparen, wird die Bevölkerung auch gar nichts Besseres verlangen als das, was die ›Ladenstraße der Galaxis‹ ihr bietet!«

»Der Wohlfahrtsstaat mit seinen scheinbar günstigen Bedingungen«, antwortete ihm der magere Doktor Anseaume nun plötzlich wieder erstaunlich ruhig, »ist nichts anderes als der Versuch, in die perfekte Umwelt des Mutterleibs zurückzukehren, in der wir alle die Illusion der Allmacht hatten, und führt, wie wir heute sehen, zu organischem Zerfall – zu körperlicher Degeneration und zu Persönlichkeitsveränderungen, die schließlich bewirken, daß wir zugleich sowohl infantil wie senil werden. Unter solchen Bedingungen entstand innerhalb der Spezies der Wanderratte«, Anseaume sah zu Warpol, »in einem Zeitraum von nur fünfzig Jahren zum Beispiel eine domestizierte Rasse von Albinoratten, die keine Zähne und kein Fell mehr hat, die«, er sah zu Cliquot, »fettleibig ist und die«, er sah zu Teissier, »mit angeborenem Star zur Welt kommt. Der zeitgenössische kindische Himmel einer ewig expandierenden Wirtschaft – das mühelose Leben in einem künstlich geschaffenen Paradies oder einem neuen Schlaraffenland – ist nichts als eine verzweifelte, aber phantasielose Hoffnung von Sklaven. Denn die höchst sonderbare These vom stetigen und unvermeidlichen ›Fortschritt‹ widerspricht allen organischen Prozessen, in denen Zerfall und Fehlentwicklungen, Stillstand und Rückschritte eine ebenso wichtige Rolle spielen wie die sogenannt ›vorwärts‹ gerichteten Bewegungen.«

»Und gerade deshalb«, trumpfte Maillard nun wieder auf, »verwandeln wir die Megamaschine eben in eine gigantische, sich selbst genügende und größtenteils wieder unsichtbare Einheit – und was wir brauchen, um das zu bewerkstelligen, ist eine Konzentrationspolitik und ökonomische Macht, kurz, das Monopol auf Energie und Wissen! Und mit dem Atomreaktor, dem Fernsehen, den chemischen Sedativa und dem Computer steht uns ja schon bereits seit einiger Zeit auch die notwendige Ausstattung für die dazu notwendige totale Kontrolle zur Verfügung.«

»Die anmaßende Vorstellung«, sagte Anseaume, »daß unvollkommene Menschen, die mit den unvollkommenen Instrumenten ihrer Kultur und ihrer Zeit arbeiten, geeignet sein könnten, über die unendlichen Entwicklungsmöglichkeiten der menschlichen Zukunft eine absolute Kontrolle auszuüben, ist letztlich eine *an sich* absurde Idee – eine puerile Ambition, ein größenwahnsinniger archaischer Wunschtraum, eine psychotische Halluzination oder wie immer Sie es nennen wollen. Denn psychisch gesunde Menschen haben gar nicht das Bedürfnis, von absoluter Macht zu phantasieren, sondern können mit der Realität auch fertig werden, ohne sich selbst zu verstümmeln. Aber der Prozeß der Automation tendiert eben nicht dazu, gesunde Menschen hervorzubringen, sondern produziert nur noch beschränkte Geister, die außerstande sind, die Ergebnisse ihrer Tätigkeit anders zu beurteilen als nach den archaischen Kriterien von Macht, Prestige, Eigentum und Profit.«

Während der magere Mann dies sagte, spürte der Doktorand der Psychologie, wie sich in seinem Kopf eine große Hitze ausbreitete – und ihm wurde bewußt, daß auch die Phantasien, die er unter Kokain-Einfluß um die Person von Linda Lovely entwickelt hatte, ohne Zweifel aus den gleichen uralten Quellen stammten, und daß also auch er vor der Gier nach Reichtum und Erfolg weniger gefeit war, als er sich bisher immer einzureden versucht hatte.

»Und wenn auch der monopolistische Wohlfahrtskapitalismus von seinen Informationsmanipulatoren beschönigend als ›freie Marktwirtschaft‹ bezeichnet wird«, fuhr Anseaume fort, »ist er in Tat und Wahrheit doch nichts anderes als ein Programm der Ausrottung und Versklavung. Und das, was übrigbleibt, wenn alle menschlichen Komponenten von der Megamaschine absorbiert sind, ist nur noch das Nicht-Leben – die Leere beziehungsweise die bösartige Negation des Lebens im Kult des Anti-Lebens, in dem die Lobpreisung des Todes zur Rationalisierung der Irrationalität herhalten muß. In unserer auf die kollektive Hingabe an den Tod orientierten Kultur hat die Produktion von Todesmitteln diejenige von Lebensmitteln ja schon längst überholt – und wir leben in einem *negativen* Überfluß, in dem entmenschlichte Pläne und Verbrechen offiziell als ›wissenschaftlicher Fortschritt‹ oder ›militärische Notwendigkeit‹ bemäntelt werden.«

»Wie ich feststelle«, meinte Maillard nun ebenso ruhig wie Anseaume, mit einem ganz und gar nachsichtigen Lächeln auf dem Gesicht, während er eine Zigarre aus der Brusttasche des weißen Mantels unter der rotschwarzen Robe zog und sorgfältig zum Rauchen vorbereitete, »sind meine Mitarbeiter und ich mit der Darlegung unseres Großen Plans und unseres Neuen Systems schon seit einer

Weile am Ende angelangt, und Sie, lieber Freund, haben, wenn ich das so sagen darf, quasi als Anwalt in eigener Sache bereits zu Ihrem großen ›Schlußplädoyer‹ angesetzt – was natürlich Ihr gutes Recht ist und wozu wir Ihnen selbstverständlich genügend Zeit einräumen wollen. Fahren Sie also, da wir Sie dieses menschlichen Vergnügens keineswegs etwa berauben möchten, doch bitte ganz ungestört darin fort.«

Die Place de la Concorde verschwand, und an ihrer Stelle erschienen wieder die Wände und die Decke des Salons im Schloß hinter dem Mont Ventoux – und Anseaume betrachtete, bevor er weitersprach, wie Edgar Ribeau mit einem unguten Gefühl bemerkte, einen Moment lang die hochbeinige Guillotinenkonstruktion, die drohend vor ihnen stand, schaute anschließend kurz zu Boden und bedachte danach jeden einzelnen von Maillards Leuten mit einem durchbohrenden Blick.

»Das ist wirklich eine äußerst großzügige Geste von Ihnen, lieber Kollege«, sagte er, wie wenn es sich dabei um eine mehr oder weniger belanglose höfliche Nebenbemerkung handeln würde, »aber noch schöner wäre es natürlich, wenn ich diesem noblen Angebot ohne die Fesseln um meinen Oberkörper nachkommen dürfte, so daß ich, während ich rede, wie das bei solchen Gelegenheiten doch üblich ist, etwas umhergehen könnte. Aber *so* großzügig werden Sie ja wiederum nicht sein wollen, nicht wahr, lieber Maillard! Nun gut – dann will ich sehen, was ich in einem solchen ›Schlußplädoyer‹ sagen könnte, um Sie vielleicht von dem abzubringen, was Sie im Sinn haben. Denn der wichtigste Punkt, nicht nur bei der weiteren Entwicklung der Menschheit, so es eine solche überhaupt noch geben soll, sondern ganz allgemein im Leben der Menschen, scheint mir doch zu sein, daß das Recht der letzten Entscheidung –

und zwar in allen Bereichen – dem *Menschen* überlassen bleiben muß, weil kein automatisches System, auch wenn es noch so raffiniert aufgebaut ist, sinnvoll von Automaten betrieben werden kann. Die Gesamtsumme menschlicher Möglichkeiten ist in jeder Gemeinschaft größer als die begrenzte Anzahl, die in einem geschlossenen System untergebracht werden kann – und alle automatischen Systeme, auch der riesige kybernetische ›Pseudo-Organismus‹, den Sie mit Ihrem ›Großen Plan‹ und Ihrem ›Neuen System‹ schaffen wollen, sind geschlossen und begrenzt. Der Mensch hingegen ist, wie Sie wissen sollten, seiner Veranlagung nach ein *offenes* System, das auf ein anderes offenes System, die Natur nämlich, reagiert – und nur ein unendlich kleiner Teil dieser beiden Systeme kann vom Menschen deshalb interpretiert oder unter Kontrolle gebracht werden, und noch ein kleinerer Teil fällt folglich in den Bereich des Computers, der zum Beispiel weder die Bedeutung von ›Bedeutung‹ kennt, noch sich selber reproduzieren kann. Eine Ordnung jedoch, wie der Mensch sie durch seine Gesetze und Bräuche errichtet hat, hat sich, so schwach sie auch sein mag, gerade deshalb als wertvoll erwiesen, weil sie dazu beiträgt, daß diese beiden organischen Systeme offen bleiben – und keine Maschine, wie komplex sie auch sein mag, kann zu einem Doppelgänger des Menschen werden, weil sie sich, um das zu sein, auf zwei oder drei Milliarden Jahre sowohl kosmischer wie organischer Erfahrung müßte stützen können.«

Das intensive rote Licht, das sich außerhalb des Schlosses über die ganze Landschaft verbreitete, drang durch die drei vergitterten Fenster nun auch in den Salon – und als der vor dem Mittelfenster stehende Doktor Maillard mit einer mehrmals kleiner werdenden und danach wieder hoch aufsteigenden Streichholzflamme seine Zigarre anzündete, fiel Ribeau auf, daß jetzt auch die im roten Außenlicht aufragende helle Spitze der Ventoux-Pyramide so aussah, wie wenn sie zu brennen begonnen und sich in eine hochaufflackernde Flamme verwandelt hätte.

»Der grundlegende Fehler«, fuhr Anseaume, den niemand unterbrach, in seiner ad hoc improvisierten Verteidigungsrede fort, »war, daß man sich in den Ländern, die heute die weltbeherrschenden Industrienationen sind, ernsthaft an die Verwirklichung des Versuchs gemacht hat, sich von *allem* Organischen zu befreien – und damit, ohne daß man sich dessen wahrscheinlich bewußt war, eine total *verkehrte* Welt errichtete, was sich jetzt, je länger, desto stärker, brutal zu rächen beginnt. Der einzige für uns gangbare Weg ist jedoch der, den die Natur schon vor langer Zeit eingeschlagen hat – und das ist der Weg der Fülle, der Weg der Sexualität, und nicht der Weg der Macht, das heißt, wir müssen dafür sorgen, daß es in allen organischen Bereichen eine möglichst große Vielfalt von biologischen und kulturellen Typen gibt. Unsere menschliche Aufgabe ist nicht der Weltraumflug, sondern die Nachahmung der Vielfalt der Natur – denn es gibt keine mechanischen, elektronischen oder chemischen Substitute für lebende Organismen. Und weil organische Aktivität in ihrer höchsten Form immer Oszillation zwischen zwei Polen ist – zwischen positiv und negativ, zwischen Lust und Schmerz, zwischen gut und böse –, kann der Versuch, ausschließlich in Kategorien des Positiven, Angenehmen und des Überflusses zu leben, nur zur Zerstörung dieser Polarität führen. In einer Wissenschaft jedoch, die ohne Moral und ohne organisches Modell ist, können in *scheinbar* vernünftiger Form ungezählte subjektive Verirrungen als nächste Stufe eines ›Fortschritts‹ vorgebracht werden, der nur als ein ›Fortschreiten vom Menschen *weg*‹ interpretiert werden kann – und Technik ohne höhere moralische Einsicht ist patentierte Irrationalität.«

Ohne zu wissen warum, war Ribeau stillschweigend als Mitangeklagter in eine höchst merkwürdige Gerichtsverhandlung geraten, bei der die Anwesenden abwechslungsweise mehrere Rollen spielten – so daß Maillard trotz seiner Richterrobe einmal auch als Staatsanwalt auftreten und dann plötzlich wieder als Angeklagter fungieren konnte, während Anseaume im Prinzip zwar der Hauptangeklagte war, zwischendurch aber auch als Verteidiger oder als Ankläger sprach und der Rest der Anwesenden sozusagen die Jury bildeten, die Geschworenen also, beziehungsweise, wie man in diesem Fall wohl besser sagen würde, die Verschworenen, die aber auch zu Zeugen oder zu Angeklagten werden konnten, und allein die schwarzgekleideten, gestrengen ›Vorsteherinnen‹, die auf der modernisierten Hals-Kopie zu sehen waren, repräsentierten stumm und düster die bisherige Menschheit –, ein Gerichtsverfahren also, in dem jeder jede Rolle spielen konnte, bei dem aber das Urteil schon feststand, bevor der Prozeß überhaupt begonnen hatte.

»Ein einseitiges wissenschaftliches Weltbild«, sagte Anseaume, der in diesem seltsamen Vorgang jetzt anscheinend nicht nur sich, sondern auch Ribeau zu verteidigen hatte, »kommt einem selbsterrichteten Konzentrationslager gleich, hinter dem als logischer Abschluß die Folterkammern und die Krematorien und schließlich die Einäscherung der ganzen Erde drohen. Bewußt oder unbewußt ist wissenschaftliches Denken Machtdenken – und Macht erzeugt, wie ich bereits erwähnte und wie Sie als Psychiater auch wissen sollten, Entartungen und Verwirrungen der menschlichen Persönlichkeit, ideologische Verirrungen, die zu fixen Ideen werden können, zu vorfabrizierten Lügen, an die man selbst zu glauben beginnt, zu verblendetem Starrsinn und zu katastrophalen Fehleinschätzungen. Der Raum, dem wir uns *jetzt* zuwenden müssen, ist deshalb, wie gesagt, nicht der Weltraum, sondern der dunkle Kontinent unserer eigenen Seele – jene Wildnis, die der westliche Mensch zu erforschen verabsäumt hat, Joseph Conrads ›Herz der Finsternis‹ also, wenn Sie so wollen, unsere *innere* Natur, die der Ursprungsort auch unserer äußeren Antagonismen ist und die zu erforschen doch eigentlich auch einmal *Ihr* Anliegen war, lieber Maillard, oder nicht?«

»Das ist doch alles Blödsinn!« rief der weißgekleidete De Beuys höchst empört dazwischen – und die neben dem Klavier stehende Madame Kurz fügte mit ihrer piepsigen Stimme hinzu: »Literarische Hirngespinste! Romantischer Quatsch!«

»*Nonsense*«, meinte Warpol mit einem kühlen, sarkastischen Lächeln.

»Ich bitte Euch«, beschwichtigte Maillard seine mehr oder weniger aufgeregten Anhänger, dieweil er die Hand, in der er die angerauchte Zigarre hielt, erhob. »Wir haben unserem lieben Freund doch versprochen, daß wir ihn in seiner Schlußrede nicht unterbrechen – und es ist bei solchen Gelegenheiten ja üblich, jemandem noch mindestens *dieses* Recht so großzügig wie möglich einzuräumen! Fahren Sie in Ihren, wie ich im übrigen finde, höchst interessanten Ausführungen also ruhig fort, verehrter Kollege!«

»Die verhängnisvollste Folge der Atompyramide«, sagte der gefesselt dasitzende Mann daraufhin, »wird, wenn es nicht zu einem durch die Kernwaffen selbst bewirkten irreparablen Vernichtungsakt kommt – ob Ihr, die Ihr hier in diesem merkwürdigen Gesellschaftszimmer versammelt seid, das glauben wollt oder nicht –, die allgemeine Durchsetzung der Megamaschine in ihrer perfektionierten Form sein, als höchstes Instrument der *reinen* Intelligenz. Denn die Vorstellung, mit einem derartig seelenlosen Perfektionismus absolute Macht zu erringen, ist eine so fein ausbalancierte kollektive Falle, daß sie schon oft nahe daran war, über ihren auserwählten Opfern, den Bewohnern dieser Erde, zuzuschnappen – und mit der Überschätzung dessen, was nur ein Bruchstück des menschlichen Geistes ist, der Handhabung abstrakter Symbole nämlich, und mit der gleichzeitig immer stärker werdenden Vernachlässigung der *lebenden* Symbole, der pflanzlichen Blütenpracht etwa, die die Natur geschaffen hat, droht heute die ganze Menschheit in diese Falle zu tappen. Die Vernunft birgt und *ver*birgt sorgfältig ihre eigene Tendenz zur Unvernunft – und die Isolierung der reinen Intelligenz von all ihren ursprünglichen, sie regulierenden und schützenden organischen Quellen führt dazu, daß diese sich, ihrer eigenen Logik folgend, letztlich auch gegen den menschlichen Organismus *selbst* richtet. Leerer Überfluß, leere Müßigkeit, leere Erregung und leere Sexualität sind nicht einfach gelegentliche Fehler oder Pannen unserer maschinenorientierten Gesellschaft, sondern ihre vielgerühmten *Endprodukte* – und wenn das Leben schließlich auf einen Zustand hilfloser Trägheit reduziert ist, kann Selbstmord, als letzte verzweifelte Äußerung von Autonomie, ohne weiteres entschuldigt, wenn nicht gar empfohlen werden. Die ersten Schritte scheinen immer harmlos, aber die *endgültige* Struktur – sozusagen das ›System von Menschenkopf und Menschenhand‹ – kommt einem kollektiven Selbstmord der Menschheit gleich: der Fortschritt der Technik hat nicht, wie man glaubte und hoffte, zu menschlicher Solidarität, sondern zum Zerfall der Moral, zu Gegensätzen und Massenmorden im Weltmaßstab geführt – zu einer homogenisierten Massenkultur in einem formlosen, unbestimmbaren urbanoiden Nichts. Ob ihrer Erfolge in der Entschlüsselung einiger lange verborgener Geheimnisse des Atoms und des Kosmos hochmütig geworden, haben die Wissenschaftler eine maßlose Selbstüberschätzung entwickelt, aus der heraus sie zu den Erbauern der Zitadelle der Macht und den Erfindern unserer heutigen kollektiven Menschenfallen geworden sind. Und indem sie jede Art von Theologie und Metaphysik bis auf ihre eigene ausradierten und diese dann für gesunden Menschenverstand und Realitätssinn hielten, wurden sie gleichzeitig auch zu Meistern in der Kunst, die Irrationalität der Megatechnik zu rationalisieren. Und gerade die Kombination von rationalen Einsichten und irrationalen Vorstellungen ist es ja, die letztlich das Wesen der neuen Technologie der Macht bestimmt. Was vergessen wird, ist nur, daß das so wunderbare und leistungsfähige menschliche Hirn ohne den ganzen *Rest* – ohne den übrigen menschlichen Körper, ohne die kulturelle Vergangenheit der Menschheit, ohne die organische wie anorganische Umwelt in ihrer Vielfalt, ja letztlich auch ohne das Weltall – ein völlig lebensunfähiges und also nicht einmal *denkbares* Nichts ist. Zu den inneren Kraftquellen, die der Mensch braucht, um am Leben zu bleiben, gehört das animalische Vertrauen in seine Fähigkeit, zu überleben und seine Art biologisch, historisch und kulturell zu reproduzieren – und nicht nur im Vergleich zum Menschen, sondern im Vergleich mit jedem lebenden Wirbeltier ist auch die beste existierende Maschine nur eine unbeholfene Attrappe, die, von der Bewegung abgesehen, um nichts lebensfähiger als eine Mumie ist. Das vermessene, einer unreifen Phantasie entsprungene Vorhaben, Leben *künstlich* herstellen zu wollen, ist nicht nur ein unverschämt lächerliches, sondern zudem ein völlig überflüssiges Unternehmen – ein einziger, mehr als drei Milliarden Jahre langer Schritt *zurück* nämlich, um unter ungeheuren Aufwendungen von Geld und Zeit, etwas zu erzeugen, das bereits im Überfluß in Milliarden verschiedenen Formen existiert und alle Ecken und Enden dieses Planeten füllt. Das einstige Problem des Mangels, das vor allem eines des

Mangels an Konsumgütern und verifizierbarem Wissen war, ist in den Industrieländern zu einem Problem des Mangels durch *Übersättigung* geworden – zum Problem einer quantitativen Überproduktion sowohl materieller *wie* geistiger Güter. Und eine Lösung dieses Überflußproblems gibt es, wie die Geschichte zeigt, nur auf *zwei* Weisen: entweder durch ein gerechteres Verteilungssystem – oder aber durch Krieg beziehungsweise Kriegsersatz, also durch ›Pyramiden-Bau‹, wie Sie ihn mit Ihrem ›Neuen System‹ betreiben wollen, was letztlich bedeutet, daß wir in unserer eigenen, sinnlos gewordenen Produktivität ersticken werden. Die zu erwartende weitere quantitative Steigerung wird ein noch entsetzlicherer Irrsinn sein als der Krieg – und gelähmt wie ein Affe angesichts einer Pythonschlange werden wir die Augen schließen und auf das Ende warten, ohne ein Wort der Vernunft hervorzubringen. Der Kult des Sonnengottes in seiner letzten, wissenschaftlichen Gestalt ist in nichts weniger barbarisch und irrational, als es der Kult der Azteken war – ja durch die unpersönliche Haltung der sogenannten ›Objektivität‹ und ›Neutralität‹ werden sogar noch absolutere Formen berechneten Terrors und Verbrechens möglich sein, als es die waren, die jedes altmodische Militärkommando hervorbrachte. Doch letztlich wird die Herrschaft des Sonnengottes nicht nur an menschlichem Versagen, sondern gerade an ihrem eigenen, kolossalen, aber sich selbst negierenden, destruktiven Erfolg scheitern. Der *Krönungs*- und *König*-Gedanke, der Anspruch auf Universalität und Alleinherrschaft, der von Naram-Sin bis Kyros und von Alexander bis Napoleon wiederholt von immer wieder neuen Menschen erhoben worden ist, ist ein ideologisches Fossil, das aus den traumatischen Anfangsperioden der Zivilisation stammt – wogegen unsere Epoche eine Zeit ist, die in der Form zwar unerbittlich rational, in Inhalt und Zielsetzung aber hoffnungslos irrational ist, und Sie, Maillard, gleichen dabei, wie alle anderen selbsternannten Megakhans der Moderne, dem verrückten Kapitän in Melvilles ›Moby Dick‹, der von sich sagt: ›Alle meine Mittel und Methoden sind vernünftig, nur mein Ziel ist verrückt!‹ Uns Menschen bleibt, wenn wir auf diesem Planeten weiterleben wollen, nur die *Kapitulation* – oder wir werden, und zwar in einem ganz anderen Sinn, als Sie das wollen, in die Luft fliegen –, und kapitulieren bedeutet in diesem Zusammenhang, daß wir wieder zum *organischen Modell* zurückkehren müssen!«

Der rote Schein, mit dem sich die kosmische Kraft der untergehenden Sonne im Prisma der Atmosphäre brach, war nun so weit in den Salon gedrungen, daß der unheimlich wirkende Glanz auch auf allen in dem Raum versammelten Menschen lag und ihnen ein erschreckendes, teilweise geradezu teuflisch wirkendes Aussehen verlieh, sich besonders intensiv aber in der blankglänzenden, blaugrauen Stahlfläche des bewegungslos in der Mitte des Raums hängenden riesigen Guillotinen-Beils reflektierte.

Und für Edgar Ribeau und, wie er annahm, auch für die anderen Anwesenden war jetzt deutlich zu erkennen, daß der magere Anseaume sich trotz seiner scheinbar oder möglicherweise auch tatsächlichen äußeren und inneren Ruhe mit dem, was er sagte, wortwörtlich um Kopf und Kragen – beziehungsweise, da er seinen Kragen ja schon ganz konkret verloren hatte, nur noch um ersteren – redete und im wahrsten Sinn darum kämpfte, daß dieser, gemeinsam mit seinem Gehirn, noch eine Weile mit seinem restlichen Körper verbunden bleiben würde.

»Einen Ausweg wird es für uns nur geben«, sagte der ansonsten völlig hilflose Mann, »wenn wir eine Methode finden, die uns ein einheitliches Herangehen an jeden Teil der Natur ermöglicht – einschließlich jener Vorgänge, die dem äußeren Blick verborgen bleiben, die individuell, unwiederholbar und persönlich sind, inklusive also auch der Welt der Erinnerung und der Zukunft, der Welt der Geschichte und der Biographie des ganzen Menschengeschlechts überhaupt. Und die Erkenntnis, daß dabei die organischen Formen ein unvergleichlich besseres Modell der Entwicklung des Menschen liefern als das mechanische Weltbild, ist eine größere wissenschaftliche Einsicht als jede physikalische Entdeckung von Archimedes bis Newton und Einstein. Der Fehler, der verhinderte, daß diese neue Auffassung vom Leben, die man heute Ökologie nennt, nicht schon längst erkannt und bewertet wurde, war, daß man sie zunächst als sogenannten ›Sozialdarwinismus‹ mißverstand – indem man sie nur mit dem Prinzip der organischen Evolution identifizierte und auf einen einzigen Aspekt dieser Evolution beschränkte, auf den der Anpassung und des Überlebens durch natürliche Auslese nämlich. Heute müssen wir aber zu einem geozentrischen, organischen und menschlichen Modell übergehen, das auf einer *höheren* geistigen Stufe steht – zu einem Modell also, in dem der Mensch zwar wieder Mittelpunkt des organischen Lebens ist, aber nicht mehr als ein ›auserwähltes Wesen‹ mit göttlichem Adelspatent und somit als Herr des Ganzen, sondern nur noch als dessen von ebendiesem Ganzen abhängige, zarte oberste Spitze. Alles andere kommt einer endgültigen Flucht aus der Wirklichkeit der organischen Welt und aus dem Kreislauf des Lebens in das Nichts gleich – in die Anti-Kreativität, die Entropie, die Unordnung und das Chaos –, ist also nekrophil und geschieht aus Liebe zum *Tod* und nicht aus Liebe zum *Leben*. Eine künstliche Ersatzwelt, die in Form eines elektronischen ›Turms von Babel‹ in einer denaturierten Umwelt errichtet wird, führt letztlich zur Exkommunikation des einzelnen aus jeder erkennbaren Gemeinschaft – zur Auslöschung des kollektiven Gedächtnisses und zum Einsperren der Menschheit in der Gegenwart. Denn unmittelbare Verbindung bedeutet noch lange nicht unmittelbare Verständigung – und die Losung sowohl des Absolutismus wie des Anarchismus lautet ja bekanntlich: ›Verbrennt die Dokumente!‹ Lebenverleugnende Rituale *dieser* Art wären der letzte Schritt in der unnatürlichen Naturbeherrschung des Menschen – und der letzte Sinn des Lebens würde dann darin bestehen, eine endlose Reihe von sinnlosen Daten zu liefern und zu verarbeiten. Es gibt drei eindeutige Lehren, die wir aus der Geschichte ziehen können und müssen, und die sind, erstens: das Absolute ist nichts für den Menschen, zweitens: es kommt periodisch immer wieder zu Rückfällen in die Barbarei, und drittens: es gibt einen kumulativen Sieg des Lebens über den Tod. Auf Grund der chemischen und physikalischen Eigenschaften der Erde ist die Natur hier für die Entstehung des Lebens prädisponiert, also lebens*freundlich* – aber die Probe der Zeit bestehen nur Organismen, die sich selbst reproduzieren und erneuern können, die also sowohl Kontinuität bewahren *wie* schöpferische Kraft beweisen, und deshalb ist die vielleicht allerwichtigste Aufgabe, die wir heute haben, mit allen Mitteln dafür zu sorgen, daß die ganze organische Welt möglichst *fehler*freundlich bleibt und daß auch wir Menschen uns um eine Lebensweise bemühen, die möglichst fehlerfreundlich ist. Reste von Unzulänglichkeit und Fehlfunktionen sind ex rerum natura bei jedem Produkt von Menschenhand zu erwarten – und wenn für uns nicht schon von Anfang an ein großer Spielraum für Fehlverhalten vorhanden gewesen wäre, hätte die menschliche Gattung wahrscheinlich gar nicht überlebt. Die menschliche Weiterentwicklung muß aus der organischen Welt in ihrer Gesamtheit kommen – und was wir darum am dringendsten brauchen, sind biologische *Ein*sicht und soziale *Vor*sicht.«

Draußen war das rote Glühen in ein so starkes Lodern übergegangen, daß es aussah, als ob von der hell entflammten Spitze des pyramidenförmigen Mont Ventoux her nicht nur der Himmel, sondern auch die ganze Landschaft, die sich um das Schloß erstreckte, in Brand geraten wäre – und als Anseaume nicht mehr weitersprach, sagte der zwischen dem Drahtkäfigsphärenmodell-Objekt und dem überdimensionierten erotischen Frauenkopf vor dem mittleren Fenster stehende und genußvoll an seiner immer wieder hell aufglühenden Zigarre saugende Doktor Maillard nach einem Moment der Stille: »Ich nehme an, ich darf aus Ihrem Schweigen schließen, daß Sie mit diesen gewichtigen Worten Ihr eindrucksvolles Plädoyer beendet haben, lieber Kollege?«

»Sie *dürfen*«, antwortete der gefesselt vor ihm sitzende Mann erschöpft. »Ich habe dem, was ich gesagt habe, tatsächlich nichts mehr hinzuzufügen.«

»Nun gut«, meinte der große Mann, »dann werden Sie mir – da das, was wir hier durchführen, ja keine *ordentliche* Gerichtsverhandlung ist, sondern mit einer solchen höchstens eine entfernte Ähnlichkeit haben mag – wohl verzeihen, wenn ich Ihnen jetzt noch einmal sagen muß, daß es angesichts der Massenvielfalt von Menschen, die diesen Planeten derzeit nicht mehr nur bevölkert, sondern eben schon seit geraumer Zeit *über*bevölkert, für Ihre zugegenermaßen recht hübsche Vorstellung von einem ›organischen Modell‹ einfach zu spät ist. Die Gesamtzahl der derzeitigen Bewohner dieses kleinen Himmelskörpers ist ja, wie auch Sie wissen, schon größer als jene der Menschen, die bisher überhaupt je auf ihm gelebt haben – und jede Sekunde kommen im metronomischen Hundertachtziger-Rhythmus, den Ihnen das Licht auf unserem modernisierten Obelisk anzeigt, als Nettozuwachs drei weitere hinzu, das heißt, bei jedem Blinken wird irgendwo ein Mensch geboren, ohne daß anderswo ein anderer für ihn stirbt. Da können wirklich nur noch unser Großer Plan und unser Neues System Abhilfe schaffen – aber bis wir das öffentlich kundtun dürfen, werden wir zu deren Tarnung eben auf das, was wir das ›Beschwichtigungssystem‹ nennen, unter keinen Umständen verzichten können!«

»Es ist unumgänglich«, verkündete mit ihrer voluminösen Stimme vom Klavier her die walkürenhafte Madame Rougemont, deren rotbeschienenes Haar jetzt noch greller leuchtete als zuvor – und Maillard fiel ihr, bevor sie weitersprechen konnte, sofort ins Wort: »Was heißt denn ›unumgänglich‹?! Es ist ganz einfach unab*dingbar,* daß die arbeitenden Klassen noch mindestens bis wir die entscheidende *fünfte* Phase unseres Großen Plans in Angriff nehmen, durch ein allgemeines Wahlrecht, eine soziale Wohlfahrtsgesetzgebung, kurz, durch alles, was man so schön als die ›Segnungen der freiheitlichen Demokratie‹ bezeichnet, beschwichtigt werden!«

»Aber im Gegensatz zum ähnlich gelagerten Versuch«, insistierte die Rougemont, »den Monsieur Anseaume im Auftrag dieses famosen Professors LSD hier mit *uns* als seinen Opfern durchführen wollte, werden *wir* dies nun dank der neuen Hilfsmittel, die uns zur Verfügung stehen, wie bereits gesagt, auf eine so subtile Weise tun, daß die Leute wirklich nicht merken, was mit ihnen geschieht.«

»Denn eine Knechtschaft der ordentlichen, ruhigen und freundlichen Art«, übernahm Maillard wieder das Wort, »kann sehr leicht mit mancherlei äußeren Freiheitsformen verbunden werden und sogar unter den Fittichen der sogenannten ›Volkssouveränität‹ entstehen – inmitten einer Masse von Menschen, die alle gleichberechtigt und gleichartig sind und unablässig danach streben, sich die kleinen, erbärmlichen Vergnügungen zu verschaffen, die ihr Leben ausmachen.«

»Wie das unser großer Historiker und Staatsmann Alexis de Tocqueville«, sekundierte ihn die zierliche Madame Kurz mit ihrer piepsigen Stimme, »in seinen ›Beobachtungen der Demokratie in Nordamerika‹ schon völlig richtig erkannt hatte!«

»Der Massenmensch«, meldete sich von der linken Seite des Guillotinenmonsters der schwarzhaarige Christobaldi, »wird auf eine so ungeahnte Weise gesteuert und gelenkt, daß er niemals merken wird, wie sehr ihm seine Individualität abhanden kommt, und menschliche, persönliche Diktatoren werden *obsolet*.«

»Die als ›freiheitlich-repräsentative Demokratie‹ getarnte Knechtschaft«, sagte Maillard, »kommt langsam, lautlos und unsichtbar – und deshalb wird es auch nie zu einem offenen Zielkonflikt zwischen Mensch und Maschine kommen.«

»Es ist«, erklärte der rechts neben der Guillotine im rötlichen Schein stehende De Beuys, »im Herzen eines konstitutionellen, mit beschränkten Befugnissen ausgestatteten und angeblich unter ständiger öffentlicher Aufsicht und Kontrolle stehenden Regimes schon einmal gelungen, insgeheim eine souveräne Macht pharaonischen Ausmaßes zu errichten, bei der Entwicklung der Atombombe, dem sogenannten ›Manhattan-Projekt‹ –«

»Und dank der schon damals verwendeten und von uns noch verbesserten, einen ständigen Notfall vortäuschenden ›Technik der permanenten Krise‹«, fuhr Maillard fort, »wird dies problemlos *wieder* gelingen. Und was bei der Verwirklichung des Großen Plans und des Neuen Systems deshalb für *uns* das Allerwichtigste ist, sind, wie Sie, lieber Anseaume, und auch Sie, lieber Edgar, sicher schon erraten haben, eben die Geheimhaltung und die Desinformation – die Herstellung und die Bewahrung, etwas vereinfacht ausgedrückt, von Schein durch bewußt falsche, aber als echt ausgegebene und vom Gegner auch als echt verstandene Information oder umgekehrt et cetera et cetera. Ein Verfahren, das als ›Tarnung und Täuschung‹ ja schon im Pflanzen- und Tierreich bekannt ist – und um auf diesen *beiden* Gebieten wirkungsvolle Arbeit zu leisten, gehört zu ihnen, sozusagen als drittes Bein, natürlich noch die bereits erwähnte totale Kontrolle und Überwachung, die wir mit Hilfe von Spionagevorrichtungen, Meinungsumfragen, computerisierten Dossiers über das Privatleben und so weiter und so fort durchführen. Und dank dem phantastischen Fortschritt auf dem Gebiet der elektrochemischen Miniaturisierung können wir schließlich *alle* Daten des Gesamtsystems in einem einzigen, hier im Schloß absolut atombombensicher aufgestellten zentralen Computer speichern – so daß wir nicht nur in der Lage sein werden, jede Person auf diesem Planeten augenblicklich zu finden und durch Bild und Ton anzusprechen, sondern an einem *einzigen* Ort auch jede Einzelheit aus deren täglichem Leben verzeichnet haben werden.«

Anstelle der Decke und der Wände des Salons erschien in einem bis auf den Fußboden hinabreichenden, leeren roten Himmel, wie wenn es sich dabei um eine Art universalen Liebesakt handeln würde, ein gigantisches, das All durchquerendes erigiertes Männerglied, das im Begriff war, in eine das Himmelsgewölbe fast zur Hälfte ausfüllende, gänzlich unbehaarte Frauenscham einzudringen – und nach einigen Augenblicken der Verblüffung stieg in Ribeau die ungute Vermutung auf, daß es sich dabei um Abbilder seines eigenen Penis und der Vulva von Linda Lovely handeln könnte.

»Keine einzige Handlung, mein lieber Edgar, kein Gespräch, kein Gedanke und auch kein Traum irgendeines Menschen wird uns noch entgehen können«, erklärte Maillard maliziös, »und das einzige Buch, das noch als wirkli-

ches, konkretes Druckerzeugnis übrigbleibt und wichtiger
sein wird als die Bibel, der Koran, das Mahabharata und alle
anderen bisher als ›heilig‹ angesehenen Bücher, ist *unser*
›Buch der Bücher‹«, er wies mit dem schwarzen Kästchen
auf den Folianten, der vom violetten Kissen umrahmt auf-
geschlagen auf dem Klavier lag, »das *Buch des Lebens und
des Todes,* in dem quasi als Schoß der Welt, aus dem alles
geboren ist, der Große Plan und das Neue System aufge-
zeichnet sind!«

»So daß wir es, alles in allem, also auch bei diesem System«, wandte der magere Doktor Anseaume nun noch einmal mit ruhiger, aber fester Stimme ein, »wieder mit dem
alten Übel der Zivilisation zu tun haben werden – mit einer
Minderheit, die eine Mehrheit ausbeutet, indem sie dieser
ein müheloses Leben verspricht und die umfassende
Zwangsaufhebung für Arbeit und Krieg beziehungsweise
Weltraumeroberung höflich als ›allgemeine Wehrpflicht‹
umschreibt. Und daß es also wirklich so zu sein scheint, daß
durch unsere pauschale Verdrängung der Vergangenheit
und unser kollektives Unvermögen, die alten traumatischen Fixierungen zu erkennen und die daraus entsprin-
genden Verirrungen zu korrigieren, *eine* Zivilisation nach
der *andern* die gleichen Fehler bis zur Erschöpfung wiederholen muß. Und daß es – wenn wir weiterhin in diesem Stil,
im Stil von sozialen Insekten, die alle wesentlichen Institutionen solcher ›Zivilisationen‹ erfunden haben, leben wollen – irgendwelche Meister der Demoralisierung also unweigerlich auch wieder verstehen werden, in den Menschen
die destruktivsten Kräfte des Unbewußten zu entfesseln
und alle Arten der menschlichen Verkommenheit ehrbar zu
machen. Und daß zuletzt – wenn auch die *vor*menschlichen
Eigenschaften des Unbewußten über so mächtige technologische Kräfte gebieten, wie sie dem Menschen bisher
noch nie zur Verfügung standen – der *irrationale* Wahnsinn

mit seiner ganzen geballten Kraft und der *rationale* Wahnsinn mit seiner ganzen geballten Kraft in vernichtender Härte aufeinanderprallen.«

Die in kosmische Dimensionen vergrößerten, zwischenzeitlich miteinander vereinten menschlichen Geschlechtsteile verschwanden, und die Decke und die Wände des Salons sowie das durch die vergitterten Fenster sichtbare, rot leuchtende Mont Ventoux-Hinterland kehrten zurück.

»Nun gut«, meinte der große Doktor Maillard daraufhin zwar immer noch lächelnd, aber wieder mit einem dezidierten Unterton in der Stimme, »dann wollen wir die Sache jetzt aber doch dabei bewenden lassen und unseren kleinen *Diskurs* hier endgültig abbrechen – denn wir werden ja schon sehr, sehr bald sehen, wer recht behält. Und alles, was uns bis dahin zu tun bleibt, ist nur noch, auf unseren guten Louis, den berühmten Professor Sagot-Duvauroux alias LSD, zu warten, der, wenn alles so läuft, wie wir es vorhergesehen beziehungsweise vorausberechnet haben – und daran, daß es so ablaufen wird, zweifle ich keinen Moment –, jeden Augenblick hier eintreffen kann!«

Das Glühen und Lodern in der Luft um das Schloß war jetzt dermaßen stark und intensiv geworden, daß man hätte meinen können, nicht nur der Himmel und die sich um das Anwesen ausbreitende Landschaft hätten zu brennen begonnen, sondern der ganze Planet sei drauf und dran, sich wieder in jenen glühenden Gasball zurückzuverwandeln, der er als herausgeschleuderter Teil der zentralen Masse der Sonne oder als Bruchstück aus der kosmischen Katastrophe einer Supernova möglicherweise einst gewesen ist.

Dann leuchteten plötzlich mehrere Bahnen eines kalten weißen Lichts auf, die den roten Schein vom Unterteil des Guillotinenmonsters her durchschnitten und sich auf den glattglänzenden blanken Stahlflächen der überdimensionierten, bewegungslos dahängenden Beilklinge trafen – so daß dieses schwere Metallstück nun wie ein in der Luft schwebender Eisblock aussah, der von so absoluter Kälte und Härte zu sein schien, daß ihn auch das Höllenfeuer einer in Flammen aufgehenden Welt nicht hätte zum Schmelzen zu bringen vermögen.

In seinem Innern zugleich fasziniert und zutiefst abgestoßen, sah Edgar Ribeau vom weiß illuminierten Metallblock zum rotbeschienenen Doktor Maillard, von diesem zum Metallblock und von dem wieder zu Maillard – und dann war ihm, wie er erschrocken feststellte, mit einem Mal wirklich klar, was Professor Sagot-Duvauroux mit dem ›Ganz Anderen‹ meinen mußte, von dem er immer wieder gesprochen und vor dessen Realität und Allgegenwart er dabei stets eindringlich gewarnt hatte, dem, wie er es unter anderem bezeichnete, ›totalen Gegenteil des eigentlichen Selbst‹ oder, wie auch er sagte, dunklen ›Schatten-Ich‹, das uns sozusagen als ein ins Negative gewendeter Zwilling ständig begleite, so wie auch die Sonne, wie einige Forscher annehmen würden, möglicherweise während langer Zeit eine Art schwarzen Stern, den Todesstern *Nemesis*, als Begleiter gehabt habe oder immer noch habe.

Der Feind, den es zu studieren gelte, hatte der Professor gesagt, sei nicht unsere Raubtierabstammung, da der domestizierte Mensch jedes Raubtier wieder und wieder an Grausamkeit und Sadismus übertroffen habe, sondern ein weitaus schwieriger zu fassender Feind in der menschlichen Seele – und das sei der ›blinde Wille zur Macht‹, dieses gesichtslose Monster, das ins Bewußtsein heraufgezerrt werden müsse, damit der Mensch endlich alle seine geistigen und kulturellen Kräfte zu entfalten vermöge.

Denn dieser Wille, hatte er gesagt, sei nicht nur der Feind des Menschen und der Menschheit, sondern auch der alte Feind des Lebens selbst, der Demiurg der Entropie und der

Lebensverneinung, der große Initiator der Rückkehr aller belebten Materie in ihren unbelebten Zustand, den Tod, kurz, ›das absolute Böse‹ – und seine Bekämpfung sei gerade deshalb eine Aufgabe, die Vorrang vor allen weiteren technologischen Fortschritten haben müsse, weil die Ursache unserer wachsenden Verirrung eben kein bloß tierischer Aggressionstrieb sei und wir zu deren Überwindung deshalb *mehr* brauchten als animalischen Selbsterhaltungsinstinkt, und das seien, hatte Sagot-Duvauroux gemeint, emotionale Wachheit, moralisches Bewußtsein und praktische Kühnheit, und zwar im Weltmaßstab.

Obwohl der Doktorand der Psychologie das, was der Professor sagte, intellektuell zwar immer zu verstehen geglaubt hatte, war er doch nie ganz sicher gewesen, was dieser genau damit meinte – und wenn er, Ribeau, ehrlich war, hatte er sogar erhebliche Zweifel daran gehabt, daß es so etwas wie ›das absolute Böse‹ überhaupt in einer reinen Form geben konnte –, bis ihm in diesem Moment schockartig klar geworden war, daß es so etwas nicht nur gab, sondern daß er es hier, in dem Salon dieses alten provenzalischen Schlosses, tatsächlich in Fleisch und Blut vor sich hatte, und zwar nicht etwa als ein tierisches Ungetüm mit Hörnern, Bocksfüßen und Schwanz, sondern als ein zunächst, wenn man ihn nicht eingehender kannte, sogar sehr sympathisch wirkender Mensch, den er sich ohne weiteres auch als Angehörigen seines Freundeskreises hätte vorstellen können.

»Und zu guter Letzt, Monsieur Anseaume«, unterbrach vom Ledersofa her Linda Lovely die Stille, »werden Sie, wie auch du, lieber Edgar, bestimmt vollstes Verständnis dafür haben, daß wir das Geheimnis unseres Großen Plans und unseres Neuen Systems sowie den Umstand, daß wir hier, in diesem Schloß, unsere Kommandozentrale haben, natürlich auch weiterhin aufs strengste bewahren müssen –

und da Sie ja um keinen Preis bei uns mitmachen wollen, werden Sie es beide gewiß verstehen, wenn wohl auch nicht gerade freudig begrüßen, daß es, um diese Geheimhaltung mit hundertprozentiger Sicherheit zu gewährleisten, nun halt leider nur noch *einen* Weg gibt.«

»Wobei«, fügte der große Doktor Maillard hämisch hinzu, »Sie, lieber Kollege, im Gegensatz zu uns ja der Meinung sind, daß der Tod als eine unumstößliche Tatsache des Lebens akzeptiert werden müsse – und vielleicht mag es für Sie und insbesondere auch für unseren lieben Edgar hier denn ja sogar einen gewissen Trost bedeuten, daß der gute Louis, der unser Geheimnis im Prinzip eben auch kennt, obzwar längst nicht so gut wie Ihr das nun tut, Euch beiden, wenn es soweit ist, Gesellschaft leisten wird, so daß Ihr auf diesem Weg also nicht einfach bloß in einer doch eher banalen Art zu zweit, sondern auf eine symbolisch eindeutig viel würdevollere Weise zu *dritt* sein werdet.«

Die Wände und die Decke des Salons verschwanden, und unter einem flammend roten Himmel war statt des Mont Ventoux ein viel niedrigerer, abgeflachter kahler Steinhügel zu sehen, auf dem drei hohe, sich im Gegenlicht schwarz abzeichnende Kreuze emporragten, an denen je eine Menschengestalt hing.

Und wie eine Art quadrophonische Klangwolke ertönte gleich darauf in übernatürlicher Lautstärke von allen Seiten her das von Georges Brassens zum eigenen Gitarrenspiel gesungene:

> Non, ce n'était pas le radeau
> De la Méduse ce bateau
> Qu'on se le dis' au fond des ports
> Dis' au fond des ports
> Il naviguait en Pèr' Pénard

Sur la grand mare des canards
Et s'app'lait les Copains d'abord
Les Copains d'abord ...

Immer wieder zog nun das im Schnittpunkt der scharfen
weißen Lichtbahnen wie ein ewigwährendes, jedem Feuer
widerstehendes Eisstück leuchtende, zuoberst im grotes-
ken Hinrichtungsapparat hängende überdimensionierte
Beil den Blick von Edgar Ribeau auf sich – und plötzlich
glaubte der junge Mann zu erkennen, daß das eisig-metalli-
sche Blau, das vermutlich nur die tatsächliche Härte und
Kälte der wuchtigen Klinge widerspiegelte, die gleiche
Farbe war wie die, die auch in den Augen von Maillard und
Linda Lovely ruhte, auch wenn jene nun, wie die aller anderen Anwesenden, ebenfalls rot leuchteten und nur hie und
da, je nachdem wohin sie sahen, zusätzlich noch das Funkeln und das Glänzen dieses harten und kalten Eis-Stahls zu
reflektieren schienen.

»Wir werden die beste aller möglichen Welten errichten,
indem wir die Natur durch die von uns geschaffene Kunst
ersetzen«, rief der Mann in der rotschwarzen Richterkleidung dann in die laute Musik hinein, »wir werden endlich
das Paradies errichten – das Paradies des schrankenlosen
Konsums und des ewigen Lebens!«

»Das System wird siegen!« jubelte die Frau, die sich
Linda Lovely nannte und mit dem muskulösen rothaarigen
Krankenpfleger inzwischen zu Maillard hinübergegangen
war – um danach zum Takt der Musik kraftvoll in die
Hände zu klatschen und laut immer wieder die gleichen drei
Buchstaben zu skandieren: »LSD – LSD – LSD – LSD ...«

Und einer nach dem andern begannen auch die übrigen
im feurigen, vom gelben Blinken des Riesenmetronoms
durchzuckten roten Dunst um das Guillotinenmonster
und die in den beiden Ledersesseln sitzenden gefesselten

Männer Stehenden – der schwarzgekrauste Christobaldi, der kräftige De Beuys, die stattliche Madame Rougemont, die zierliche Madame Kurz, der kleine Warpol, der imposante Teissier, der dicke Cliquot und der hagere Roquembert, kurz, die ganze Korona der einstigen Lieblingspatienten von Maillard, zu denen dieser nun auch selbst gehörte –, in die Hände zu klatschen und dazu immer lauter zu rufen: »LSD – LSD – LSD – LSD – LSD – …«

Auch wenn sie sich dabei nicht von der Stelle rührten, kam es Ribeau vor, als ob diese klatschenden und schreienden, vom Rot des verglühenden Sonnenballs umfluteten Leute das in der Mitte ihres Kreises aufgestellte kalte technische Monster für so etwas wie das ›Goldene Kalb‹ halten würden, um das in ihrer Verblendung seinerzeit schon die alten Israeliten in der Wüste Sinai herumgetanzt waren – doch als Augenblicke später hinter ihnen statt des niedrigen Steinhügels mit den drei Kreuzen unvermittelt wieder die hohe Pyramide des Mont Ventoux emporragte, wurde er jäh in die Gegenwart zurückgerissen.

Und wiewohl mit dem Wunsch hierhergekommen, den letzten Baustein für den Anfang einer, wie er sich vorgestellt hatte, brillanten Karriere zu setzen, die ihm Ruhm, Ehre, Glanz und Reichtum hätte bescheren sollen, wußte der Doktorand der Psychologie aus Paris inmitten dieses immer chaotischer und unheimlicher werdenden höllischen Lärms nun, daß er zusammen mit Doktor Anseaume und allen übrigen Anwesenden in eine Falle geraten war, aus der es nicht nur für sie, sondern vielleicht sogar schon bald auch für den Rest der Menschheit, wenn nicht noch ein Wunder geschehen würde, kein Entkommen mehr geben konnte – aber als er diesen Gedanken mit aller Kraft, die ihm noch geblieben war, hinausschreien wollte, brach die rotglühende Spitze des pyramidenförmigen Hauptbergs der Provence explosionsartig auseinander und begann sich in Milliarden Teile zerlegt in einem gewaltigen Feuer- und Aschenregen mit unerträglicher Langsamkeit herabzusenken ...

Der Autor dankt Nathaniel Parker Willis und Edgar Allan Poe, ihn auf die Idee gebracht zu haben, diesen Roman zu schreiben – und er dankt der Schweizer Kulturstiftung PRO HELVETIA, der Stadt und dem Kanton Bern sowie allen anderen Institutionen und Einzelpersonen, die ihm bei der Verwirklichung dieser Arbeit ihre Unterstützung haben zukommen lassen, insbesondere F. M., S. U., E. T., E. M. S., M. F., F. L., U. B., R. W., L. L., T. B., M. A. Z. und Willi Schmid-Schmid.